落池

完结篇

余酲 著

廣東旅游出版社
GUANGDONG TRAVEL & TOURISM PRESS
悦读书·悦旅行·悦享人生
中国·广州

你要好好学习，好好吃饭，好好睡觉，每天都要开开心心，
不要，不要再……不要再碰到坏人了。

落池

那时的他，是程非池全部的希望，是他不惜违抗父母、放弃未来，也要抓住的唯一一簇光芒。

而现在，他什么都不是了。

{ Chapter. } 01

重逢
………………………………001

{ Chapter. } 02

游戏
………………………………035

{ Chapter. } 03

笃定
………………………………061

{ Chapter. } 04

唯一
………………………………115

目录

{ Chapter. } 05
世界
167 ……………………………

{ Chapter. } 06
光芒
193 ……………………………

{ Chapter. } 07
星星
217 ……………………………

{ Extra Chapter }
番外
267 ……………………………

你在哪里

我就落在哪里

Chapter.01

重逢

五年后，夏。

闹铃响了整整五遍，被躺在狭窄下铺的人接二连三地按掉。

八点一过，手机自动退出免打扰模式，铃声几乎立刻响了起来。床上的人睡蒙了，还当是闹钟，手指准确摸到屏幕下方一按，电话接通。

“还没起？”那头的女人先试探着询问，五秒内没听到反应，立刻阎王催命般地扯开嗓门吼，“叶钦你给我起来！我八点二十到宿舍，要是看不到你神志清醒衣冠整齐就把你从二十三楼扔下去！”

五分钟后，顶着一头蓬乱短发的叶钦站在洗漱台前，边刷牙边眯着眼睛拨弄自己的头发，对镜子里没睡醒的人含含糊糊地说：“早上好。”

这是他这些年保留下来的一个习惯。纵然梦中的世界千变万化、多彩多姿，醒来后要面对的还是跟昨天一样的现实，说这句话是为了叫醒自己，迫使自己从虚幻的世界中抽离，以良好的心态和状态投入工作。

哪怕这个工作他一点也不喜欢。

十五分钟后，宿舍门准时被敲响，郑悦月踩着高跟鞋噔噔噔地走进来，看见在厨房煎鸡蛋的叶钦衣冠勉强算得上整齐，这才收敛了气势，看了一眼时间，道：“走吧走吧，别管这个蛋了，姐姐路上给你买个手抓饼，加肠加里脊加两个鸡蛋。”

叶钦接受了这个提议，然后还是把鸡蛋煎好了，他打开房间的门，把盘子放在门口的桌子上，对邻床还在睡觉的人道：“赏你个蛋吃，回来我要问蛋黄几分熟的啊，别想偷偷扔掉。”

床上在毯子里蜷成一团的人伸出手比了个“OK”，瓮声瓮气道：“好的钦哥。”

路上，叶钦大口吃加料丰富的手抓饼，郑悦月老生常谈地唠叨：“虽然这次给你买了早餐，但是你记得尽量不要吃这些油腻的，你二十三岁了，别以为自己还能跟宋翊那样的小年轻比身体，之前因为爆痘丢代言的事你忘了？还有以后有活儿就早点起，不要总卡着点等我给你打电话，你是跟床绑定了还是怎么回事……”

安静地听到这里，叶钦不乐意了：“昨天凌晨两点才收工，我都说了睡不够肯定醒不来，让你帮我买包巧克力放床头……算了。”说到一半，他转换话题：“再说上回那个算什么代言？祛痘膏？七天永久灭痘？一看就是假的，这不是明摆着欺骗粉丝吗？”

“你有几个粉丝自己心里没数？要不是看在价钱好商量的份儿上，哪家公司会找你？”郑悦月对叶钦的“高思想高觉悟”气不打一处来，“假的又怎么样？不妨碍你挣钱啊，债不是还没还完吗？你还想不想回去念书了？”

这番话说得过于直接尖锐，叶钦愣了一下，饼也嚼不出滋味了，半晌后垂着眼帘道：“钱是要挣的，可是至少……不能昧着良心吧。”

今天的工作是某杂志内页的拍摄和采访。

到地方后，郑悦月亲自给叶钦化妆，看见他几层遮瑕都盖不住的黑眼圈和两颊隐约的凹陷，心中不忍，绕到身后帮他打理头发时说：“刚才的话说得有点重，你别往心里去。今天收工回去好好睡一觉，想吃什么就给自己买，你跟他们不一样，吃再多都不长肉。”

正在闭目养神的叶钦闻言睁开眼睛，扯嘴角咧开今天的第一个笑容："好的，月月姐。"

说好的十点开拍，因为上一位嘉宾的采访耽误了些时间，等到正式开始，已经是中午十二点多。

正值饭点，在场工作人员都无精打采，态度自然谈不上多好，叶钦本来有三套服装，最后拍完一套便匆匆了事。

如今网络大肆发展，纸媒陷入窘境，很多娱乐杂志只能靠粉丝的购买维持生计，认真做采访写影评的少了，用明星的写真博眼球拼销量俨然成了新出路。以叶钦现在的知名度，杂志出版后他能带多少销量随便掰掰指头就能估算出来。

即便如此，郑悦月还是十分不满，说要去跟主编理论。叶钦完全没有意见，大热天穿着一身正装在室外草坪拍照，任谁都受不了，听说刚才那位当红的换了七八套衣服，他就乐观地想着十八线也不错，来钱是慢了点，至少不用遭那份罪。

到采访环节，记者更是态度懒怠，拿着台本问到一半发现没开录音笔，又赶时间去吃饭，于是在前面的问题中挑了几个随便提问交差，中途还哈欠连天，弄得叶钦也跟着犯困，背到天亮的官方答案在脑袋里搅成糨糊，花很大力气才稳住心神，不让自己嘴瓢乱说话。

"网上有传言说您是富二代，请问您进圈的契机是什么呢？"

"都快五年了，居然还有这种传言吗？"叶钦摊手道，"我要是富二代，为什么不在家里喝酒打牌吹牛皮，要跑到这里晒太阳吃盒饭？"

记者被他逗笑，继续问："听说您跟同组合的贺函崧关系很好，他这次上《爱的初挑战》没带组合里其他成员一起，请问您对此怎么看？"

这条是昨天给的台本上没有的问题，旁听的郑悦月腾地站起身，叶钦示意她不要轻举妄动，扬眉的动作仿佛在告诉她：我可以解决。

怎么说也在圈里混了四年多，这个问题下面埋着几颗雷，叶钦当然看得出来。杂志需要卖点，卖点相当于商业价值，他这样一个小明星不贡献点噱头，杂志社请他来做什么？喝下午茶吗？

其实差不多的套路，叶钦在四年前刚入圈时也遇到过。

那会儿他不满十八岁，连日的训练和背负的沉重压力让他的精神萎靡不振，在组合出道的某场发布会上，他被室内的暖气熏得昏昏欲睡，有记者举着话筒问他："听说贺函崧今天没有参加组合行程是因为去录制首都电视台的综艺了，你们在这里的其他成员有什么要对他说的吗？"

叶钦当时努力降低存在感，还是被人逮住了，加上对贺函崧印象不好，心情很不爽地回答："没什么好说的，他去哪儿关我什么事？"

刚下台他就被郑悦月拉到休息室里一顿骂："在这个圈子里没有人脉也没有后台的话，只能靠自己争气。贺函崧自带流量，你们几个都得仰仗他的资源，快收收你的少爷脾气，别再拎不清了。"

好在公司给叶钦立的是率真耿直人设，按照他的性格这么说话勉强说得通。然而贺函崧在加入组合前因为两份广告已经积累了大量人气，叶钦被他的粉丝指责嫉妒贺函崧红，有阵子连门都不敢出。

大约就是从那次之后，叶钦变得沉默寡言，工作以外的事完全不搭理不回应，像把自己整个人封闭起来。这个状态一直持续到前两年，组合成员们开始各自单飞，团体活动渐少，他才摆脱束缚，重新在公众面前敞开心扉。

郑悦月也是在去年开始重新接手他，公司高层认为他身上还有潜力，可以再给机会挖掘看看。实际上大家心里都清楚，若不是因为他长得好，这么些年脸不仅没崩还越发精致漂亮，身上也没什么毛病，他早在被贺函崧的粉丝骂之后就被踢出组合了。

此刻旁人眼中的叶钦收敛了刚入圈时的轻狂傲慢，变得礼貌周到，唯有举手投足间灵动的少年感不减，一个动作一个眼神，就能让人寻到只属于他的、辨识度极高的从容和自信。

只见他端起桌上的饮料抿了一口，冲记者眨眨眼睛，道："崧哥怎么可能忘了我们呢？他答应过给我们带特产回来，今天的晚饭还指望他呢。"

出去的时候遇见几个接别的"爱豆"没接到改接他下班的粉丝，叶钦收了块巧克力，到车上剥开就往嘴里送，郑悦月眼疾手快地拦下，对着窗户观察半天，确认没问题才准许他继续吃。

看着他吃得嘴角都沾上了巧克力酱，郑悦月感叹道："你这孩子，一会儿聪明通透，一会儿傻得一点心眼儿都没有，以后可怎么办哦。"

叶钦却因为这块巧克力心情不错，舔了舔嘴唇，眼睛笑成弯弯的两道月牙："上午还说我已经不年轻了，现在又成孩子了？"

郑悦月同时带好几个艺人，把他送到楼底下就准备去另一个艺人所在的片场看看，走前叮嘱叶钦道："今天贺函崧可能回宿舍，不管他说什么你都当没听到，别跟他起冲突。"

叶钦满口应了，等电梯的时候仰着脑袋看天花板，百无聊赖地回想，四年前若不是贺函崧用带"妈"字的脏话挑衅，谁乐意多费唇舌？

如果只冲着他本人，他什么都可以忍。

进到屋里，一天没出门的宋珝迎上来，给叶钦拿拖鞋的同时，附在他耳边小声道："崧哥回来了，我一个没拦住就……钦哥你先别气，那个还有救。"

叶钦疾步走进房间，鞋子也没脱就噌噌两步爬到上铺。上铺以前是组合的另一个成员住的，那人搬走之后就成了叶钦的置物架。

看见放在上面用玻璃罩盖着的乐高机械组只断了中间一根梁，叶钦才把心放回肚子里，跪坐在上铺耐心地一块块拼回去。

宿舍不大，目前的常住人员就只有叶钦、宋珝，还有偶尔回来的贺函崧。贺函崧每次回来几乎都会给叶钦找不痛快。

叶钦在上铺坐了一会儿，一动不动地盯着那拼回原样的乐高机械组，半晌后，将玻璃罩小心翼翼地盖回去。

晚上他接到郑悦月的电话，郑悦月说给他们安排了个真人秀的客串，说白了又是沾贺函崧的光。跟他一起上节目，叶钦自是不愿意，可是公司的安排，他一个无名小卒又有什么资格拒绝？

进卫生间洗澡前，叶钦听见隔壁房间贺函崧摔东西的声音，本着多一事不如少一事的原则，他假装没听到。谁知洗完回到屋里，就听宋翊说："崧哥刚才又来咱们屋了，借了个备用机就走了。"

叶钦回屋翻了翻抽屉，心登时悬到嗓子眼，扔下毛巾跑到隔壁门前，二话不说抬脚就踹。

门板应声而开，在里面坐着的贺函崧吓了一跳，手一抖把那手机丢在地上。

叶钦上前两步捡起，恶狠狠丢下一句"下次再动我东西试试"，然后扭头就走，对身后传来的贺函崧的谩骂充耳不闻。

回到自己房间好半天后，叶钦才开始迟钝地心有余悸。

贺函崧进娱乐圈比他早，嘴巴也比他甜，许多叫得上名字的老板都挺喜欢贺函崧，平时聚个会什么的都爱叫贺函崧去。

叶钦在心里叹气，圈里摸爬滚打四年多，他还是没能学会完全压住自己的脾气，用月月姐的话说，就是"迟早要吃大亏"。

宋翊围观他给那台淘汰许多年的旧型号手机充电，好奇地问："钦哥你还留着这个破手机干吗？这个做备用机都太过时啦。"

叶钦不理他，开机后先打开相册，见那些照片还好好地在那儿，不禁松了口气。

"老照片啊，别存手机里啦，保不齐哪天就开不了机。"宋翊提议道，“备份到电脑或者 U 盘里吧，安全。”

叶钦盯着其中一张照片入了神：“有备份。”

“哦，那就好。”宋翊凑上来看一眼，问，“这是谁啊？”

叶钦生怕看太久下次手机就真打不开了，按电源键关机。

等到宋翊扭头忙别的去了，他用只有自己能听到的声音回答：“我哥哥。”

不知是否因为今天提到那两个字，叶钦又做了那个梦。

平地而起的风、银杏树下的少年，以及想追上去却不听使唤的双脚。

醒来时满身大汗，叶钦低头看自己手心，手指收紧复又张开，如此重复几次，才渐渐止住战栗，压下心头肆意蔓延的恐惧。

他又肯出现在自己的梦中了，可是上次梦到他之后没多久，他就离开了。想到这里，叶钦竟不知该高兴还是该难过，不知该抱有期待还是该继续沉浸在挣脱不开的回忆里。

外头天已经大亮，叶钦下床倒了杯水，手还有点发软，不慎让杯盖摔落在地。这么大的动静，隔壁床的宋翊还是睡得死沉，动都没动一下。

叶钦不禁失笑，心想把这小孩从二十三楼扔下去他大概都不会醒。

在他们名存实亡的组合里，贺函崧年纪最大，今年二十四岁，宋翊年纪最小，出道时还是个孩子，上台前会紧张到哭出来，因此叶钦平日里比较照顾他。宋翊从小没有父母，受到恩惠懂得感激，两人你来我往就成了朋友。

今天有个电视剧试镜，是宋翊让给叶钦的。叶钦本来有顾虑，宋翊说：“我一个人吃饱全家不饿，现在这个状态就挺好的，有活儿干有觉睡，哥你去试试吧，你要是选上了，我也跟着长脸啊。”

叶钦确实缺钱，想了想便接受了。

试镜地点在S市，叶钦跟郑悦月打了声招呼，自己买高铁票去。背上包，戴上口罩，手已经放在门把手上，他还是犹豫了一下，折返把抽屉里的手机带上。

六个小时的高铁，几乎与他从前坐飞机去国外度假的时长比肩。叶钦在车上想起宋珝先前教自己的方法，拿在用的手机开了个热点，五年前的老手机居然搜到信号连上了。

登录微信的时候，他没抱什么希望，以为手机这么多年没用早就登不上去了，谁知不仅登录成功，还加载出一长串未读消息。

叶钦屏住呼吸，慢慢往下滑，停在没有新消息的第一个对话框时，他又重提轻放地将胸腔里的一口气缓缓呼出。

他还是不自觉点进朋友圈，最后的动态依旧是六年前四根棒棒糖的照片。那时候的微信没有对谁可见或者只展示某个期限内的朋友圈内容的功能，自己也没有被拉黑，显然这些年都没人再上过这个号。

叶钦忍不住自嘲，想什么呢？他知道了所有真相，只会恨我，怎么可能再主动联系我？

他走得干净彻底，所有的联系方式全部阻断，能留下一个可供回忆的地方，证明那段时光真的存在过，已经足够善良了。

不过短短几分钟，却好像用尽身上的所有力气，叶钦疲惫地放下手机，靠在椅背上闭眼休息。

就在这时，老旧的手机突然在手心里振动起来，叶钦的心脏在睁眼前就迅速做出怦怦狂跳的反应，没看清屏幕上的字，就条件反射般地飞快按下接听。

“这么快！”那头的周封显然没准备好，把镜头对准自己的脸，把脑袋上的帽子扶正，嘻嘻笑道，“明星的架势就是不一样啊，大清早就全副武装。小弟我刚历尽艰险逃出戒备森严的部队，不知大明星可有空闲见上一面？”

试镜还算顺利。

一个勉强能称为男三的角色，存在感不高的女主角的亲弟弟，感情线约等于零，故而争取的人不怎么多。

叶钦一进去，坐在一排人中间的导演脸上就浮起笑容。传说这位导演选角最看重的就是颜值，叶钦念了两句台词，他就连说三声“好”，未作其他任何点评，让他回去等消息。

这四五年间，叶钦也参加过一些电视剧的拍摄，深知在演艺圈里不能太把别人随口说的一句话当回事，签合同之前，最好一点希望都不要抱，因为什么情况都有可能发生。

试完镜他便乘车回高铁站。早饭午饭都没吃，路上突然胃疼，他到车站买了个三明治，边啃边走边给周封发消息。

两人约在城东的一家咖啡厅。次日上午周封先到，看见戴着口罩的叶钦走进来，举手冲他挥舞：“这儿呢阿钦。”

叶钦走过去坐下，直接摘了口罩。周封大惊小怪地拦他：“欸，先别摘，不怕被人认出来啊？”

“这五年你是住在深山里吗？”叶钦笑了，“我真不是什么大明星，站在街上喊‘我是叶钦’都不见得有人认识的那种。”

多年未见，两人随便闲聊几句，就找回了年少时的熟悉和默契。

周封仍旧爱嬉皮笑脸，只是这会儿少了些不靠谱的油腔滑调，多了份沉稳的意气风发，晒黑的皮肤和健硕的身材更让他显得硬朗坚毅，男人味十足。

被问到五年里为什么一次都没联系，他一拍桌子，愤恨道：“当年我爸可是下了死手，把我扔到那基站都没有的地方，真是叫天天不应、叫地地不灵，我跑了三次都给抓回去了。手机没法用，我只好给你们几个写信，提着煤油灯写了几个晚上，走二十多里山路才找着邮筒寄出去，谁知道你们一个都没给我回信！”

叶钦听了直笑："那会儿我已经搬家了，鬼知道你那信寄到哪里去了。"

"刘扬帆和赵跃那两个家伙在国外，收不到还算正常，你搬家也不……"周封说到一半意识到哪里不对，"你搬家？搬哪儿去了？"

叶钦道："搬到市郊的公寓。不过现在那房子也卖了。"

从"也"字中，周封不难推测出他们家之前住的小别墅是最先卖掉的。再看叶钦现在的穿着打扮，以及东奔西跑的生活状态，看不出他家里有情况就是真的傻了。

气氛突然沉寂，周封抿了口咖啡，苦得直皱眉，边往杯子里扔方糖边装作若无其事地问叶钦："怎么，又换大房子啦？"

叶钦没有顺着他的话糊弄过去，而是把家中破产的事如实相告，包括后来叶锦祥因为非法集资被检察院提起公诉，现在还在坐牢，以及自己因为没钱上学，收到录取通知书都没去 C 大报到，选择做艺人也是因为来钱快。

虽然他可以通过放弃继承权的方式避免承担家中的债务，可是他没有，他承诺受害人会替父亲偿还债务，所以他一度负债累累，近两年慢慢还清，状况才有所好转。

周封听得一愣一愣的，见叶钦轻描淡写，言语中一丝怨愤的情绪也无，便也不将吃惊表现在脸上，轻咳一声道："那你现在住在哪里？"

"公司安排的宿舍。"叶钦说。

"阿姨呢？"

他问的是罗秋绫。叶钦垂眼看着桌面，几秒后复又抬起："去世了。"

五年前的那个夏天，叶锦祥锒铛入狱，罗秋绫为还清家中债务四处筹钱。而当时的叶钦整天埋头学习，满脑子只有考上 C 大这一件事，他对叶锦祥有恨，也深知如今的局面与罗秋绫在婚姻中的懦弱脱不了干系，对家人的态度愈加冷漠麻木。

高考最后一天下着大雨，叶钦刚从考场出来，就被医院打来的电话叫去认尸。他看着母亲因为车祸被撞得面目全非的脸，心中才迟钝地升起密密麻麻的、犹如千万根针扎进血肉里的疼痛。

从那天开始，他身边一个亲人都没有了，往后的日子，他只能孑然一身、独自面对。

气氛更加安静，周封震惊之余，不由得替他感到难过。自打见面起，周封就发现叶钦与从前大不一样了，曾经的他最爱面子，宁可嘴硬到底也不将自己软弱无能的一面示人，这五年必定经历了许多，才让他变得像现在这样云淡风轻，再凄惨落魄也能打掉牙往肚里咽。

“不说这些了。”到底是叶钦先打破沉闷的气氛，转移话题道，“你这次回来是为了什么？有我可以帮上忙的吗？”

周封刚好也不知道该怎么往下接，顺着台阶忙道：“也没什么别的事，看看你们，顺便……”他从口袋里摸出一张明信片：“顺便找个人。”

三天后，叶钦和组合里的其他两名成员一起再次前往 S 市，拍那档临时把他们加塞进去的真人秀。

郑悦月对这次拍摄十分重视，给几个人都买了商务舱机票，说万一遇上粉丝也好撑住场面。下午四点多的飞机，一行人两点就被拖到机场，贺函崧在 VIP 休息室里喝茶，宋翊靠在座椅上打呼噜，叶钦便找了个角落坐下，问私家侦探消息打探得怎么样了。

周封提供的信息只有一张薄薄的明信片，邮戳显示从首都隔壁的 H 省发出，然而寄件人没署名也没留日期，从哪个邮局投递出去的都很难查，更别说查到具体的地址了。那边说如果还想试一试的话，需要再多一些时间。

叶钦把已知的消息据实告知周封，周封问他花了多少钱，然后打过来一笔远超那个数字的钱。叶钦心知他是想帮自己，还是只收了打探消息花的钱，剩下的全部退了回去。

周封在微信里说：“这些都是我当兵攒下的工资，咱们朋友一场，你拿着，不要有负担。”

怎么可能没负担？五年前走投无路的时候，叶钦也曾向刘扬帆和赵跃求助，他们看在多年朋友的分儿上从家里拿了钱接济他，虽然很快就还上了，但是隔阂就此埋下，这么些年，他和那两人再没有联系过。

叶钦始终认为人类的活动范围以阶层划分，叶家大厦倾覆，没了优越的家庭背景，他便什么都不是了。

叶钦给周封发了个抱拳的表情：“周老板威武。”

然后他又不动声色地将话题引到找人上去，问周封怎么不自己找人，放着周家那么大能力不用，找“野生侦探”是不是傻。

周封发来一个叹气的表情，不知是为叶钦的执拗无奈，还是在为找不到人丧气，或者两者皆有：“我爸还想我当满十二年兵呢，刚到家还有点水土不服，只好先装一阵乖宝宝了。”

叶钦翻回相册看那明信片的照片，上面字迹浅淡，从依稀可辨的“新年快乐”几个字里，依旧能看出端正秀气。

他切回微信问：“明信片上的字是班长写的吗？”

这久违的亲切称呼似乎也唤醒了周封的回忆，半晌他才回复，肯定道：“是他，他的字我不会认错。”

飞机比高铁快得多，抵达 S 市时天还亮着。叶钦没带行李箱，在出口处等另外几人去转盘处拿托运的行李。

这回要逗留三天两夜，包里带了不少换洗衣物，因为公司人手不够分不出助理跟他们，叶钦的书包里还被郑悦月塞了两套上节目要用的服装以及一个化妆包。

这会儿多个航班同时抵达，取行李的地方人头攒动，叶钦左等右等不见人出来，把背着的沉重书包暂时放在地上，揉着自己的肩膀左右张望，心说哪里有粉丝，月月姐分明是想太多了。

目光在掠过出口处时，叶钦偶然捕捉到一个高大挺拔的背影。

叶钦的眼睛倏地瞪圆，下意识往那个方向走两步，放在脚边的背包由于没了支撑，扑通一声倒在地上，他才回过神来，拎起包重新背上身。

叶钦再抬头去寻，那个背影已经不见了。

在去往酒店的车上，叶钦脑袋抵着窗户看 S 市的繁华街景，心想最近可能睡眠时间太少，累得都产生幻觉了。

他五年前就去了美国，说不定以后都不会回来了。大千世界芸芸众生，他那样好的人，弄丢一次，凭什么这样轻易地让自己在人群中再次遇见?

叶钦一面自嘲，一面劝自己放宽心。反正周封那份自信和笃定，自己永远没资格再拥有。

这些年来，除了学会独立生存，叶钦还学会了自我安慰这个相当好用的技能。可这突如其来的小插曲，好比夏日里骤降的气温，多少还是影响到他第二天拍摄时的状态。

偏偏这是户外运动类节目，没法躲在角落当背景板，叶钦硬着头皮踩冰刀进入场地，中途连摔几个“屁墩儿”，还得顾忌镜头在拍，拼命控制自己不摆出龇牙咧嘴的丑表情。

好在主持人姐姐心善，对第一次上节目的他诸多照顾，还总把话题往他身上带，说“长得好看的人摔跤都是美的”。

没承想引起贺函崧的不满，几次经过他都趁摄像头转往别处，故意给叶钦使绊子，一会儿推他一下，一会儿从他身旁飞快地擦肩而过。叶钦最后终于被他碰得摔倒，尾椎重重着地，四仰八叉地倒在冰面上，疼得脸都白了。

有摄像机过来拍特写，贺函崧还过来抢镜头：“钦钦你怎么回事啊？不是说在大学社团里学过滑冰吗？……哦抱歉抱歉，我记错了，学过滑冰的不是你，你都没上过大学。”

叶钦对于这番刻意至极的表演无话可说，躺着缓了一会儿被工作人员扶起来，目睹全部过程的主持人姐姐私底下跟他说这段后期会剪掉，让他别放在心上，还跟他说学历不是衡量人的唯一标准。

如今大众对艺人的内外兼修愈加重视，叶钦自出道起就因学历低被人诟病。他们组合中贺函崧是首都戏剧学院的在读生，没事就去学校吃顿食堂摆个拍；宋翊学霸名声在外，高考分数超一本分数线三十多分，是业内能将工作和学习兼顾好的楷模，之前还被邀请去参加《最强大脑》；另外两个成员都是音乐专业的学生，离开组合后便回到校园继续深造，整个组合只剩下叶钦一个“不学无术”的。

是以叶钦没什么好反驳的，边揉屁股边挤出笑：“我确实没上过大学，也没参加过什么社团呀，所以你们都不许笑我不会滑冰哦。”

鸡飞狗跳的一天过去，叶钦以为终于能休息了，回到车上就拿出东西准备卸妆。

“先别动先别动。”郑悦月上车时阻止他们道，“还得去个地方，都别着急卸妆换衣服。”

叶钦猜到没什么好事，却也没表现出过分强烈的抵触情绪。贺函崧就没那么好说话了，摆脸色说：“半个小时，多一分钟都不行。”

郑悦月道：“汤总也在。”

贺函崧登时挺直腰，从包里拿出粉饼对着镜子擦擦补补。

宋翊是最后一个反应过来的，凑到叶钦跟前问：“是不是又要我们去陪……陪那个啊？”

叶钦偏过头，小声道：“小孩子家家，脑袋里别尽揣些乱七八糟的，就当有人请客，敞开肚皮吃就行。”

这种被带到老板们跟前露脸的情况，叶钦自然不是第一次遇到。说得更难听点，以他的“咖位”，能被捎带上的机会都很少，多数还是得跟着贺函崧混脸熟。

从前有贺函崧在的地方，他们几个都是背景板，毕竟是男艺人，他不害怕发生什么应付不来的事。大部分情况下，他们几个只要点头哈腰地打招呼，张总王总李总挨个儿喊过去，最多再喝两杯酒意思一下，所以叶钦一点都不紧张。

走进酒店，叶钦伸长脖子到处打量，一会儿想回去得买个膏药贴一下尾椎，一会儿想这家酒店重新装修之后原来是这个样子，地板和吊顶都金光闪闪亮得晃眼，越发流于俗气。

这话叶钦只在心里暗暗吐槽，自是不会说出来的。若是不知道他七八年前作为客人来这里住过顶层的高档套房，任谁听了这话都会觉得他在“酸”。

进到宽敞豪华的包厢里，叶钦也只缩在贺函崧身后，垂头看地面，誓要将这花纹刻在脑子里回去网购同款似的。郑悦月在后面碰了他好几下，让他抬头笑一个，他便跟着贺函崧迅速打完招呼，然后低头继续钻研地毯图案。

这一桌有节目组导演，还有几个赞助商。赞助商以力捧贺函崧的汤崇为首，在座无人不知汤总私底下力捧贺函崧，便撺掇着贺函崧坐到汤总边上陪着喝几杯。

谁知汤崇今日没有顺势应下，而是笑盈盈地说人太多，不好让大家看笑话，不如让他们表演个节目助助兴。

叶钦眼皮一跳，感受到汤崇在他身上逡巡徘徊的视线，更是头皮发麻。

郑悦月见惯了这种场面，把他们三个往前推："唱首欢快的歌，就去年夏天的那首单曲吧，打起精神来，别让老板们扫了兴。"

站在中间的贺函崧第一个拉下脸，宋翊也被这带有侮辱意味的要求弄得愣住。

然而唱歌跳舞是他们的本职，哪怕换了个地方，他们的地位也不会发生改变。面对这帮开罪不起的大人物，纵然再不情愿，他们也该扯开嘴角，曲意逢迎。

唱首歌而已，又不会少块肉，不唱说不定会扣钱。

叶钦硬着头皮接过话筒，往宋翊手上递，在他耳边提醒："就三分钟，忍一忍。"

不知哪个老板还找出伴奏用手机播放，前奏一过，三人刚要开嗓，汤崇忽然站起来："先停一下，咱们这儿还有位贵客没来。"说着他抬手看腕表："就快到了，我下去接他。"

叶钦差点被突如其来的打断呛岔气，拍了拍胸口，听坐着的人讨论"易家大公子""刚从国外回来"，也无暇往心里去。

等到包厢门再次被打开，一屋子人站起来恭迎，有几个满脸堆笑地喊"程总"，叶钦还不以为意。全国上下姓程的老板多如牛毛，大街上随便吼一声都能有七八个回头，这位程总还是成总大概率跟汤崇一样有个好爹，那又如何？只要走进这里，便会泯然于众人，变得与在座诸位没有任何不同。

可那来人一出声，叶钦就像被重锤敲了一记，浑身连皮带骨都被震得发麻。

"抱歉迟到了，路上堵车。"

男声低沉厚重，熟悉的频率敲打着叶钦的耳膜，简单客套的一句话让他心神战栗，恍如瞬间穿回雾霭层叠的夜梦中。

接着，一阵风自身侧掠过，叶钦支起僵硬的脖子，看着进来的高个子男人坐到专门为他留的空座上，淡定自若而又不失礼貌地环视包厢里的每一个人。

虽然没抱什么希望，但每当睡不着的时候，伤心难过的时候，撑不下去的时候，叶钦还是会在心里偷偷幻想重逢的场景。

在这一千七百多个漫漫长夜里，他做过上百个假设，普通的、美好的甚至有些尴尬的场景，他统统都想过了。

可现实总是会超出人的想象，至少在他的假设中，没有哪一个场景会如眼下这般不堪。

“程总来得正好，偶像组合刚要唱歌给大家助兴呢。”节目组导演热情道，“您刚从国外回来，大概不认识他们几个吧？来来来，小贺先带着弟弟们自我介绍一下，让我们程总认识认识。”

贺函崧带头说了自己的名字，宋翊紧随其后。轮到叶钦的时候，他不知道自己是怎样开口的，他连自己的声音都听不清楚，五感迅速衰退失灵，唯有视觉尚存一线。

正是这仅剩的一点感觉，让他敏感地捕捉到程非池投向他的目光。

那眼神平静无波，只在他身上停留不到一秒便移开了，像在看一个初次见面的陌生人。

叶钦头一回觉得一首歌的时间这么长。

幸好歌唱过无数遍，歌词曲调节奏像肌肉记忆一样深刻在脑海中，即使魂游天外他也能按部就班地唱出来。

唱完汤崇带头鼓掌，并邀他们三个坐下一起喝酒。贺函崧一屁股坐到汤崇身旁，宋翊被相熟的制作人姐姐拉到身边，叶钦本想趁乱逃跑，刚扭头就跟进来加椅子的服务员撞到一块儿，被郑悦月在身后推了一把，稀里糊涂坐下了。

大圆桌加了他们三个也够坐。叶钦在服务员上菜的间隙偷偷往右边瞟，程非池就坐在离他不到两米的地方，中间隔了一个人。

来前说要敞开肚皮吃的是他，现下看着色香味俱全的菜肴毫无食欲的也是他。和组合其他两人一起给在座老板敬了两杯酒，叶钦就安静地坐在位置上，祈祷这顿晚餐赶紧结束。

可是老天偏不遂他的愿，不到半小时，右手边坐着的宾客就以“还有个局要赶”为借口先行离席，服务员立刻上来撤餐具撤椅子。这下两人之间除了空气便再无遮挡，随便往哪个方向看，都能从眼角余光里捕捉到对方。

叶钦如坐针毡，恨不能变成隐形人。他突然想到自己脸上带着妆，刚才自我介绍时声音也压得很低，说不定程非池没认出自己。

这个想法让他顿时轻松不少，稍稍放松僵硬的身体关节，将落座后一直弓着的腰挺直。

摆脱了起初的难堪和尴尬，迟来的喜悦在心中蔓延。程非池回来了，光想着这一点，都能让他激动得坐立难安。

而且他貌似过得不错。叶钦端起桌上的水杯，仰头喝水的瞬间再次偷看程非池，他的侧脸跟从前一样俊朗，白衬衫解开两颗扣子，刚好露出喉结，袖口却紧扣着，引着人去欣赏他细长漂亮的手。

趁众人把酒言欢无人注意，叶钦仔细看他的手，看着手背上那脉络清晰的骨节和青筋因为捧起酒杯的动作流畅地起伏，被牵着的温暖触感再次浮现。

叶钦咬紧牙关，咬得腮帮子发硬才压住眼眶中的湿意，不让自己在这么多人面前失态。

他真的回来了。

宴席的后半段没什么特别的事发生，酒桌上谈生意，话题不免枯燥无趣。叶钦只有在他们阿谀般询问程非池的意见时，才会竖起耳朵一字不落地听。

程非池这次是受邀前来，并非为了公事，所以鲜少开口。然而在座几乎无人不知易家，哪怕他不主动说话，也不缺人搭讪奉承。

“程总是左撇子吗？听说左撇子都很聪明。”

明知这是借着好奇的名头拍马屁，大家还都捧场地顺着话说，什么某总统某名人是左撇子，什么左撇子思维更活跃，信口开河。

面对众人的恭维，程非池面上并无喜色，他放下手上的杯子，平静道：“不是，右手受过伤，不方便。”

散席后，叶钦还在回忆程非池的手怎么了。当年的分别太匆忙，一半未了结的问题在这些年的摸索中得出答案，另一半则随着那架他最后无缘得见的飞机冲入云霄，不见踪影。

这断层的五年在他们之间拉开了一条厚而长的纱幔，将他们千丝万缕的联系完全隔开，再斩断。

短暂的相聚怎敌得过长久的别离？恍惚间，叶钦心里竟生出了让时间从遗忘之后开始的妄想，哪怕此刻的他再落魄再难堪，哪怕这就是他们的初遇。

叶钦在卫生间里洗了把脸，故意落到最后走，没想到还是在走廊拐角撞上守株待兔的汤崇。

叶钦下意识抬头找监控摄像头，汤崇笑道：“别慌嘛，我就是想跟你说几句话。”

叶钦皱眉道：“贺函崧呢？”

汤崇得意道：“我说过，只要低个头，我就帮你对付他，你还有什么好犹豫的？听说……今天又被他整了？”

看着他恶狠狠瞪着自己的黝黑眼睛，汤崇反而更得意，把他往墙角推：“我就喜欢看你这不服气又拿我没办法的样子。”

叶钦之前也不是没被汤崇骚扰过，这家伙仗着亲爹有点本事为所欲为，平时最是欺软怕硬，今天喝了点酒，胆子就更大了起来。叶钦被那酒气熏得差点吐了，抬手便是一巴掌拍在他脸上，力道没控制住，直接把人脑袋打偏。

汤崇后退两步，捂着脸在原地呆了半晌，表情由难以置信变为羞恼愤怒，上前就拽着叶钦的衣领把他按在墙上。

“给你脸还不要脸了，以为自己还是叶家少爷呢？”

叶钦的眼睛微微睁大，不待反应，脖子就被汤崇掐住了。

“老子想踩死你，比踩死一只蚂蚁还容易。”汤崇嘲笑道，“别太把自己当个东西……哎哟！”

只听“砰”的一声闷响，叶钦挣开桎梏的第一件事，就是铆足劲儿用自己的额头撞汤崇的额头，直撞得他脱力松手，自己趁机推开他拔腿就跑。

楼梯上，叶钦边疾步跑边思考接下来该怎么办。

告诉郑悦月，求她帮忙？不行，她替公司办事，利字为先，知道他得罪汤崇，非但不会帮他，还会劝他向汤崇低头。

找个机会向汤崇道歉？他怕自己拉不下面子，那家伙又嘴贱净戳他怒点，万一说着说着话不投机又打起来。

经过这五年的磋磨，叶钦早已不是当年那个不知天高地厚的叶家小少爷，哪怕偶尔控制不住脾气，也会迅速为自己找好后路。

毕竟这个世界上，再也不会有无条件迁就他的人了。

思绪纷乱间，他低着头拐出楼道，不慎撞上一个穿着西装的人。

程非池刚接完一个电话，正要返回包厢取东西，由于电梯客满便选择走楼梯，没想到会撞上他。

他比从前高了，站直身体刚好齐自己的耳朵，相貌也跟从前略有区别，退去稚嫩的婴儿肥，五官轮廓变得鲜明立体，整体还是清秀柔顺的，跟他的性格一点都不一样。

撞到人，他的第一反应还是惊慌失措，看到是自己，更是慌得后退两步，正好让人瞧清楚他通红的额头和凌乱的衣领。

他跟人发生冲突了。程非池如是想。

身后有高跟鞋的声音，一个女人走过来："怎么这么久才出来？我们等你半天……脑袋是怎么弄的？又跟贺函崧打架了？"

叶钦别过头，不想让人看见似的，程非池听见他低声咕哝了一句："没有。"

郑悦月发现还有其他人在场，点头哈腰地对程非池道："小孩子闹着玩，不好意思吓着您了。"说着她推了叶钦一下："还不快给程总道个歉。"

叶钦抬头看了他一眼，又飞快移开目光，嘴唇嗫嚅半天，一个字都没说出口。

程非池刚要说"不必"，就在这时，另一边的电梯停在一楼，汤崇气急败坏地从电梯里出来，挽着袖子直奔叶钦而来："你个臭小子居然敢打我！"

叶钦转身便躲，郑悦月也张开胳膊阻拦，发生什么事都不问，先劝架："汤总您别生气，有话好好说，这么多双眼睛看着呢……"

酒店大堂人来人往，倒也没人注意角落里的动静。

叶钦在郑悦月的掩护下贴着墙准备开溜，没承想汤崇这回学机灵了，不跟眼前的人缠斗，推开郑悦月大步跨到叶钦身侧，右手拧住他手腕往身后反剪，左手握拳高高扬起，眼看就要往他脸上落，被站在一边一直没说话的人拦住了。

程非池制住汤崇即将落在叶钦脸上的拳头，面无表情地说："汤总，公共场合。"

汤崇其实有点怵这位只见过两次面的易家大少爷。

他出现得突然，起初大伙儿还就他姓程不姓易这件事在背后嘲笑，后来听说他刚回国就被委以重任，易家的酒店餐饮相关产业全交到他手中。要知道易家以连锁酒店起家，这至关重要的部分交给谁，就相当于确定谁为继承人。

至此，各家才开始重视与程非池的往来。然而这个程姓的易家大少爷从不跟本地的同龄富家子弟花天酒地，平时只有生意场上的聚会请得动他，而他到哪儿都冷着脸一副公事公办的样子，让以汤崇为首的纨绔在家里老爹的威逼下和他交好，碍于易家的面子还得伏低做小，着实苦不堪言。

这会儿他竟还多管闲事。汤崇满肚子火，却又不得不妥协，放过叶钦的同时为自己找场面道："这小明星手脚不干净，偷我东西还出手伤人。"说着他指自己脑门，"喏，这就是他弄的。"

"你放屁！"一忍再忍的叶钦终于怒了，"谁手脚不干净你自己心里清楚。"

程非池总算明白这两人脑门上如出一辙的肿包是怎么来的了，看了叶钦一眼，问汤崇："他，偷东西？"

汤崇的目光在两人身上来回转悠，他没什么别的本事，察言观色倒是一把好手，当即猜测："你们……认识？"

"不认识。"

"认识。"

截然相反的答案从两人口中同时出现。

未经思考就直接否认的叶钦蓦地一愣，偏头看从刚才到现在都没敢对视一眼的那个人。

他终于意识到自己刚才被重逢的喜悦冲昏了头，居然会以为程非池认不出自己。

怎么会认不出呢？叶钦曾经给过他那么多伤害，就像手心的伤，即便愈合、掉疤、长出新肉，也会在每一个手掌张合、手指弯曲的动作中，经年累月地提醒着不要忘记当时的痛与恨。

一眼认出却平静如水的态度，不停留的目光，便是最好的报复。

汤崇也愣了一下，随后便笑了："是我眼拙，刚才在酒桌上那么长时间，都没看出来二位认识。"

郑悦月一脸惊奇，看看这个又看看那个，问叶钦："你跟程总是朋友啊？"

"不是。"叶钦再度否认。

汤崇的笑容更加意味深长："呦，那我就看不懂了，难不成是失散多年的兄弟？"

一句轻飘飘的玩笑话，句末的两个字却仿佛化作两根尖利的钢针，又快又准地扎进叶钦胸口。

未待程非池开口，他抢先一步说："老同学。"

哪怕知道自己现在的模样多么狼狈，叶钦还是深吸一口气，挺直脊背补充道："高中同学。"

他不敢听程非池的回答。

他想保住自己在他面前最后一点体面。

车上，郑悦月追问："你跟程总真的是高中同学？"

叶钦："嗯。"

"他不是S市人吗？"

“以前是首都人。”

“你们上同一所中学？”郑悦月还是不太相信，“我听说这位程总美国名校毕业，还以为他从小就在国外生活。”

叶钦想了想，说：“他在国内念书的时候就很优秀，考上什么学校都不意外。”

宋琊也好奇地凑上来八卦，叶钦拣能说的说了，包括他在高中拿过很多竞赛奖项，是当之无愧的学霸。

郑悦月听完狐疑道：“我瞧着你对他这么了解，不像普通同学啊，他刚才还挺身而出救你。”接着便劝他道：“有这么本事的朋友赶紧多联系，别傻了吧唧地装不认识，人家也不缺你这一个套近乎攀关系的同学。”

叶钦摇摇头，没说话。

S 市的夜晚华灯闪烁，街市如昼，映在他的瞳孔里却是冷的。

他知道，刚才在酒店楼下，如果换成一个素不相识的路人，程非池同样会施以援手。那个举动并不是为了保护他，而是遵从本心做出的正常反应。

所以在听到程非池坦荡地承认两人认识，叶钦才会心底发凉。

他忽然想起刚出道时，公司用他的家世炒作，形容他为“深陷泥沼的天之骄子”，他当时就笑了，觉得自己最多算得上失去光环的落魄“公子”。

真正的天之骄子是程非池。他正直坦荡、善良温柔，不会恃强凌弱，更不会用自己当年的手段实施龌龊下作的报复。

他跟自己是那么不一样，无论滔天巨浪还是泥潭深渊，都不可能将他困在原地。

这次在 S 市的拍摄为期三天。

第二天下午，叶钦摔伤的尾椎比昨天更疼了，贴膏药也不好使，他站了几个小时好不容易坐下歇会儿，不到五分钟再站起来，骨头缝里炸开的疼痛电流似的直蹿脑门。

叶钦眼前一阵发白，险些晕过去。郑悦月怕他再这么硬挨要出事，赶紧给他请了假，把他送上前往医院的出租车，让他顺便买瓶万花油把额头也揉一揉。

路上叶钦还在寻思下午少拍两个片段会不会扣工钱，到挂号收费处，十几块钱的专家号都没舍得挂，挂了个五块钱的普通号。

S 市的医院跟首都一样人满为患，在诊室门口等了半个小时才轮到叶钦。医生听说他伤在尾椎，看都不看一眼就开单子让他去拍片。

叶钦把口罩往鼻梁上摁了摁，心想幸好不用看，当场脱裤子什么的可太丢人了。

又排了个长队，影像科的医生让一个小时后从机器上自取 X 光片，叶钦无事可做，坐着等又不舒服，干脆回到诊室找医生。

年迈的老医生也不嫌他碍眼，坐诊的间隙跟他聊了几句，说现在得脊椎病的年轻人越来越多，尤其是他这样爱美的，骨头冻坏了都不知道，老来有的受。

叶钦低头看看自己马甲里面的演出服，小腹到腰侧镂空，肚脐眼都露出来了，抬头笑呵呵地对医生说：“职业需要啊，没办法，混口饭吃嘛。”

旁边看病的阿姨投来惊诧的眼神。

快到时间，叶钦拢了拢马甲前襟，乘电梯去一楼拿片子。

排队等待的时候，门口停下一辆救护车，医生护士和几个病人家属围着推车在人群中杀出一条血路，周围的人也自觉往边上散开。

叶钦不知道自己鞋带散了，后退的时候被绊了一下，幸得身后的人托了一把才不至于摔倒。

他边回头边道谢，一个“谢”字刚出口就呆住了。

扶他的人正是程非池。

曾几何时，心高气傲的叶钦认为若不是自己愿意纡尊降贵，他和程非池的世界永远不会有交集。就像出入高档餐厅、私人诊所的富人，自以为和挤路边摊、公立医院的平民，自出生起就不在同一个世界一样。

现在情况反过来，他才知道当时用金钱堆高自己多么幼稚可笑。

“谢谢啊。”他还是把这句眼下最适合用来化解尴尬的话说了，随后攥紧衣襟，将暴露的演出服挡住，没话找话地问，“这么巧，来探病吗？”

程非池今天穿了简单的 T 恤长裤，距离感却没比昨天西装革履的时候减少分毫。他“嗯”了一声，扫了一眼叶钦手上拿着的病历本，问：“生病了？”

“啊？啊……小毛病，滑冰摔跟头不小心磕了一下尾椎，来开点膏药贴，医生非让我来拍个片。”

叶钦也不知道自己为什么要说这么详细，明明对方只是随口一问。他说完就后悔了，觉得自己像个出尔反尔的小人，昨天还装腔作势说着不认识，今天又上赶着跟人套近乎。

程非池又“嗯”了一声，便不再说话。

叶钦垂下脑袋不敢看他，盯着自己手上的病历本，思绪忽而飘回六年前的暑假。

记得有次叶钦因为在烈日下走了太久晒伤皮肤，程非池整夜整夜地守着他，用湿毛巾给他擦身帮他缓解灼烧感，轻拍后背，低声安慰：“不疼了，不疼了。”

其实不怎么疼，可是他想被程非池哄着，所以故意装出很疼的样子。

后来程非池不知从哪儿听的“科普”，说皮肤晒伤需要阴凉通风，切忌靠近热源，于是拒绝跟叶钦靠近，十足冷酷无情，差点把叶钦气哭。最后一次被推开后，他抬脚就踹程非池，让程非池滚开，别在自己跟前碍眼。

程非池真的出去了。没到十分钟，叶钦就后悔了，光着脚悄悄溜到门边，手握门把，耳朵贴在门板上听外面的动静，一点声都没听到，吓得赶紧开门，抬头就看见程非池站在门口，微笑着说："现在可以靠近你了。"

他居然用短短的十分钟时间，去卫生间冲了个凉水澡，哪怕知道可能会感冒，哪怕知道体温会回升，最多只有五分钟的时间留给他们挨在一块儿。

而现在，两人一前一后站着，保持着一米的社交距离，程非池不回避也不过分关心，仿佛回到从前的戒备状态。

不，是一种比警戒线还严苛的无形隔绝，好像自己的一切与他再无关系，他也不愿再了解。

而欠他的太多句"谢谢"和"对不起"，当时拉不下面子来说，现在却失去了说的立场。

拿到 X 光片后，叶钦跟程非池道了别，顾不上尾椎还疼，扭头就跑。

他仗着自己不红，在偌大的医院里横冲直撞，周封打来电话的时候，他直接摘了口罩跟对方说话。

"我找到他了！我找到他了！我找到他了！"

周封上来就是声如洪钟地一顿疯吼，叶钦还以为错按了复读按钮，把手机拿远，捂住耳朵道："不知道的还以为你要当爸爸了。"

"人都找到了，当爸爸还远吗？……算了算了，我还是当哥哥吧。"周封沉浸在兴奋中无可自拔，"之前咱们都被误导了，以为明信片从 H 省寄来，他一定在 H 省，其实他就在首都！"

叶钦从他口中得知廖逸方在首都某中学教历史，不免惊讶："班长当年成绩那么好，也有出国的打算，做老师是不是太屈才了？”

周封闻言沉默半晌，说：“都怪我，一定是当年跟我打架，临高考时转学影响了他的发挥。”过了一会儿他又重拾信心：“没关系，等我好好跟他道个歉，咱们还是好哥们儿，还能一起玩。”

叶钦问他：“你这次是真心的？”

周封爆了句粗口，然后说：“你不会以为我折腾到现在都是在闹着玩吧？”

“你从前那么不是东西，我不得仔细问问啊。”

提到过去的事，周封不免心虚：“当年是我不成熟，总想耍他，这不也吃够教训了吗？我就想着，见到圆圆的时候，我得拿出百分之二百的诚恳，比参军时的宣誓还要诚恳，精诚所至金石为开，他一定会原谅我的。”

叶钦不知想到了什么，恍惚了一瞬，说：“那倒未必。”

周封没得到肯定，懊恼道：“几年不见，阿钦你咋变这样了？就不能鼓励鼓励我吗？”

叶钦苦笑，他自顾不暇，还怎么给别人加油打气？

周封忽然叹了口气，再次开口时，语气变得庄重：“这些年，我每天对着一望无际的荒野、漫天遍地的黄沙，总是会想到他，听连长上台发言，都能看成他在国旗下讲话。说不定也是靠衬托吧，部队里一堆糙汉子，哪个有他那么细心，对我那么全心全意？”

说着说着把自己弄笑了，周封清清嗓子又道：“那不然阿钦你传授点经验给我吧，我怕见到他紧张得说不出话，到时候让他们班学生笑话。”

刚和惦记了五年的人照面的叶钦此刻是拥有发言权的。

他抬头望医院素白的天花板，琢磨半天，怕周封听不懂似的尽量转换成通俗语言：“没过脑子的话，憋着一个字都别往外说。还有……心里揣了好多年的想法，不要嫌丢人，每一句都要认认真真讲给他听。”

趁现在还有机会。

回到首都的这一天，叶钦刚好接到上次试镜的剧组发来的合同。

郑悦月喜不自胜，大清早就押着叶钦把合同签好发回去，接着就开始筹谋给他找个助理。虽说只是个偶像剧，不是什么大制作，在S市的拍摄也不过一个多月时间，但好歹挂着男三的名头，演员一个人拎包入住太失排面。

好不容易多方联系把助理定下，郑悦月又拉着叶钦去超市大采购。

叶钦参加户外运动节目拍摄整整三天，回宿舍也没时间休息，哈欠连天地跟在郑悦月后面，看着她锅碗瓢盆各种生活用品一股脑儿往购物车里扔，拦都拦不住。

“又不是第一次拍戏，用不着准备这么多吧。”

叶钦怎么说也出道快五年，正儿八经的电视剧没拍过，小成本网剧、微电影什么的还是拍了一箩筐的，他觉得郑悦月小题大做，过分紧张了。

“怎么用不着？”郑悦月拿了几瓶驱蚊花露水，“你们是在S市郊外的山上拍，洗澡什么的都不方便，还有山上蚊子有多凶你不知道吧？能把你这一身细皮嫩肉咬成筛子，一喝水就跟花洒一样嗞嗞往外喷。”

叶钦被她的描述吓到，主动把那几瓶花露水都收了，次日上山时口袋里就揣了一瓶。

临近母亲罗秋绫的忌日，叶钦怕后面拍戏要提前进组没时间回首都，就想先去看看。

罗秋绫被葬在罗家的墓地中，和外公的墓一样地处深山。

从前来这里都是有车送到罗家在山上的别墅，第二天早上走两步便到了，现在没车也没房，叶钦徒步上山，边走边用手机在山上的民宿订了一间单人房。

以他的脚程，走到山上天就黑了，只能留宿一晚，明早起床去墓地祭拜。

今日空气质量不好，山间雾气弥漫，叶钦爬到一半，举目望去，透迤向上的山路都看不清晰。

已是日暮时分，偶尔路过的行人也是往山下去，他当时便生出了回头改日再来的想法，拿出手机准备退订好的房间，结果退款按钮点不动，翻回去才发现页面上写着“特价房不予退款”。

叶钦舍不得钱，思考片刻，咬咬牙，接着往上爬。

渐渐地，浮云漫卷变成黑雾绕山，层峦叠翠也在太阳收去最后一缕光线后变得阴沉昏暗。

就在这四周唯有微风和树叶摩擦声响的傍晚，叶钦发现自己迷路了。

他不记得自己何时离开石板小路，只记得眼前这片水杉林不是第一次见到了。上次经过时，还有阳光从笔直林立的树干间倾泻而下，现在只剩下黑沉沉的碎影。

在附近又绕了几圈，叶钦开始害怕了。

在呼吸变得急促之前，他掏出手机打电话。周封和宋翊的电话打不通，郑悦月在工作，让他赶紧打电话向警察求助。

他拨了号码，“110”三个数字在屏幕上停留许久，直到虫鸣声渐起，山间夜晚的凉意袭入肺腑，他都没有按下拨通。

倒是汤崇中途打来电话，不知是不是听说了什么。想来那张嘴里也出不来什么好话，叶钦按掉没接。

又一阵风贴面而过，他舔了舔发干的嘴唇，慢吞吞地将屏幕上的数字清空，重新按了一串烂熟于心的号码。

程非池刚走的那阵子，他整晚整晚地睡不着，窝在嘉园小区的房子里，有一点风吹草动，都以为是程非池回来了。他把枕头被子挪到门口，随时听着门外面的动静，电梯传来的，楼梯间传来的，甚至窗户被风吹动的声响，楼底传来的汽车发动声，一个都不放过。

后来，叶钦意识到自己的状态不正常，用各种方法逼自己冷静，不断告诉自己——程非池去了美国，他想回来的时候便会回来了，他最喜欢我听话的样子了，我只要乖乖等着就好。

再后来呢?

再后来，妈妈走了，叶钦考上C大却没办法继续上学，稀里糊涂进了演艺圈，经历了他从前想都没想过的人生，见识了许许多多的人间丑恶。现实的磋磨让他一天比一天坚强，仿佛给自己戴上一个面具，还在面具上涂了厚重的油彩。

可是又有什么用呢，还不是在见到程非池的第一眼面具就碎得四分五裂?

他的所谓坚强悬空而建，中空且根基不稳，故而所有的英勇无畏都来源于内心的软弱，一打就散。

他从来没有走出过那片魔障，一直被困在里面掩耳盗铃，苟且偷生。

五年了，他拼命逼自己长大，却还是活成了如今这副鬼样子。

其实他根本没有长大，他依旧懦弱、自私、虚伪、贪婪，现在还妄图依靠程非池的归来，找到重新振作的理由。

叶钦在黑暗中慢慢蹲下，把自己的脸埋进手掌中。

四周杳无人烟，这一刻，他不想再用笑容假装不在意，不想再用豁达伪装云淡风轻，任由从程非池再次出现时压抑到今日的害怕与恐慌尽情释放。

世间万物，皆是他恐惧的来源。

他怕黑，怕一个人，怕受人摆布，怕程非池离开，更怕程非池回来之后再不把他放在眼中。

冰凉颤抖的手拨通了那个号码，在听到刺耳急促的忙音之前，随着一滴眼泪沿嘴角滑入口中，叶钦哽咽着说：“我……我好想你啊……哥哥。”

Chapter.02

游戏

一个小时后，叶钦深一脚浅一脚地走在泥泞的山路上，望着走在前面的背影，还是有一种身处梦中的不真实感。

程非池听见身后的脚步声越发缓慢，回头问："走不动了？"

四目相对，叶钦猛一个激灵，忙摇头说："走得动。"

察觉到程非池转过去后脚步放慢许多，叶钦心中升腾起一阵暖意，他又抬手抹了一把不知道干不干净的脸，不想留下一丁点哭过的痕迹。

想到刚才仗着周围没人，放飞自我地哭得大声又放肆，眼泪流了满脸，叶钦就臊得慌。

不知道程非池听见了没。

他仔细回想了一下，貌似没在电话里听见嘟声，待到他说完话，那头才传来人声，唤他的名字："叶钦？"

他当时惊得魂飞魄散，捂住嘴生怕再发出声音，冷不丁打了个嗝，接着呛出一连串咳嗽，眼泪流得更凶了。

电话那头的人也不急，耐心地等他安静下来，问："你在哪里？"

叶钦确定是他的声音，当即就不怎么害怕了。

现下平复心情，观察四周才发现这里看似荒芜，实际上虫鸣鸟叫声不断，风声更是在林间盘旋不休，无怪乎程非池在电话里就判断出他可能有危险。

只是叶钦原以为这次迷路会以报警告终，没想到程非池本人正在这座山上，问了他周围的情况，让他开着手电筒在原地等，不出半个小时就找到了这里。

这山不高也不大，叶钦这会儿竟不知该为自己的举动感到丢人，还是该庆幸先打了程非池的电话。

虽然他当时根本没抱希望能打通。

走到一个岔路口，程非池看了看路标，再看时间，转头对叶钦道：“你说的那家民宿我没见过，现在很晚了，未必能找到，我们的住处就在前面不远，如果不介意的话，去那边将就一晚吧。”

叶钦当然不介意，不好意思表现得太过直接，问：“你在这里度假？”

“嗯。”程非池道，“我妈想回首都看看，市里空气质量差，对她的身体不好。”

看来他们也是订的民宿之类的住处，叶钦想。这种巧合都让他碰上了，老天待他还算不薄。

眼看前方隐约有光亮，就要到地方了，叶钦脚步不由得加快，走到程非池身侧，借着这难得的机会和心头鼓噪的冲动，急于说点什么，又不知该说什么好。

却是程非池先开腔：“这山里没有猛兽，慢点走，注意脚下。”

叶钦一愣，没想到他还记得自己怕黑的事，讷讷地应了一声：“好。”

酸涩再次在心中蔓延。不知是否只有他一人还记得，停电的教室，狭窄的后排，喧闹的人声，还有漆黑的楼道……思绪纷乱间，脚下不慎一滑，程非池眼疾手快地拉了一下他的手腕。

叶钦只穿了一件长袖衬衫，温度透过薄薄的布料传到皮肤上，渗进皮肉里，流动着的血液仿佛都沸腾了，胸口盘旋的一股冲劲化作勇气，埋藏在心里许久的话顿时冲到喉咙口。

他想问程非池能不能原谅自己——从前是我做错了，现在我可以为你改，你想要我什么样，我就改成什么样，好不好?

他动了动手指，想去拉程非池即将松开的手，张开嘴刚要说话，前方闪过一束刺眼的光亮，紧接着传来女孩子银铃般的声音："哥，看这里！我在这里！"

山中的屋子里总是弥漫着一股青草香，以至于刚烧开的热水也被沾染，放下杯子，舌尖还萦绕着挥之不去的熟悉味道。

罗家在这山上的别墅还在的时候，叶钦曾嫌弃这里的水味道腥，每次来只愿意喝自带的饮料。不过几年工夫，再喝这里的水，就只剩下怀念和怅然。

"喝完啦? 我再给你倒一杯，这么热的天，能喝下热水的真不多。"

名叫颜虹的姑娘热情地站起来给他接水，叶钦忙站起来推辞："我自己来。"

"跟我客气什么呀？"颜虹抢过他手中的杯子，"非池哥的朋友就是我的朋友，应该的。"

叶钦被她女主人般的姿态弄得有些无措，终究还是让她去倒，接过杯子的时候，小声说了一句"谢谢"。

客厅里只有他们三人，程欣在屋里休息。

程非池去厨房切水果的时候，叶钦本想去帮忙，还是被颜虹抢了先，他只能像个客人一样拘束地坐在沙发上，听着从厨房方向传来的低低交谈声和女孩子的笑声。

"原来你们俩是高中同学啊？"三人围坐在一起聊天时，颜虹给叶钦挑了瓣西瓜，自己拿着程非池削的苹果，"首都第六中学? 听伯母说，非池哥年年都拿奖学金哦？"

叶钦捏着那瓣西瓜，不知该从哪里下嘴，回答道："嗯，他成绩很好。"

颜虹俏皮地转了一下眼珠："有很多人追吗？"

叶钦看了坐在一边翻看文件的程非池一眼，点头道："嗯，很多。"

颜虹笑了，有些引以为豪，咬了一口苹果接着问："那他上学的时候就像现在这样不爱笑吗？我刚才给他讲了好多笑话，他嘴角都没动一下。"

听到这里，程非池才有了点反应，眉头微蹙，稍稍抬了一下头。

这五年里，叶钦很少主动回忆过去，可是他记忆中的程非池大多时候是面目柔和的，从不吝啬在自己面前露出笑容。

不知是不是错觉，叶钦察觉程非池的视线在自己身上停留了片刻。大概是出于私藏的心理，他违心道："差不多吧，从前也不怎么爱笑。"

晚饭时间，程欣被颜虹扶着出来吃饭。

她整个人病恹恹的没什么精神，脸色蜡黄，看着比从前更瘦了。程非池介绍叶钦说这是去过他们家的同学，程欣也没把人认出来，随便打了声招呼，用了一碗汤和一点面食，嘱咐颜虹招待好客人，就回房间去了。

叶钦在这里待得浑身不自在，好像整个屋子里就他一个外人，颜虹对他越热情，他就越难受。

晚上他早早上床休息，翻来覆去睡不着，然后打开手机点开许久没上的校园网。

这个年代已经很少有人玩论坛了，帖子刷新缓慢，叶钦发现几年前关于程非池去哪里了的帖子又被顶到前排。

末尾有条三天前的匿名回复，说在S市的某酒店里偶遇程非池，服务员都喊他程总，还说他身边跟着个漂亮女孩，圆眼睛翘鼻子齐耳鬈发。

简单几个字的描述，刚好与颜虹的相貌特征吻合。

叶钦更睡不着了，天蒙蒙亮就起来倒水喝。

这幢别墅三层高，他的房间在二层最里面，走到楼梯口，他伸脖子朝楼上看，程非池住的房间门开着，看来程非池已经起床了。

下楼的脚步不由得加快，叶钦步入客厅，只看见颜虹一个人在餐桌前忙碌。

她冲叶钦招手："非池哥带伯母出去散步了，我们先吃早餐。"

叶钦推说自己不饿，等他们回来再吃，颜虹偏要拉着他坐下："没关系啦，伯母不在，这里我做主。"

这些年，叶钦再不愿意也学会了一些察言观色的本事，没来由地，他觉得这姑娘在他面前拿捏姿态，且话里有话。

他希望是自己想多了，拿了片面包咬了一口，默不作声地嚼，心想等待会儿程非池回来了，他道个别就走。如果时间够的话，他还有话想对他说。

颜虹却不打算让他安静地吃饭："你应该跟我同岁吧？高中毕业就出道了？"

昨天闲聊时交换过个人信息，叶钦再不出名，百度百科还是能查到资料。闻言他点点头："嗯。"

"高中的时候，你和非池哥关系很好？"

也许是做客的关系，叶钦觉得自己在这场交流中处于劣势，尽量镇定道："没有，就普通朋友。"

"这样啊。"

颜虹给出一个模棱两可的回应，用勺子搅了搅杯子里的牛奶，忽而又问："昨天你说他被很多人追，那这'很多人'都有些谁啊？"

同一时间的另一边，程非池用轮椅推着程欣在周边的小路上行走。

山中的夏日比城市清凉不少，尤其是早晨。程欣穿了长袖外套，身上盖着薄毯，掩嘴咳嗽几声，说：“回 S 市就把订婚仪式办了吧。”

程非池脚步顿住：“我还不想结婚。”

程欣偏头往后，劝他道：“迟早都要结的，颜虹家世好，又喜欢你，你娶了她我就……”

“当年也是这么说的。”程非池打断她的话，顿了顿，重复一遍，“当年您也是这么对我说的，只要我出国，您就可以放心了。”

程非池的声线很冷，听不出一点情绪。程欣转动轮椅的轮子转了个身面对他，他的表情跟他的声音一样冷硬。

这让程欣有些恍惚，她记得儿子十几岁的时候不是这样的，他会叫自己“妈”，而不是一口一个“您”，生分而疏远。

“妈妈都是为你好。”程欣以为是五年的国外生活让他们变成了这样，急于跟他拉近母子关系，倾身去握他的手，“你和颜虹不是在国外就认识了吗？她是什么样的女孩，你应该比我们更了解，你爸爸也觉得颜虹好……”

“你们觉得出国好，就逼我出国；你们觉得她好，就逼我跟她结婚？”

程欣立刻放软语气：“妈妈身体一天不如一天，眼下就希望在临死时看到你在易家站稳脚跟……”

程非池不禁在心中冷笑，“死”字也没能让他有一丁点动容。说来说去，还不是为了一己私欲？五年前他在心灰意冷、迫切想要逃离的时候做出仓促的选择，当时就猜到会由此牵扯出今后连绵不绝的索求。

然而在这五年间，他已经想得足够清楚，他的人生应该掌握在自己手中，而不是由着别人随意拿捏，更不该为任何人做出退让和妥协。

“请不要再把你们的期待强加在我身上，我答应过的事情自会办到，至于其他的，我想我拥有自主选择的权利。”

听完程非池犹如做报告般的陈述，程欣仰头看他，从他过分冷静的面容，好像看到了当年在医院里割开手掌与她对抗的少年。阳光一晃而过，眼前退去桀骜叛逆变得更加稳重自持的男人，又让她觉得有些陌生。

她忽然意识到，五年的海外漂泊，与其说让他成长，不如说给他时间在周身建起更加坚实的城墙，城门紧闭，伸手可及却刀枪不入。

这次颜虹跟来首都，确实是程欣自作主张邀请的，她想让两人培养感情。她以为用母亲的身份施压，程非池不可能置之不理，就像五年前，他终究听了她的话一样。

可是她忘了，她自己是第一个被阻拦在这城墙外的人。

程欣揉了揉额角，觉得有些疲累。她将轮椅慢吞吞地掉转："先回去吧，颜虹该等急了。"

回到别墅，颜虹在院子里泡茶，把程欣扶到餐桌前吃饭，程非池抬头朝二楼看了一眼。

颜虹道："他说还有事，先走了。"

程非池收回目光，点了点头。

吃完饭，他才后知后觉地想起自己昨天忘了问叶钦来这山上做什么。

他摸出口袋里的手机。昨天下午抵达首都，从外婆那边拿到他出国前留下的东西的时候，他一眼就看到这台曾经用过的手机。

外婆说："我想着你总有一天要回来，以前的朋友还是要联系的，就帮你把号码一直保留着。"

晚上来到山上，或许是回国之后就连轴转的生活让他不习惯这突如其来的清闲，他鬼使神差地按了电源键。

不到三分钟，他就接到了叶钦的电话。

老旧的手机待机时间缩短，只过了一晚上就自动关机了。插上电源，开机，程非池等了一会儿，屏幕上空空如也，没有未接电话，也没有短消息。

程非池把手机放在房间里充电，下楼时经过叶钦住了一晚的房间，走进去关窗，看到桌上摆着一瓶花露水。

瓶子下面压着一张字条——谢谢款待，我先走了。

和从前别无二致的狗爬字，句号却是圆润饱满的。

右下角的署名是“叶软”，和他五年没碰的那台手机里的备注一样。

6 月 20 日开始有男三戏份，叶钦 15 日就进了组。

“这几天的房费我自付，只求导演给我一个观摩前辈们表演的机会。”叶钦诚恳地说。

导演对他的敬业精神表示十分感动，感慨说现在的年轻演员中有这样觉悟的不多了，大手一挥，批了他这几天的住宿费和伙食费。

叶钦果真如他所说的那样每天早起去剧组报到，捧着剧本边围观边写写画画做笔记，有物资送来还帮忙搬个水运个货什么的，十足的好学生模样。

其实一个走流量的偶像剧有什么好观摩的？他只是多混了几天饭吃，心里过意不去，装装样子罢了。

有来有往这个道理，叶钦在这两年才琢磨出一点门道，多在人跟前刷存在感，好好表现，说不定下回人家就想到他了，到时候他再回馈点好处，建立了联系，以后路也好走些。

这就是人们口中的“人情味儿”。从前他不屑于使这虚头巴脑的一套，觉得光靠自己一个人就能闯天下。等家散了，没人帮他了，他才知道从前靠的不是自己，而是他身上的那些附加价值，说白了就是金钱和家世。

他本就是个行动力强的人，这种事情看透之后便迅速说服自己接受，并形成了一套适合自己的应对方法。

然而面对盼星星盼月亮等回来的程非池，他却不知所措，一点办法都没有。

他们的身份发生了翻天覆地的变化，他没有资格再像从前那样肆无忌惮享受程非池对自己的好，也不知道程非池究竟是怎么想的，是还恨着，还是真的不在意了。

无论哪个都让叶钦心惊胆战，好不容易积攒起来的勇气，有一点儿风吹草动就被打散，再难凝聚到一处。

两人再度面对面，他连说话都不敢大声，生怕程非池一个不高兴拂袖离去，又留他一人在原地枯等。

上次至少有个正经道别，这次若想离开，程非池连招呼都不必跟他打，因为他们什么关系都没有了。

想到这里，叶钦翻开手机通信录，看着被存为“哥哥”的号码，犹豫再三，还是没有拨。

他长吁一口气，劝自己不要操之过急。现下程非池人就在国内，就在S市，他总能找到合适的机会道歉，并把以前的事情说清楚，然后把选择权交给程非池，拿出从前被忽略的尊重和在乎，万分郑重地交到程非池手中。

只要他点个头，表示不讨厌，不嫌烦，自己就能变回从前天不怕地不怕的叶钦。

至少在他面前。

偶像剧是时下流行的励志翻盘题材，第一个拍摄地点在S市郊外，拍出身农村的女主角和从城里来体验生活的男主角青涩的初恋。

此处交通不便，周遭几乎没有娱乐设施，连吃饭的地方都少得可怜。叶钦作为男三戏份少，没什么台词要背，每次一出场就在女主角身后姐姐长姐姐短地卖萌，郑悦月都认为这对于他来说就是本色出演，找情绪找状态都不需要。

是以叶钦挺清闲，其他演员下戏后还要坐车出去串场轧戏，有点时间也赶紧拼车去市里吃顿好的，只有他无欲无求地窝在酒店里睡觉看电视玩乐高，偶尔刷刷新闻，了解一下易家的动向。

有人关心股票行情就有人关心背后的八卦，关于易家的传闻多如牛毛，真假难辨。

有说这位新继承人是易铮的前妻生的，后来易铮为了事业抛弃妻子和富家女结婚，结果生下的孩子有缺陷，才又想到流落在外的大儿子；还有说这位程姓少爷就是养在外面的私生子，认回易家才勉强得了名分，但是不改姓这件事足以说明易家不承认他。

六中校园论坛也有关于此事的讨论，有人匿名开了新帖问“大家还记得当年的程校草吗？他居然是易家的大儿子？”下面关于程非池身世的猜测甚嚣尘上，因为这个帖子，论坛的访问人数一度达到近两年的巅峰。

眼红羡慕的有，说风凉话的自然也不少，仗着可以匿名，“怪不得年纪轻轻就能当总裁”“我要有个好爹我也行”“一个见不得光的私生子也值得讨论”之类的回复随便一刷能看到好几条。

叶钦看着生气，历经千辛万苦把原来的账号密码找回来，披大号亲自下场，谁说程非池不好他就捽谁，“你行你上不行别废话”“也不撒泡尿照照自己什么德行”“他能当总裁首先因为他有这个本事”。

怕给程非池招黑，叶钦收敛了至少五成内力，尽量以理服人，用语还算文明守法。

在这么低调的情况下，他还是被熟人抓包了。

某天晚上周封打来电话：“我就知道我的钦哥还是我的铁哥！”

叶钦：“……什么？”

“你的论坛 ID 啊。”周封道，“太霸气了，让我找回了上学时八面威风的感觉。欸，我们啥时候再回学校去逛逛，给那帮小鸡仔看看学长们的风采啊？”

叶钦对周封当完兵还保留在身上的“中二”气息无奈：“要去你自己去。”

“唉——”周封长叹一口气，“过往的罪孽还没洗刷干净，没脸回去。”

叶钦知道他的重点在“罪孽”上，躺在床上找了个舒服的姿势，准备听他诉苦：“怎么，班长还是不搭理你？”

“何止啊，先前看到我就溜，现在连让我看到的机会都不给了，向门卫大爷描述了我的长相，我一只脚还没踏进门就被拦住了。”

这些日子，周封不仅把叶钦当作军师，还把他当作倾诉的对象，有什么苦水都往他这里倒。好在叶钦这阵子闲，当笑话听着解闷，不然早把他拉黑了。

“你就不能机灵点儿，想想别的办法？”叶钦提点他道，“比如乔装易容，或者借职务之便什么的？”

“这我早想到了，上回想趁消防演习混进他们学校都没能成。”

“你不是当过兵吗？很容易混进去吧？”

“我当的又不是消防兵，派出所发的制服上左边一个‘警’字、右边一个‘察’字，我怕被门卫大爷认出来戴个口罩，人家还以为我偷穿假制服来学校找事儿呢。”

叶钦哈哈大笑：“一定是你形象猥琐，不像个警察。”

“不能吧，我妈说我比当兵前帅多了，妆都不用化可以直接去演《硬汉3》。”

“亲妈都自带滤镜，夸奖的话不能信。”叶钦说着不知想起了什么，又改口道，“长辈的赞美虽然夸张了点，信一点也行吧，你给回应他们也高兴。”

周封心知触到他的伤心事，不贫嘴了，直接说正事：“阿钦，其实……我有件事想请你帮忙。”

这周末，叶钦下午三点就收工了，卸了妆换了衣服，破天荒地没有回酒店窝着，而是和几个剧组工作人员一起拼车往市中心去。

有个女工作人员打趣地问他是不是去见女朋友，叶钦扶了扶脑袋上的帽子，笑得眼睛眯起：“姐姐你见过谁去见女朋友打扮这么朴素吗？”

女工作人员被他一声甜甜的“姐姐”叫得高兴，大方地往他怀里塞了个气垫 BB 霜：“知道你们现在的小鲜肉胆小又低调，喏，最白的色号，回来记得还给姐姐就行。”

叶钦懒得解释没有女朋友这件事，到市区换了辆出租车，直奔某个位于市中心的会场。

到地方在门口等了十几分钟，大门打开，里面的人鱼贯而出，叶钦一眼就看到臂弯里夹着几本书的廖逸方。

拉开口罩挥手大喊一声“班长”，廖逸方抬头往这边看，推了推鼻梁上的黑框眼镜，咧开嘴笑了。

两人在附近找了家咖啡厅，一人点了一杯拿铁。

“多年不见，叶同学还是老样子。上个星期我还在电视里看到你了呢，那个滴眼液广告。”

说到职业，叶钦有些不好意思：“三年前拍的了，现在还在放，估计那家公司效益不行，到现在都请不起红一点的明星。”

“不会啊，”廖逸方微笑着道，“叶同学的眼睛又大又亮，厂家一定是看宣传效果好，才继续用这个广告。”

叶钦愣了一下，也笑了：“多年不见，班长也还是老样子，浑身充满正能量。”

两人聊了会儿近几年的生活，叶钦此行抱有目的，正苦于找不到切入口，廖逸方问他：“你怎么知道我在这里听讲座？”

叶钦立刻道：“从某些人口中得知的呗，他把你的动向摸得清清楚楚，我想不知道都不行。”

他以为廖逸方会生气，至少也会表现出一点不高兴，这样他就有机会把周封让他做的事添油加醋地讲一遍了。谁知廖逸方捧起咖啡喝了一口，垂着眼帘，轻轻“哦”了一声。

叶钦摸不清情况，只好单刀直入：“他想求你原谅。”

“嗯。”

“他想和你像从前一样相处，真心的。”

“嗯。”

“你……不愿意吗？”

面对淡定如斯的廖逸方，叶钦越发觉得答应周封来做说客是个错误的决定。班长心里有怨气还好，他最不擅长应对的就是这种看似什么都不在乎了的状态，这比让他跟网络喷子大吵一天一夜还要难。

廖逸方思索片刻，摇了摇头。

叶钦不知道他的意思是“不愿意”还是“不，愿意”，刚要问，廖逸方先开口了：“十来岁的时候，总觉得有大把的青春等着我去挥霍，自己开心最重要，能开心一天是一天，哪怕用明知与收入不成正比的努力去换一瞬间的快乐，也觉得值得。可是现在，过惯了日出而作日落而息的生活，一眨眼一年就过去了，才懂得时间的珍贵。”

叶钦眨眨眼睛，没明白他的意思。

廖逸方看向窗外，嘴角始终噙着一抹浅笑：“或者说是变胆小了吧，一点风浪都经不起，一点危险都不愿去冒，我就想陪着爸妈，过平平淡淡的小日子。”

廖逸方走后，叶钦一个人在咖啡店里坐了一会儿。

除却不知道该怎么向周封交代以外，刚才一场简单的聊天，牵出了他记忆深处的许多往事。

从前，他获得快乐的方式有很多种，花钱、打牌、玩游戏，不知从什么时候起，就变成只有程非池这一个关键词了。

他知道自己这样不对，家道中落、母亲辞世、硬着头皮进入演艺圈，这些都与程非池没有丝毫关系，程非池也没义务让他高兴。

况且在那一年多里，叶钦已经从程非池那里透支了太多快乐。现在叶钦长大了，再不能把年纪小不懂事当作借口，不该把希望全部寄托在程非池的身上，更不该既想求得他的原谅，又想跟他和好如初。

当年的自己，给他的只有负担。他在自行车后面加座位是为了自己，放弃名校选 C 大是为了自己，连努力挣钱也是为了给自己买手链。

可现在的他又能给程非池什么呢？一身的债务，还是朝不保夕的生活？他能拿什么让程非池开心快乐？

叶钦蔫蔫地走在路上，想起刚才的聊天中，廖逸方说当年给周封寄新年明信片一是想告诉他收到信了，二是希望他放下执念，面对新生活。

叶钦把自己打击得够呛，还要组织语言思考怎么跟周封说那傻子抱着张明信片盼了这些年，不知道一下子能不能承受住。

叶钦拿出手机正要拨号，汤崇的电话打了进来。

叶钦没存他的号码，但他打过太多次，换来换去也就那几个号，背都背熟了。他按挂断，回到通信录打算背着郑悦月把这家伙拉黑，电话又响了，还是那个号。

拉黑都找不着空，叶钦烦不胜烦，索性按了接通。

“钦钦，你现在在 S 市呢吧？我也在呢，来一起玩啊。”

汤崇一开口就让叶钦拳头捏紧，只后悔上次打得太轻了，撕破脸皮前至少该让他掉几颗牙。

"呦，不说话。"汤崇开的免提，周围有哄笑声，"不然让程总接电话吧，咱们程总面子大，弄不好就能把大明星请来呢。"

叶钦眼皮一跳："程非……程总在你那儿？"

"那可不，谈生意呢。程总，接电话了，程总？"汤崇的声音离远，唤了两声没得到回应，又回到话筒前，"喝多了，睡过去了，你不是他老同学吗？不来接一下？"

叶钦听到一半便加快脚步往路边跑，拦了辆出租车，边开车门坐进去边问："在哪里？地址发给我。"

晚上八点，叶钦抵达位于 S 市中心的某高档会所。

这个会所在当地很有名，不算私人会所，之前还有剧组在这里借地方拍戏。叶钦因而放松警惕，轻易信了汤崇的话，以为程非池真的在这里谈生意。

包厢在顶楼，他敲门进去，里面灯光昏暗，乌烟瘴气，他被熏得咳嗽不止。看到满桌满地空酒瓶，他才意识到自己可能上当了，扭头要走，被汤崇拽住胳膊。

喝醉的汤崇手劲儿很大，一把便将叶钦拖了回来："才刚来，就要走啊？"

叶钦狠瞪他："你骗我。"

汤崇大笑出声，随即拉着他往桌前走去："我怎么会骗你呢？咱们这儿确实有个陈总啊，"说着指着沙发上一个肥头大耳的中年男人，"这位陈总也是 S 市有名的企业家，不比你那位老同学差，来，我介绍你们认识。"

话音未落，叶钦就挣开钳制转身往门口走，汤崇这回没拦，在他身后晃着酒杯慢悠悠道："听说你在苍泉山拍戏？啧，落魄小少爷，可怜见的。咱们陈总正好是那部片子的投资方，要不要请他知会一声，让剧组那边照应照应？”

叶钦心里一沉，脚步顿住，站在原地不动了。汤崇的话中威胁之意暴露无遗，他早就知道上次那事不可能轻易过去，只是没想到汤崇会龌龊到这种地步，竟然拿程非池引他上当。

他深吸一口气，转过身去：“你想干什么？”

“这话说得，好像我能从你身上图点什么似的。”

一句话说得屋里的人哄堂大笑，汤崇扬下巴示意那边桌上的酒杯：“来都来了，不喝两杯再走？”

叶钦咬紧后槽牙，大步走到桌前，捧起刚斟满的酒杯，仰头一饮而尽。

立刻有人鼓掌叫好，叶钦放下酒杯，只觉得辛辣从喉管一路蔓延到胃里，烧得他额角突突直跳，眼前一花，差点没站稳。

又有一杯酒摆在桌上，汤崇在旁歪着嘴角笑：“初来乍到，怎么也得喝满三杯意思意思吧。”

人在屋檐下不得不低头，叶钦压住胸中翻腾的怒火，将剩下的两杯也喝了个底朝天。

最后一杯险些将他呛到，从前他只会在跟朋友在一块的时候小酌几口红酒，第一次这样不要命地喝烈酒。他紧咬牙关将喉咙里的酒咽下，眼眶憋得通红，几滴吞不下的透明液体从嘴角溢出，他抬手随便擦了擦。

将第三个空杯子摆在桌上，叶钦站直身体，以为这下终于能走了，只见汤崇亲自倒满一杯，“啧”了一声，道：“我差点忘了，咱们这儿几位你都没见过，你们组合不是以谦虚礼貌著名的吗？怎么说也该给这几位第一次打交道的老板每人敬上一杯吧？”

叶钦心知进了汤崇的圈套，气得只想将这人的脑袋拧下来当球踢，忍了又忍，道：“各位慢慢玩，我先走一步。”

汤崇好不容易把他弄来，哪能这么轻易放他走，端起酒杯追上去：

“至少把这杯喝了吧……”

叶钦甩开他放到自己肩上的手，“啪”的一声，酒杯砸在地上，落地前洒了汤崇一身。

此时，会所另一个包间里，程非池和人谈完公事，拒绝了对方递来的酒，推说家中有事，拿起外套起身告辞。

颜虹不知什么时候来的，站在门口等他，见他出来，献宝似的举起怀里的保温杯：“非池哥哥你喝酒了吧？我做了醒酒汤……”

程非池听到她的称呼，微不可察地皱了一下眉，看了一眼她手里的东西，说：“我没喝酒，谢谢。”

察觉到他的冷淡，颜虹有点慌，踩着小碎步追上去：“我是听伯母说你在这儿才过来的……这会儿还早，隔壁有家餐厅我熟悉，不如我们去那边吃晚餐？”

把程欣抬出来是有目的的。虽然程非池性情冷淡，在国外时就不怎么爱搭理人，但那会儿颜虹至少能仗着两家是世交经常走动亲近。回国之后程非池忙于工作，相处的机会更加难寻，再加上他要应酬，身边围绕的莺莺燕燕越来越多，这让颜虹很没有安全感。

毕竟程非池从来没有答应过她的追求，更别提承认和她的关系，眼下家长的承认便是她唯一能握住的东西。

然而程非池听了她的话没什么反应，依旧不紧不慢地沿着走廊往电梯方向走：“我不饿，你自己吃吧。”

“那家餐馆很特别。”颜虹继续争取，“里面的配饰都是用乐高搭的，连花盆都是，在美国的时候你不是参加过乐高比赛吗？你一定会喜欢那里。”

提到这个，程非池的表情才有了细微的变化，目光定住，像是回想起往事。

不过只有片刻工夫，他便恢复如常。

“参加比赛是为了帮同学的忙。”停顿片刻，他接着说，“我不喜欢乐高。”

颜虹心思细，自然不会忽略他一丁点的反常。可他拒绝得果断，颜虹只好另觅他法：“不想吃饭的话，我们去喝点东西？就这家会所吧，外面怪热的，他们家的冰滴咖啡……”

没说完的话被走廊左手边突然打开的门打断。颜虹掩嘴惊呼，看着两个男人从里面推搡着出来，其中一人扯着另一人后脑的头发往墙上撞，骂骂咧咧：“给你脸你还真把自己当个东西了？敢在我跟前拿乔，今天不给你点教训，你就不知道老子姓甚名谁！”

人一喝酒就容易控制不住情绪，这种吵架斗殴在会所屡见不鲜，颜虹忙往程非池身后躲，挽着他的胳膊，害怕道：“我们走吧，别管他们。”

程非池却站在那里不动了。

那边挨揍的人也不是省油的灯，仗着以前拍戏学过两招擒拿，趁汤崇骂得起劲儿，反身按住他的胳膊，一个利落的转身，把人按在墙上，另一只手高高举起，一副要以彼之道还施彼身的架势。

包厢里几个人探头探脑地出来看，叶钦捏紧的拳头终究没有落下，他还要赶回去拍戏，也不想明天上头条。

他狠狠把汤崇掼在墙上，捋了一把被拽得生疼的头皮，抬脚便要走。

不想那汤崇贼心不死，伸出一条腿踩住他散落在地上的鞋带，他一个没站稳向前扑倒，幸好反应快手先着地，避免了脸和地面亲密接触。

撑着胳膊爬起来的时候，他抬头第一眼便看到做工考究的皮鞋和挺括的西裤。

身后的汤崇小人得志，拍着手嘿嘿哈哈地笑，打算上前再奚落两句，看见不远处站着的人，脸色登时一白：“程、程总也在这儿啊，这么巧老同学也在，我们正闹着玩呢哈哈哈。”

叶钦在听到汤崇喊“程总”的那一刻，心就紧紧揪了起来。

他不知道自己是怎么站起来的，大脑仿佛生了锈般运作迟缓，连该扭头就跑还是该打个招呼再跑都无法思考。

他兀自慌乱着，一件外套落在他身上，遮住他前胸后背乱七八糟的红酒渍。

“走吧，我送你回去。”

到会所门口，颜虹还在嘟哝：“让司机送他就好啦，我们去吃东西嘛……”

程非池并未因为她的不满打乱原本的计划，让司机送颜虹回家，自己开车送叶钦回剧组。

叶钦心知他是在帮自己，以汤崇欺软怕硬的性子，接下来的一个月都能消停了。这么想着，叶钦从进会所后就紧绷的神经顿时放松不少。

可跟程非池单独相处又让他没办法完全放松，说完“谢谢”，他便不知道还能说些什么了。目光掠过放在方向盘上的修长双手，他忽然意识到这是他第一次坐程非池的车。

高中那会儿都是他开车载程非池，他还送过程非池去参加竞赛。等程非池从考场出来，两个人一起吃了肯德基和日料，还看了电影。

那时的叶钦什么都敢说，什么都敢做，不必开口询问就自作主张，默认程非池合该事事顺着他。

现在的叶钦没了这胆子，纠结再三，小声问：“你没吃饭吗？我身上有饼干。”说着他去掏口袋，饼干没见着，掏出来一个气垫BB霜。

程非池看了一眼，没说话。

叶钦更紧张了，尴尬地把东西塞回口袋，拢了拢身上的衣服：“昨天换洗给忘了……要不停下找点吃的？这里有不少饭店。”

“不用，我不饿。”

程非池边说边把空调温度调高。

叶钦畏寒，夏天贪凉开空调总是会感冒闹肚子，在嘉园的公寓里住的那段日子，程非池每晚都会醒来关空调，顺便给他盖毯子。

叶钦知道不该总是沉溺于过去，可是身边的人每一个举动都能让他看到过去的影子。

他扭头看窗外，抬起手，隔着被酒浸湿的衣服摸了摸胸口挂着的圆环状物体，眼眶又红了。

原本这是个极佳的道歉机会，可是叶钦从时不时的偷瞄中，敏感地察觉到程非池心情不太好。

他抿着唇，嘴角微微下沉，形成一个几乎没有弧度的线条；搭在方向盘上的手也握得有些紧，目视前方的瞳孔黑沉沉的，他仿佛在压抑着什么。

想来也是，在那种地方碰上麻烦，还得送这个大麻烦回剧组，任谁心情都好不起来——

尤其是在接到程欣的电话之后。

甫一接通，程欣就责怪：“颜虹一个小姑娘，大老远跑去接你，你也不知道把人送回家？”

程非池开了免提，说：“我给她安排了司机。”

“人家是去找你的，你用一个司机就把人家打发走了？从小教你的礼仪教养，你都忘到哪里去了？”

程欣又唠叨了两句，大概怕引起儿子反感，转而问：“你现在在哪里？什么时候回家？”

叶钦以为他会如实告诉程欣，谁知他沉默一会儿，启唇反问道：“家，哪个家？”

后来的几天，除了烈酒的后劲让人一想起就胃里抽痛，叶钦还一直忘不了程非池当时的模样。

他从来没见过程非池那个样子，冰冷的声线，嘲讽的笑容，好像一切都不放在眼里，又好像历经沧桑后漠然无望。

那天程非池把他送到山上就走了，西装外套都没来得及要回。

叶钦便把那衣服留下了，挂在酒店房间里看了两天才拜托助理在附近找干洗店送洗。

这天助理把洗过的衣服拿回来，他把衣服摊开放在床上，正犹豫着要不要借此约程非池，郑悦月突然打来电话：“今天的拍摄任务结束了吧？收拾收拾赶紧出来，我叫了车去接你，把小芸也叫上。”

小芸是叶钦的助理，负责打点他在剧组的日常事务。

他们风风火火赶到现场，才大致了解到情况。郑悦月趁组合里有两个人在 S 市，给他们临时接了个商演和直播活动。

从广告拍摄现场赶来的贺函崧正板着脸在后台化妆，被抓来凑数的宋翊到现在还是蒙的，看到叶钦就扑上来挂在他身上，被他拎着后衣领弄开后扯着嗓子哭号：“哥……我想回去睡觉……”

虽然他们几个脾气性格各不相同，经常谈不拢甚至闹矛盾，但有一点不谋而合——跟谁过不去都不能跟工作过不去。

所幸这种事不是第一次了，几人迅速调整好状态，上台前对了一遍歌词，商场音响效果一般，偶尔唱破音也没人发现。开始玩互动游戏的时候，楼上还真出现了几个粉丝，挥手尖叫着喊他们三个人的名字。

是以从天而降的男团成员顺利暖场，直播活动的时候还真有不少路人加入，夸他们长得帅，问他们组合叫什么名字。

从去年开始，他们几个就没再以团体形式全员出现了。尤其是星光娱乐的七人男团 AOW 异军突起，斩获最佳新人组合奖，弄得他们只能偶尔跑趟商演，其他时间各自凭本事接活儿。

许久没这么热闹地享受被粉丝包围的感觉，平时一见面就吹胡子瞪眼的贺函崧也收敛了脾气，活动结束后，哼着歌邀请叶钦和宋珝跟他一块儿去附近的五星酒店住一晚。

叶钦跟他结怨已久，总觉得有猫腻，在休息室里外到处找小芸准备回剧组。

“芸姐姐刚才被月月姐叫走啦。”宋珝说，“钦哥就一起去呗，有我在呢。”

贺函崧刚卸完妆，边往脸上喷爽肤水边嗤笑说：“看你这没见过世面的样儿，怕我把你卖了不成？”说着用眼角睨他：“你这浑身上下连皮带筋，也不值那儿一晚上的房费。”

家道中落是过去的事了，现下叶钦落魄归落魄，骨子里的骄傲还保留了几分，为了证明自己见过世面，由着宋珝把他拖去酒店。

两人合住一个套房，宋珝进屋收拾好就嗷嗷叫着直奔泳池撒欢去了。叶钦没他这么旺盛的精力，上午拍戏全程又跑又跳，下午又在台上站了几个小时，腰都酸得感觉不是自己的了。

冷不丁想起上次去医院看尾椎时那个老医生说的“年轻的时候要注意保养不然老了有罪受”之类的话，叶钦慢慢躺到床上，捞了条毯子盖住腰，揉着揉着，就迷迷糊糊睡了过去。

醒来时四周一片昏暗，唯有窗外的点点灯光照亮房间陈设的模糊轮廓。

叶钦唤了几声宋珝的名字，没听到回应，估计这小子还没回来。

他趿拉拖鞋下床，到外面的冰箱里拿水喝。冰凉的矿泉水注入身体，激醒了混沌的神志，以及因为在黑暗中待久了有些模糊的视线。

他看到沙发上躺着一个人。

他以为是宋翊不声不响地回来了，还把沙发当床睡，上前就拽他挂在沙发外面的胳膊：“别在这儿睡，屋里有床。”

摸到紧扣的袖口和沾染了人体温度的钢制表带，叶钦才察觉到不对劲，跳起来去把客厅的灯打开了。

沙发上的人并没有因为这番动静醒来。

叶钦放轻脚步走过去，屏住呼吸前，迟钝地闻到空气中的酒味。

叶钦微微低头，看着以毫无防备的姿势躺在沙发上的人，弯腰把他的手轻轻托起，在身侧放好，又拿来毯子给他盖上，然后挨着他慢慢蹲下。

他不知道程非池为什么会在这里，他只是下意识地不愿打破这来之不易的宁静。

或许因为喝了酒，程非池睡得很沉，薄唇微抿，眉头深锁，叶钦忍不住伸手去碰他的眉心，轻轻将那褶皱推平，然而当手指离开，那眉心又皱了起来，好像哪怕在梦里，都充满挥之不去郁结和不安。

他这些年过得不好，叶钦想。他不笑，不是因为笑话不好笑，而是因为不开心，不愿意笑。

可是为什么呢？甩掉自己这个拖油瓶，他不是应该展翅冲天，从此万里长空任翱翔，再没有谁能将他困住吗？

离开自己这个坏人，他接下来要走的路应该坦荡平顺，遇到的人也都心怀善意，他这么好，怎么会有人舍得伤害他呢？

叶钦一想到可能有其他人像曾经的自己那样伤害程非池，心就疼得厉害。

握住程非池的手，叶钦偶然摸到他右手掌心不自然的凸起，小心翼翼地将他的手掌翻过来，一道与手心其他部分颜色明显不同的伤疤出现在眼前。

那蜿蜒的伤疤横贯整个掌心，新肉泛着令人胆战的红，已经愈合许久，却还是可以想象刚割开的时候是怎样一幅触目惊心的场景。

叶钦忽然想起五年前他们分开的那天，程非池的右手裹着一圈厚厚的纱布，他想抓程非池的手看看，程非池躲开了，他当时气昏了头，竟也没留意。

所以这个伤疤是在那天之前弄的？因为什么？那阵子他的妈妈在住院，他的亲生父亲希望他认祖归宗，想送他出国，他不肯，他为了跟我一起上 C 大，所以就……

许多从前不曾细想的片段涌入脑海，叶钦的心跳得很快，呼吸也变得急促，就在他即将触摸到真相的时候，被他抓着的手动了。

程非池醒了，入目的天花板让他觉得陌生，他不知道自己身处何方，多年来养成的警惕习惯让他条件反射地扣住那只握着自己的手，将身旁靠得极近的人制住。

“啊——”叶钦痛叫一声，程非池的目光随之转移到他脸上。

看清楚眼前的人，制住他的手却没有丝毫放松的意思。

叶钦察觉到程非池的手微微发抖，手心覆着一层冷汗，以为他被吓到了，忙道：“做噩梦了吗？现在没事了，别怕、别怕。”

他病急乱投医，用从前程非池哄他的那套反过来安抚程非池。

居然真的有效，不过须臾的工夫，程非池便冷静下来，呼吸也逐渐平稳，看着叶钦的眼神却依旧阴沉，令人倍感压力。

叶钦动了几下手腕，没能把手抽出来。

叶钦以为程非池刚从噩梦中醒来，这是缺乏安全感的表现，刚想问他要不要喝水，听见他嗓音低哑道：“玩够了吗？”

叶钦愣住了，眼中露出疑惑。

程非池也不解答，接着问：“这是第几次了？”

嘴唇动了几下，叶钦似乎有点明白他的意思，可还是不太确信：“什、什么？”

两人一个歪躺在沙发上，一个蹲坐在地上，以古怪的姿势对峙着。

程非池定定看了他一会儿，忽而扯开嘴角，眼中却没有一丝笑意：“整人游戏，好玩吗？”

叶钦像猝不及防被打了一闷棍，整个脑袋嗡嗡鸣响，心脏也似乎被这剧烈的震动打下深不见底的山崖，以超过自由落体运动速度千万倍的速度向下坠落。

是啊，没错，重逢后一次次的偶遇，巧合到他自己都觉得是刻意的，不就跟他当年做的那些事如出一辙吗?

不合时宜的卖乖、撒娇，寡廉鲜耻的示弱、讨好……他曾经捻着一簇漫不经心的火苗，烧毁漫山遍野的荆棘，破开重重防卫，走进程非池静如止水的心。在搅起惊涛骇浪之后，他又残忍地告诉程非池这一切都是一场游戏，一场因为荒谬的恨引发的恶意作弄。

程非池善良，不代表他能容忍一切，他也并不善忘。被那样深深伤害过，就算他想忘，每个午夜梦回时分，往事都会见缝插针地挤入脑海，浮现在眼前。

他怎么忘，怎么可能忘得了?

一股前所未有的绝望如涨潮的海浪将叶钦整个吞没，收走了他错乱的呼吸，叫停了他喧嚣的心跳。

他整天绞尽脑汁地想怎样求得对方的原谅，怎样与全世界最好的程非池重修旧好，却忽略了最重要的一点——那时的他，是程非池全部的希望，是他不惜违抗父母、放弃未来，也要抓住的唯一一簇光芒。

而现在，他什么都不是了。

Chapter.03

笃定

空气凝固至冰点，屋里静得落针可闻。

程非池松开叶钦的手，深吸一口气，再从胸腔中缓缓呼出，借此让混沌的大脑变得清明。

他失控了，在陌生的房间里，叶钦的面前。

右手因为过度用力泛起肿胀的钝痛，他动了动手指，让当年因为肌腱断裂至今仍不太灵活的手掌舒展开，听到身边的人低低的一声“对不起”，动作只微微停顿一下，随即坐了起来，打量周遭环境。

还是太不谨慎了。

参加酒会前，听说程欣又单枪匹马闹到易家，他匆忙赶回去阻止了一场闹剧。送程欣回住处的路上听了一路歇斯底里的哭骂，他到酒会后哭骂声依旧在耳边挥之不去，面对众人的劝酒，他不由得放纵自己多喝了几杯。

事后头昏脑涨只想找个地方休息，他无暇设防地接过别人递来的房卡，以为真如那人所说是一间空房，进门就躺在沙发上睡了过去。

坐直身体后大脑血液回流，程非池在彻底清醒的状态下又将事情的前因后果串起来回顾一遍，发觉其中的蹊跷之处。这一切显然有人安排，那人必定是听说了什么，至于是为了设局让他栽跟头还是为了讨好，稍微调查便能得知。

只是没想到会将叶钦牵扯进来。

程非池通过观察确定这里是酒店的普通套房，闭了闭眼睛，抬手捏眉心。巧合过于密集，他不知道叶钦在其中扮演了什么角色，是有心接近还是单纯被利用，光凭肉眼根本无法分辨。

毕竟叶钦演技精湛，六年前就能将自己耍得团团转，如今做了演员，演技想必更上一层楼。

程非池站了起来，拿起扔在沙发靠背上的外套就往门口走。

叶钦忙慌张地跟着起身，久蹲腿麻导致刚走两步便腿软磕到大理石茶几，差点摔倒。

听见动静回头，程非池看到他用被自己捏出指印的手腕撑着膝盖，抬起头来，唇红齿白的一张小脸配着湿润泛红的眼睛，倔强又可怜。

这让程非池想起重逢后第一次见面，他就是用这样的表情看自己，目光左躲右闪，嘴唇都快咬出血，还以为自己没察觉。

“对不起。”他又说了一遍，声音沙哑干涩，“我不知道为什么会这样，醒过来就看到你在……”

程非池：“我知道了。”

他无暇辨别叶钦话语的真假，这些他自会去查。他不想听叶钦解释，是出于对眼下状况的戒备，也是出于潜意识里的不自信。

从前的他有足够的底气在各种情况下保持理智警醒，这五年来他也确实做到了。现在也许是喝了酒的关系，也有可能是因为落入圈套而过分紧张，还处于自我防备状态，他不愿再听下去，生怕引以为豪的判断力被左右。

叶钦被他冷硬的话弄得怔住，看见他垂在身侧微微发抖的右手，还是忍不住上前两步关心道：“你的手……”

这回程非池没等他说完，径自打开门走了出去。

隔着门板，听着均匀的脚步声渐远，直至一丁点都听不见，叶钦站在原地，摇了一下头，失神般呢喃："我没有……没有在玩整人游戏。"

眼眶酸得厉害，他抬手盖住脸，让簌簌颤抖的睫毛戳在掌心，对着空气又重复一遍："对不起……"

次日清早，在酒店二楼用餐的贺函崧优雅地夹了块松饼放在盘子里，刚要回座位享用早餐，身后一阵风袭来。他猝不及防被人拎住后衣领甩到墙上，一声都没来得及叫，就被掐住了脖子。

"昨天晚上是不是你搞的鬼？"叶钦接过他手中的盘子，重重放在旁边的桌上，靠近他耳边问。

贺函崧被他掐得喘不过气，干咳几声："什么……什么昨天晚上？"

叶钦拎着他离开墙面，又狠狠地一掼："别给我装傻，除了你还能有谁？"

肩胛骨撞在坚硬墙面上的痛让贺函崧头皮发紧，偏偏这块是餐厅的死角没人看见。为了不露怯，他抬着下巴俯视叶钦，挑眉道："捡了那么大个便宜，不谢谢我，反而恩将仇报？"

叶钦眼中怒火更胜："果然是你！"

贺函崧把双手搭在他掐住自己脖子的手腕上，使劲往后拽开，急喘几口气，歪着嘴嗤笑道："不知道谁在装，明明乐开了花，面上还要装。"

他看叶钦这副清高样不爽很久了，什么家道中落的富家少爷，鬼知道是不是包装的噱头，在组合里也是人气最低的，只配给他提鞋的货色，吃了熊心豹子胆居然敢跟他作对，他早就想好好收拾叶钦一顿了。

叶钦被他露骨难听的话说得一愣，继而反应过来："是汤崇让你这么干的对不对？他现在在哪里？"

贺函崧自然不会说出真相，见叶钦失魂落魄的样子，心中生出快意，一面冷笑一面整了整被弄乱的衣领。

白天，叶钦趁拍戏中途休息，给汤崇打了好几个电话，三个号码挨个儿拨，全都没打通。

这证实了他的猜测，昨天晚上的事八成就是汤崇搞的鬼，汤崇看出了自己和程非池是老朋友，有可能是为了奉承讨好，卖个人情。想到这里，叶钦非但没有因为被当作讨好的礼物生气，反而担心起程非池那边的情况。他刚回国，不知道生意场的险恶，有汤崇带头搞这些旁门左道的龌龊手段，就会有第二个、第三个。

坊间流传的八卦都说程非池还没在易家站稳脚跟，这从上次电话里程欣的态度也可见一斑，这种时候出这种事，对程非池恐怕百害而无一利。

叶钦心有余悸地点开程非池的号码，想给他发条短信，提醒他提防身边的小人，在输入界面停留了几分钟，不知道该以什么名义作开场白。

程非池说不定会忽略他的短信，说不定还会以为他又在耍心眼。

深深的无力感将叶钦笼罩，他怕被程非池误会，更怕程非池再也不理他。

可这是他自己亲手种下的恶果，现在也只能由他自己拔除——哪怕过程艰难痛苦，哪怕这株已经扎根在泥土里的植物被挖出来后只能日渐枯萎，连带着枝繁叶茂的回忆一起化作尘土，永不见天日。

晚上收工回酒店，叶钦写了一张字条塞进还没还回去的西装口袋里。

刚收拾好，周封的电话打了进来：“忙什么去了？一整天都没打通电话。”

叶钦没什么精神：“山里信号不好。”

“还在山里？你不是要拍那个什么《一往无前》吗？”

叶钦开了免提，把手机放在桌上，拿起床头的药，坐在床上盘起腿："你怎么知道？"

"我的业余时间都拿来关注你了，你的超话我每天都是第一个签到的。怎么样，有没有很感动？"

伤口破皮还没长好，即将去拍的节目有下水的游戏环节，叶钦只好一天三次地抹药，边抹边龇牙咧嘴地说："谢谢啊周警官，您时间宝贵，还是忙自己的去吧，不劳您为我费心了。"

"客气客气，不算费心。"

耍宝的话也没法调动起叶钦的情绪，他闷不吭声半晌，耷拉着眼皮说："我昨天又碰到他了。"

"在哪里？"

"酒店的套房里。"

周封沉默片刻，说："阿钦这就把人拐来酒店了？"

"不是我拐的。"叶钦闷闷地说，"我和他被人算计了。"

周封听完他的叙述，发挥想象"脑补"了一出大戏，感叹道："贵圈真乱……要不你出门多提提我们家吧，S 市虽说远了点儿，但是我们家老爷子也算臭名远扬，兴许有点威慑力。"

叶钦拒绝了："你也不怕你爸知道了揍你。"顿了顿，他又说："不过，我倒是有其他事想请你帮忙。"

五天后，叶钦在节目录制现场抱着手机刷校园论坛，所有帖子里关于某程姓前校草的讨论都得到了控制，难听的评论要么被举报删除，要么被隐藏处理，没有人再对程非池的身世探讨不休。

"这就是你们那个什么……粉丝控评？"周封在微信里问，一副看透他的动机的样子，"你这么费心费力的，是要去学霸跟前邀功吗？"

互帮互助的结果让叶钦很满意，他退出论坛，说："要是班长被人骂了，你能忍吗？"

他只是见不得有人说程非池一点儿不好。这个毛病从前就存在，那时的他明明把程非池定义为敌人，却听不得别人说程非池的不是。当时他还以为是因为讨厌有人对他的品位质疑，后来才知道那叫护犊子。

他的哥哥那么好，谁都不准骂。

今天要拍摄的节目也是郑悦月给临时加塞的，贺函崧和叶钦两人作为本期的外景嘉宾露个脸。拍摄地点在 S 市的高档酒店花园酒店，节目组豪气地把酒店其中一个室内游泳池租了下来。

叶钦从进休息室换衣服、化妆起就默不作声，贺函崧几次三番挑衅他也恍若未闻。

助理小芸在他耳边压低声音说："这个拍摄机会不是沾他的光，月月姐也说了不用这么纵着他。"

叶钦摇摇头，他只是想低调些。上回汤崇整出来的那事儿与贺函崧脱不了干系，若是再把这个小肚鸡肠的家伙惹恼了，殃及程非池，他就再也没脸见程非池了。

他也不想在没约好的情况下再出现在程非池面前，不想再被程非池质问"这是第几次了"。

然而叶钦不想惹事，不代表别人容得下他。

今天 S 市下雨，气温比前两天要低，游泳馆里冷气开得很足。其他人还好，对于叶钦这种天生畏寒的人来说，就有点吃不消，下水半个小时就开始手脚发僵，全身的血液都无法顺畅流动。

他不是什么大腕儿，没有话语权，自然不会傻到跑去拜托工作人员帮忙把空调温度调高一点。两个小时的拍摄结束后，叶钦被冻得脸色发白嘴唇泛紫，小芸给他裹了三层浴巾，抱着一杯热水在休息室坐了半天都没缓过来。

"衣服送到程总的助理手上了，"小芸在一旁汇报，"在楼下蹲到的。"

叶钦这才有了点反应："他……他有没有说什么？"

自从托周封打听到这家酒店属于易家，易家办公总部在旁边的写字楼，叶钦就动了这心思。他怕自己贸然联系会引起程非池反感，今天趁拍节目把衣服带着，让小芸帮忙送到办公楼的前台，没想到真碰到来巡查的程非池。

"程总本人没说话，他身边的助理说……说……"

小芸说到这里有些吞吞吐吐，叶钦迫不及待想知道，追问："说什么？"

"说……说……以后不用送来了，程总不缺这一件衣服。"

叶钦呆坐着，似在消化这句话的意思，过了两三分钟，才慢吞吞站起身："走吧，还得回去拍戏。"

小芸把衣服递过来，他换上衣服，习惯性地先去摸裤子口袋。

他将手伸进里面，什么都没摸到。

他把衣服上其他口袋都摸了个遍，还是没有。

叶钦顿时慌了神。

叶钦气势汹汹地跑到隔壁休息室，里面空无一人，他拿手机给贺函崧拨电话，接通后急问："你把我的手链藏哪儿去了？"

那头的贺函崧仗着叶钦打不着他，慢悠悠道："什么手链啊？就你成天带在身边当宝贝的那个破烂？"

叶钦强压怒火："对，在哪里？"

"欸，我想想啊，今天进休息室的时候，我看见它掉在地上，还以为是哪个嘉宾扔掉不要了呢……看着像个卡地亚，也不知道是真是假，就一颗钻，得亏我眼尖，一般人肯定瞧不见……"

贺函崧故意卖关子，扯东扯西就是不说在哪儿，等到叶钦忍不住要发飙，才"灵光一闪"道："哦对了，我捡起来之后没地方扔，录节目前随手丢到泳池里了。”

叶钦顾不上揍他，放下手机就往泳池方向跑。

泳池刚闭馆，正在准备进行循环过滤，水泵嗡嗡运转，叶钦生怕手链被过滤没了，不顾助理和工作人员阻拦，纵身跳了下去。

一个小时后，叶钦给泳池的工作人员挨个儿鞠躬道歉，回到休息室，把湿漉漉的衣服脱下来拧了拧，又穿回去，依旧是湿乎乎地贴在身上，尴尬极了。

小芸在外面敲门，语气慌张地说：“正门有粉丝，我去引开他们，你走员工电梯。”

叶钦叹了口气，心想屋漏偏逢连夜雨，平时走到哪里都碰不到粉丝，在他“矬”得不能见人的时候倒一个个都冒出来了。

……说不定都是来看贺函崧的。

身披一条干浴巾，叶钦顶着还在滴水的头发飞快地穿过泳池，按照工作人员的指示往员工专用电梯方向去。

他做贼似的猫着腰，头都不敢抬，因为泡在关掉恒温系统的冰凉池水里找手链找了近一个小时，现在四肢还在不停地哆嗦，按电梯按钮的时候手也在不住地发抖。

幸好手链找到了。叶钦摊开手掌看手心里的东西，扯开嘴角，露出安心的笑。

电梯门打开，他还在看那手链。

里面有人，他就低着头自觉地走到角落里站着。电梯门关上后，他把手链拿起来吹了吹，戴回左手腕，仗着密闭空间里没有粉丝盯着，举在眼前左右端详。

直到电梯里的另一个人问“去哪一层”，叶钦才一激灵，目光恍惚地聚焦在那张他万分熟悉的脸上。

勉强指挥自己按下去一层的按钮，他的整个大脑趋近于空白，少了零件似的嗞嗞冒火星，不一会儿便散架罢工了。

谁能想到会在这种情况下遇到程非池呢？

就算那五年里疯狂想跟他见面，在脑中创造出无数种异想天开的碰面方法，叶钦也不敢这么想。

这太离奇了。

就在他用所剩无多的神志拼命思考该怎么向程非池解释自己出现在这里的原因时，更离奇的事情发生了。

电梯在正常下降三层之后，突然开始做自由落体运动，疯狂下降十几层。

叶钦吓得魂飞魄散，在这种状况下根本无法自控，等到电梯突然停住，顶灯“啪”地熄灭，他整个人已经吓傻了。

与他相比，程非池淡定得简直不像在经历一场电梯事故。

程非池在刚才的短短几秒内把接下来所有楼层的按钮都按了一遍，眼下伸手不见五指，不仅一点都不慌，还有空捞了一把叶钦的胳膊，把瘫软的他架起来，让他靠角落站，然后腾出一只手，掏手机打电话。

叶钦张开嘴巴急促地喘气，眼睛却紧闭着，不知是羞怯还是害怕，戴着手链的那只手还放在程非池身上，揪住他腰间衬衫的布料。

虽然对方暂时没有推开他的意思，但他在深吸几口气勉强冷静下来之后，还是自己松开了手。

一根手指、一根手指慢慢松开，再纠缠不舍，也没有带走一丝温度。

程非池打完求救电话，手机屏幕刚熄灭，就听见缩在角落里的叶钦断断续续道：“我……我不是故意的。”他吞了口唾沫，险些把自己哽住，声音更微弱了：“这个电梯……这个……不是我弄的，我不知道……不知道你……你也在这里。”

听完这牛头不对马嘴的一番解释，程非池莫名其妙地也跟着喉咙发紧。

他听得出来，叶钦哭了。

密闭的狭小空间里，声音经过四面墙壁的回弹被无限放大，一点点啜泣声都逃不过人的耳朵。

叶钦不想哭的。妈妈的葬礼上他忍住没哭，走投无路进演艺圈的时候他没哭，被人排挤欺负的时候他没哭，跟朋友说起往事的时候他也没哭。实在难受极了，泪水在眼睛里打个转再吞回去，就可以自欺欺人，当作无事发生。

他不是小孩子了，知道哭解决不了任何问题，只会让人觉得他懦弱可欺，别人随便动动手指头就能将他碾进泥土里。他想生存下去，想变坚强，想让程非池看到他稳重可靠的一面。

单单只是黑暗的话，根本不足以让他掉眼泪。他怕的是被程非池讨厌，怕再也不能靠近程非池。他们离得太远了，身体距离不到两米，中间却仿佛隔着万丈沟壑，生死在这遥远的距离面前都变得不再重要。

眼泪不受控制地流下来，叶钦实在太怕了。他狠狠握拳，指甲嵌入掌心里，不让上下牙撞击打战：“第、第一次，是经纪人带我去那里，跟几个没见过的老板打招呼，我不知道……不知道你会来。”

程非池没有出声阻止，他便说了下去。

“第二次，在医院，我真的是尾椎摔伤了，贴、贴膏药也不管用，才请假去看医生，拍的片子我还收着，可以拿给你看。

“第三次，在山上，第二天一早我要去给妈妈扫墓的，没、没想到会迷路，打你的电话也没想到会通。民宿早就订好了，不相信的话，可以给你看订单记录。

“第四次，汤崇骗我说你在那儿喝醉了，我过去之后才发现被骗了。第五次，还是汤崇搞的鬼……他跟我有点过节。”

在逐一叙述的过程中，叶钦慢慢放开了。

他怕黑，可黑暗的环境赋予他勇气。互相看不见对方的脸，他便可以假装脸面和尊严不存在。

反正也不是第一次在程非池跟前这样不体面了，索性破罐子破摔，把想说的一股脑儿说完，也好过吞吞吐吐，拖泥带水。

“这次，我在这里录节目，听说你可能会在这里，才让助理把衣服送过去。”终于说到当下的状况，叶钦既觉得无力，又感到一阵轻松，“坐这部电梯是因为楼下有粉丝，我没有……没有玩……”

挣扎许久，还是没能把“整人游戏”说出口。听着耳边依旧平稳的呼吸声，叶钦泄气般地耷拉脑袋，说：“我保证，这一定……一定是最后一次了。”

不知为何，“最后一次”四个字触动了程非池脑中某根敏感的神经，他垂在身侧的手指动了一下，像是听完这番话做出的唯一反应。

修电梯的工作人员很快就到了。

电梯卡在七楼和八楼中间稍微偏上一点的位置，接应他们的人从八楼扔下救援绳索。

程非池想把叶钦先送上去，叶钦摇头往后退，垂着眼皮看地面：“你……你先上去。”

站在光源下，叶钦说话又开始磕磕巴巴。

程非池只好先上去，反身蹲下伸手去拉他。叶钦拽着绳子不敢动，最后实在害怕，才抬手抓住程非池的手，借力爬上来之后就立刻松开了，一秒都不敢多停留。

他鼻头红红的，冻狠了的样子，手也是冰凉的，脸上斑驳交错满是泪痕。身上裹着的浴巾在电梯超速下降的时候就掉了，这会儿只穿着湿答答的T恤和休闲裤，湿衣服紧紧贴在身上，显得他腰很细，凸出的肩胛骨支棱在背上。除了身高，其他地方都单薄得不像个二十三岁的成年男人。

几个工作人员正就电梯故障的原因向程非池解释，叶钦听了个大概，原来程非池是来视察工作的，公司高层坐电梯碰上这种事，怪不得他们吓成这样。

此刻程非池的脸色很不好看，叶钦猜想除了电梯事故，应该还有自己刚才在电梯里胡扯一通的原因。他抓住谈话间隙，小声插话道："打扰了，那我……我先走了。"

想不出这句话能配个什么动作，叶钦习惯性地鞠了个躬，然后扭头就跑。

手机在口袋里被捂得湿乎乎，好半天才解锁打开，叶钦边走边给小芸打电话，拐个弯从侧门到外面，刚淋一头雨，冷不丁撞上一群举着"贺"字灯牌的姑娘。

为首的姑娘"嗷"一嗓子，带着后面一帮人呼啦啦往这边跑，叶钦在心里把贺函崧骂了一万遍，急得左右张望，到处寻找可以躲的地方，看见不远处的安全出口指示灯，打算往那边去，突然被人从身后抓住胳膊。

叶钦以为遭遇埋伏，刚要挣扎，转身对上程非池的脸，紧绷的肌肉顿时卸了力气。

程非池的想法与叶钦一致，带着他拐进平时只有打扫的员工会进的楼梯间，下到地下一层停车场，穿过曲折的走道，来到一部无人等候的电梯前。

叶钦这会儿对电梯有阴影，缩着脖子往后退了一步，说："我去楼梯间等着就行，她们不是来找我的，一会儿就走了。"

程非池听了他的话，滑到他手腕上的手却握着没有松，说："这是专用电梯，不会有事。"

仔细想来，"专用电梯"与"不会有事"之间并没有什么直接联系，叶钦却轻易地接受了这个逻辑，愣愣地"哦"了一声，跟着程非池上了直达顶楼的电梯。

酒店的顶楼是不对外开放的私人场所，走道非常安静，脚踩在地毯上几乎听不到声音。套房门上也没有编号，开门用指纹锁，程非池先进去之后，叶钦背着手站在门口，踌躇着不敢进去。

他在没人看见的地方，偷偷用右手摩挲左腕上温度比别处高的那一圈皮肤："我脚脏……可以脱鞋吗？"

程非池扭头看他，眼中闪过一丝意外，顿了一会儿，说："直接进来，不用脱鞋。"

这个顶层套房显然是独属于程非池的私人领域，装修与酒店其他房间的风格不同，是简洁干净的灰白色调。

客厅放电视的位置改成整面墙的书架，餐厅的桌上摆着一个马克杯，卫生间的毛巾、拖鞋、牙刷全都只有一份，到处都有生活痕迹，由此可以推测程非池经常住在这里。

叶钦刚挂掉跟助理报备的电话，卫生间门就被敲响了。程非池没进来，只从门缝中把洗漱用品递到里面，隔着门板告诉他："左边热水，右边冷水。"

叶钦站在镜子前拆新拖鞋的包装，偶然抬头看见衣服皱巴巴、头发乱糟糟的自己，跳个不停的心逐渐放缓跳动速度，恢复到正常频率。

这副惨样子，每个善良的人看了大概都会心生怜悯吧，好比顺手救一条落水狗什么的。

洗完热水澡，叶钦身上暖洋洋的，整个人都活了过来。他生怕洗太久程非池等得不耐烦，头发也没擦就出来了，看见桌上放着的一杯水和两粒感冒胶囊，听见厨房传来的动静，这才定下心。

虽然杯子是一次性的，乖乖把药吃完也没有棒棒糖作为奖励。

室内空调温度打得偏高，加上紧张拘束，坐了一会儿便出了一身薄汗，叶钦借调温度经过餐厅，偷摸往厨房里看，程非池背对着他站在灶台前，衬衫袖扣解开挽起，露出一截线条流畅的小臂。

看着他的背影，叶钦恍惚像回到在嘉园小区的那段时光，那时程非池也是这样站在厨房里做饭，听见脚步声，还会回头冲他笑。

他忍了又忍，才没有像从前一样凑上去和这个久违的背影套近乎。

他怕把人吓跑就再也找不回来了。

更怕自己贪恋温暖，再也舍不得放手。

程非池从前就不爱吃外面的东西，现在亦然。

两碗鸡蛋面摆在桌上，他见叶钦吃得很慢，问："不合口味？我帮你叫客房服务。"

正是午饭时间，星级酒店的厨房提供各色美食，哪样都比这碗简单的面条好。

"合口味的，很合口味。"叶钦忙道，"只是有点……烫。"

他不擅长撒谎，眼神四处飘忽找不到落点。他僵硬地挑起两根面条，挪动嘴唇一点一点往嘴里抿，真的怕烫似的。

程非池吃完的时候叶钦才吃了不到三分之一，看见程非池起身，他放下筷子也跟着站起来。

"吃不完就放在桌上。"程非池去洗了个手，边穿外套边交代，"坐专用电梯到负一层，走道左拐右拐再右拐，直走上楼梯就是后门，那边可以打到车。”

叶钦知道程非池要走了，一顿饭的时间太短了，他还什么都没来得及说。

他想问程非池有没有看到塞在西装口袋里的字条，想问你这五年是怎么过的，想问你的手还好吗，还想问你还恨不恨我，我站在这儿让你打让你骂，你能不能消消气啊，哪怕就消芝麻大的一点点气。

叶钦小尾巴似的跟上去，慌张忐忑、欲言又止的样子让程非池想到什么。他从外套内侧口袋里拿出钱包，掏出几张百元纸币：“到苍泉山应该够了。”

手抬起又放下，叶钦在拿与不拿之间纠结。拿了显得很没出息，不拿的话他又不知道以后找什么借口跟程非池保持联系。

程非池见他拿不定主意，把钱放在玄关的柜子上，转身便要走，却被一只手从身后拽住衣角。

这回大概是那碗面给的勇气，叶钦有些着急地说：“我说的那些都是真的，在电梯里说的那些……我没有骗你。”

以后也不会骗你了，永远永远永远不会再骗你了。

他知道想得到原谅还有很长的路要走，他只是不想让这本就千疮百孔的关系再添一层解不开的误会。

客厅里的壁钟嘀嗒嘀嗒地走着，仿佛希望在一秒一秒流失。在心里默默数过二十，叶钦以为没戏了，手指蜷缩，慢吞吞地往回收。

意料之中，可还是会觉得难过。

数过三十的时候，面朝门口的程非池身体动了动。他稍微偏过头，视线下垂，落在叶钦戴着手链的手上。

叶钦听到他低低应了一声：“嗯。”

喝了热水吃了药，叶钦还是感冒了。

当天下午在拍摄现场他就开始打喷嚏，接着手脚发软、浑身无力，助理找来体温计一量，38.5 摄氏度。

剧组的进度不可能因为一个小小的男三往后推，吃下退烧药，叶钦拿冰水往自己脑门上敷，强迫自己保持清醒应对工作。

助理小芸不忍道：“就为了个手链，那边的工作人员都说了可以帮忙打捞，你还非要往下跳。”

叶钦嘿嘿笑，感慨道：“太值了。”

亲手把手链找回来，还能碰上程非池，吃一碗程非池做的面，让他在凉水里再多泡几天都值。

收工后叶钦精神奕奕，简直不像在生病，拍戏收工回到酒店还不休息，抱着手机一边逛网上商城，一边接听宋珝的电话。

“钦哥你落水啦？”

“……你怎么知道？”

“超话里有人发了啊，你在花园酒店被粉丝追着跑的照片。”

叶钦心道：果然，贺函崧的粉丝当真跟他本人一样闲得慌，那么丑的照片都往外发，生怕自己身上的黑点不够多。

“不是落水。”叶钦这会儿无暇跟姓贺的计较，手指在屏幕上滑来滑去，觉得这个瓶子好看，那个也不错，统统点击加入购物车，“我自己跳下去的，怎么能叫落水？”

“又是因为贺函崧？”

说到这个叶钦难免动肝火：“你说呢？”

“我错了我错了。”宋珝可怜巴巴道，“上回在酒店游泳池玩得太累了，刚好他过来叫我去喝东西，我就在他房间睡了，谁晓得他这么阴险，居然一出接着一出没完没了……”

那天晚上程非池离开后，叶钦没能打通宋珝的电话，等到他从 S 市回到首都，两人才取得联系。叶钦把事情去掉中间部分都告诉了宋珝，惊得他跳起来说要报警，叶钦只让他下回警惕些，不要轻易信别人的话，此事便作罢。

宋玥显然还心怀愧疚，要不是叶钦说没让人占便宜，他恨不能偿还叶钦的精神损失。

“没事，都过去了。”叶钦看完瓶子看纸，反过来安慰宋玥，“怎么说也是这么多年的队友，不设防也无可厚非，以后小心着些，他这回敢动我，下回就敢拉你下水。”

那头的宋玥颤巍巍地点头称“是”，小大人似的叮嘱叶钦好好照顾自己，便挂了电话。

苍泉山下有个快递代收点，身体刚刚好，叶钦就借来一辆自行车，平坦的路骑着，陡峭的路推着走，到山下把自己的包裹拿了，顺便给剧组的女孩子们带了几杯奶茶。

女主角是当红花旦刘雨卿，最近她的戏份拍摄密集，一连好几天困在山上，每天只吃盒饭、喝矿泉水，早就憋坏了，这会儿喝上冰奶茶感动得想哭，把叶钦当成救命的菩萨，说要认他做干弟弟。

“所以我到底是菩萨还是弟弟？”叶钦忙着拆包裹，头也不抬地问。

刘雨卿看见他从包裹里扒拉出来的一个心形玻璃瓶和一沓星星纸，咋舌道：“妹妹吧，少女心的小妹妹。”

叶钦一点儿不介意被人这么说，上学的时候叠星星也有人笑他，还有穿粉色衣服的时候。然而事实证明这招确实有效，当年程非池不就是因为那罐星星才和他熟起来吗?

虽然时过境迁，而且那颗带血的星星是扎在两人心中最深的刺，可也正因为如此，他才要重新叠一罐，用上自己全部的耐心和诚意，把欠程非池的统统补回去。

本打算一天叠一颗，掐指一算叠满一罐要一年多，这太久了，叶钦左思右想，改成一天叠三颗，刚好对应早中晚，从太阳升起到太阳落山。

他以为自己会有很多话想对程非池说，拿起笔却又不知道该从何说起。第一天，三颗星星里写的都是相同的一句话：我想你了，哥哥。

晚上躺在床上，手痒想给程非池发短信，叶钦觉着发一条也不算过分，况且他还欠着程非池五百块钱，欠债的联系债主，天经地义。

他纠结来纠结去，发了“睡了吗”三个字。发完又有点后悔，觉得自己像想复刻当年成功之路的小丑，程非池却已经不是当年那个什么都不知道的少年，他那么聪明，说不定还会怀疑自己动机不纯。

短信无法撤回，叶钦抓了一把头发，抱着手机惴惴不安地等回复。

快睡着的时候，真让他等到一条：什么事?

简单的一句回复让叶钦心跳如擂鼓，他坐起来往肚子里灌了一杯水才平复心情，怕对面等急了飞快打字：上次的事谢谢你……打车的钱怎么还呀?

他尽量公事公办，不敢外露过多的情绪，生怕把对面的人吓跑。

回复依旧简短：不用了。

叶钦看着这三个字，耷拉着脑袋蔫了会儿，很快重振精神，抱着手机继续斟字酌句。

他决定大胆一点，万一跟上次一样，有意外之喜呢?

手机再次振动时，程非池刚发动车子开上马路。

今天的晚餐是在易家吃的，易铮以公事为由把他叫过去，到书房没说两句正事就开始扯别的，让他明天去颜虹家走一趟，还让他今晚在家里住。

程非池自是没答应，原本还在想该找什么借口脱身，易家现在的女主人在餐桌上指桑骂槐了一番，总结下来的中心思想就是——哪儿来的滚回哪儿去，乌鸦休想变凤凰。

易铮沉下脸，说："小池进了这门就是易家的人，你不能视如己出，也不要出言不逊。"

那女人依旧牙尖嘴利："我说错了吗？你若是不心虚，不如把那女人接回来做这个家的女主人，让你的好儿子做名正言顺的大少爷。你想得可真好啊，给他在家里准备房间，给他找老婆，你以为这样，他的心就在易家了？"

易铮把筷子拍在桌上，气得直抖，也不顾两个儿子都在这儿，吼道："那你说我该怎么办？把家业交给易晖，由着他给我败光？"

被点到名的易家曾经唯一的儿子易晖"啊"了一声，边用筷子敲碗边眯起眼睛笑："爸爸，爸爸叫晖晖干吗呀？……啊，妈妈，妈妈不要哭。"

一时女人的啜泣声、叫闹声、碗筷摔在地上的破碎声交织成一片。这里不像个家，倒像个富丽堂皇的精神病院。

程非池听不下去，起身要走，易铮在他身后命令道："明天就去把姓改了。"

他冷笑，心想明天要做的事情还真多，可惜一件都不在他的职责范围内，他根本没打算去做。

走到门口，只有他同父异母的傻弟弟追上来送他，易晖举着一个苹果："哥哥、哥哥，你还没吃饭后水果。"

近一米八的大小伙子，言语举止像个七八岁的小孩。程非池知道，除了有智商停止发育的原因，他单纯的眼神和直率的举动皆来自家里人的悉心保护。

曾经有个人给他同样的印象，那个人也会喊他"哥哥"。

程非池想了想，说了声"谢谢"，接过易晖递来的苹果。

行至前方红灯处踩刹车，拿起手机看短信。

几年前用的卡被他塞进了现在用的手机里，来短信的号码没有署名，他却烂熟于心。

这回发来的足有三行：多亏你帮忙，不然我可能要在全国人民面前丢人了……那我请你吃顿饭好不好？地方你来定。

红灯结束，程非池还没想好该怎么回复。进到酒店顶层的套房，他先脱掉外套，去厨房把水烧上。

上次他把叶钦留下，自己先行离开后，好几天没回来过这里。他不喜欢让不熟悉的人进入私人空间，拒绝了酒店提供的保洁人员，平时都是自己打扫整理。

经过餐厅时他还在想，天气这么热，没洗的面碗大概都发霉了。结果桌上干干净净，没有剩碗，也没有吃过饭留下的汤水污渍，厨房水池里也不见用过的碗筷，连他经常随手放在餐桌上的马克杯也倒扣在杯架上，防止不用的时候落进灰尘。

走进卫生间，里面干净得像无人使用过。淋浴间的玻璃门清亮透明，没有一点洗澡必然会留下的水渍，多出来的几件一次性洗漱用品都整齐地叠放在洗手台的一角，包括那件浴袍。

他知道，那天叶钦穿着这件白色浴袍走出来，在厨房门口站了好几分钟。

把丢在玄关好几天的西装外套挂到柜子里时，他从口袋里摸出一张字条。叶钦除了表达谢意，还提醒他小心提防汤崇。

程非池盯着这张多此一举的字条看了半晌，视线扫过右下角的“叶钦”，拿起手机回复短信。

接下来的几天，叶钦叠的星星里面写的都是同一句话：哥哥理我一下，好不好？

那天晚上他等啊等，最后等来一条消息，他几乎从床上跳起来，点开信息界面的手都在哆嗦，又在看到一串十九位数字的卡号时，变成一个被戳破的气球，泄气地瘫软倒在床上。

他还是太乐观了，程非池根本不想跟他见面，微信、支付宝这种除了能转账还能聊天的账号都不愿留，宁愿输入一长串银行卡号。

叶钦好不容易鼓起的勇气又被放空一半，尤其是还了钱之后，整个人陷入迷茫，仿佛失去了前进的方向。

“照我说，你就写封信，把你的忏悔和心意都写上去，最好淌几滴眼泪，把字迹晕开的那种，或者干脆把手指划破了写……”

“停停停。”叶钦听着浑身发毛，“这是遗书还是请罪书啊？这样的信要真让他看了，估计以后他就再也不想见我了。”

“咱们现在的状态和请罪又有什么区别？要不是怕把圆圆吓着，我现在就找根荆条背着跪在他家门口。”

近来，叶钦和周封两位昔日好友时隔多年再次找到共同语言，互相安慰鼓励，出谋划策。虽然多半讨论不出什么行之有效的办法，但好歹能从对方身上找回一点自信。

比如叶钦阴差阳错地进到程非池的住处，和他一起吃饭的时候，周封还蹲在廖逸方家楼下打地铺。

“你说圆圆看着多软和的一个人，这件事情上怎么就这么绝情，一点余地都不留，说不见我就不见？从暑假开始他就没出过门，要不是当了执法人员，我真想把他爹妈绑架了，看他还搭不搭理我。”

听上去有些荒唐，叶钦却有点能体会他的心情。

程非池不躲避，却也不回应，更加不会主动推进，这态度比摆在明面上的抗拒更为糟糕。

年少的时候，叶钦曾盲目自信地认为自己是掌控者，后来才知道被牵着鼻子走的一直是自己。

现在程非池把大门关上，对他发出的所有乞求重修旧好的信号置若罔闻。他一定是还沉浸在过去没能走出来，不然怎么会以为程非池应了他的话，就等于愿意原谅他?

程非池那样好，又那样冷静，该做什么不该做什么自有一套清晰的原则。当时的叶钦之所以能打破原则，是因为歪打正着闯进了他的世界，而现在的叶钦被送回外面，被放逐太远，连重新回去的路都找不到。

主动权一直在程非池那里，现在只有等他一声令下，叶钦那如同孤魂野鬼般漂泊在外的心才能找到归处。

这天收工早，女主角刘雨卿请剧组所有演职人员吃饭。

叶钦对酒桌有阴影，这种场合逃不掉人情往来。他想以身体不舒服为借口回酒店休息，却被最近总以“姐姐”自居的刘雨卿硬拖上车：“大家都去，给姐姐一个面子嘛。”

S 市说小不小，说大也不大，叶钦虽然保证了“最后一次”，却还是偷偷怀揣了再次偶遇的心思。

然而老天不会让他一再走运，这回他遇到的是上次在包厢里见到过的电视剧投资人陈总，以及许久不见的老朋友，刘扬帆。

这五年间，他也不是没在酒桌上遇到过旧相识。

叶钦年纪不大，还没来得及踏足商界家里就破产了，叶锦祥却是实打实的生意人，在父子关系还没有那么糟糕的时候，他也曾带着儿子四处应酬，美其名曰“见见世面”。

在首都时，叶钦就因为这张熟脸被酒桌上的老板认出来过，那位老板哪怕记不得他的长相，听到名字也能回忆起两三分。互通姓名后便是中年老板们的感慨时间，从“想当年”扯到自己的业绩，再用叶家的落败衬托创业的艰难不易，最后递出一张名片，以一句“有困难找叔叔”作为收尾。

起初面对这种情况，叶钦只觉得尴尬难堪，后来次数多了，脸皮厚了，便可以做到左耳进右耳出，你说你的我吃我的。

情况还能更糟糕吗？或许能，但这已经不在他的考虑范围内了，把眼下的日子过好才是他的目标。

是以面对昔日一块儿喝酒打牌干坏事的朋友，叶钦并没有多不自在，敬酒间隙两人目光对上，他还冲刘扬帆挤挤眼睛，笑了笑。

倒是刘扬帆不太适应这场面，移开视线不跟叶钦过多接触。

酒过三巡，叶钦吃饱喝足去洗手间放松一下，出来在门口撞上老朋友，第一反应是左右张望：“你先走，别让人看到了瞎……”

“阿钦，”刘扬帆却喊他名字，“好久不见。”

酒席还没散，两人就先在洗手间门口聊了几句。

得知刘扬帆这次来 S 市是来考察家里新投资的娱乐公司，叶钦笑道：“国内房地产势头好着呢，不过多拓展业务也好，娱乐产业发展前景也不错。”

刘扬帆一身正装，收敛了从前的纨绔气质，看着比上学的时候稳重不少。他还记着从前的事，说着说着便掉转话锋：“当年，不是我不帮你，我爸他……”

叶钦知道他要说什么，不着痕迹地打断：“好啦好啦，陈芝麻烂谷子的事儿还提它干吗？你别瞎揽责任，我们家的问题，本来就该关起门来自己解决，不关别人的事。”

见叶钦豁达开朗，刘扬帆稍稍松了口气，终于放开了些：“你在这里拍戏？”

“是啊，李导的戏，我演今天的东道主刘雨卿的弟弟。”

他说得轻巧，刘扬帆却没法轻松对待。叶钦从前是什么样的，没人比他更清楚，虽谈不上嚣张跋扈，高傲张扬却是写在脸上的，哪怕当年来找他借钱，也没有一点潦倒的姿态，挺直腰杆梗着脖子说：“不出三个月，一定如数还你。”

而眼前的叶钦圆滑无棱角，笑盈盈的样子也让人瞧不进心底，一身傲骨不知是折断了还是藏了起来，令人不胜唏嘘的同时，还催生了点其他从前未曾有过的古怪念头。

“你现在单身？”刘扬帆问。

“啊？是啊，你这么问好像娱乐频道的记者啊……哈哈哈。”

“什么时候回首都？”

叶钦想了想：“就这个月底吧，拍完就回去。干吗，要请我吃饭？叫上周封一起啊。”

刘扬帆没接话茬，自顾自说：“我在城东有个空着的住处，家具电器什么都有，装修也算豪华。”

这话似乎只说了一半，叶钦蒙了片刻，说：“我有宿舍住。”

“从前身不由己，现在我爸管不着我了。”刘扬帆眯起眼睛，有些傲慢地说，“与其在娱乐圈这么混着，不如跟我混吧。”

叶钦还是摸不着头脑，连连摆手说：“我不行、我不行，做生意我不行的，一言不合我这暴脾气就得跟人打起来，你找跟班也别找我这样的。”

刘扬帆从他这举动中找到点过去的影子，不由得笑了：“不是让你跟着我做生意，你在那儿住着，跟以前在我们家会所里一样，只管吃喝拉撒睡……”

散席后，叶钦仓皇逃离现场。

坐在车上，他拿出手机开前置摄像头当镜子照，两只眼睛一个鼻子一张嘴，横竖也没看出什么特别之处，跟从前分明没区别。

刘扬帆一定是看自己过得惨，一时同情心发作，加上喝了点酒，脑子不清醒。

一定是这样。

睡了一觉，叶钦就把这事放到脑后。昨天的闲聊连叙旧都算不上，他很清楚自己现在和刘扬帆的差距，别说玩到一起了，再多说两句都要尴尬冷场。

物以类聚，人以群分，当年几个小屁孩的共同语言无非吃喝玩乐瞎捣蛋，凑到一块儿也没干过什么好事，不过是拥有相似的出身背景，臭味相投罢了。

想起曾在那帮狐朋狗友跟前一再贬低、践踏程非池，叶钦就恨不能穿越回去，一个巴掌把自己打醒。

就算当时他之所以会说出那些蠢话，少不了他们几个推波助澜的原因，可归根结底还是因为他自大狂妄，不懂珍惜，伤害了程非池，如今自己也遭到反噬，所以谁都怨不得。

经过五年的风吹雨打，叶钦不仅遇事极容易想开，还能迅速打起精神，抽空在片场把昨天没来得及叠的几颗星星补上，内书：昨天太忙了，还是想哥哥的一天。

今天依旧忙碌，男三的戏份到了紧要关头，有一场女主角为了追寻男主角的脚步毅然下山的戏，男三作为弟弟舍不得姐姐，沿着山路边追边哭。

叶钦入行前后都没有受过影视表演方面的训练，哭戏尤其不拿手，来回跑了几次也没挤出眼泪，以为要挨骂了，执行导演不知道从哪里找来一瓶眼药水："来，滴几滴含着，跑两步再眨眼挤出眼泪来，到时候我给你打手势。"

叶钦受宠若惊，先前女二哭戏挤不出眼泪都没这待遇，硬生生被导演给骂哭。

他还以为导演今天心情好，越往后越觉得不对劲。在接过平时对他这个十八线爱搭不理的剧组生活助理送来的冰水和小电扇后，叶钦终于得出结论——今天在场的所有工作人员对他的态度都变得比之前好了。

早上到地方跟大家打招呼，几乎所有人都抬头微笑向他行注目礼；拍戏中途汗流浃背有人麻利地上来递毛巾，并将电风扇固定方向朝着他吹；连中午放饭都不用他挤破头去抢，下了戏就有人给他摆在桌上，附带一份进组后一次都没喝到过的紫菜蛋汤。

可是为什么呢？大家总不能是突然集体良心发现吧？

把汤底剩下的几片紫菜嚼完的叶钦百思不解，想去问小芸，转一圈没找到人，刚想打电话给周封吹个牛解解闷，刘雨卿从专供主演使用的休息室窗户里招手喊他："弟弟，进来吹空调。"

叶钦就去了，顺手带了一瓶上午生活助理给的橙汁。

"哎呀，来就来呗，还带什么东西。"刘雨卿笑着喊他坐，把桌上的一盆车厘子推到他跟前，"来尝尝，刚从山下送上来的。"

苍泉山交通不便，新鲜水果的珍贵程度可想而知。叶钦在剧组低调惯了，哪敢吃女主角的东西，推说自己对车厘子过敏，刘雨卿笑得直打跌，说从未听说过这么稀罕的富贵病。

休息室地方不大，用布帘分成几个小隔间。隔壁就是男主角休息的地方，刘雨卿挪了挪椅子，凑到叶钦跟前，压低声音道："你怕什么呀？姐姐难不成把你吃了？拍戏的时候也是，抬头挺胸硬气点儿，不然他们都把你当软柿子捏。"

叶钦心道：我就是好欺负啊，他们不捏我捏谁？

看他一脸蒙的小模样，刘雨卿又忍不住笑了。两人戏里演亲密无间的姐弟，她对叶钦自是有几分疼爱，拿起一个又大又红的车厘子送到他嘴边："来，吃吧，姐姐不告诉你家老板。"

整个下午，叶钦的心思都不在拍戏上，中途休息也抱着手机多方联系，一刻也不闲。

莫名其妙多了个老板，谁坐得住？

昨天他和刘扬帆的对话不知被谁听了去，还传播得这么快，现在怕是已经闹得满城风雨了。

……也不见得，毕竟他不红，这个料白送估计都没有媒体愿意花时间写通稿。

但问题还是要尽快解决，这种事情被人误会可麻烦得很，以后一传十、十传百，再想解释就说不清了。

郑悦月听他说了原委，和他意见相左："既然传开了，就由着它去吧。反正他们想知道的并不是真相，只是图个乐。而且你和他是老朋友，到时候就算有人较真，你也站得住脚，现在借着这层关系捞点好处，何乐而不为呢？"

道理叶钦都懂，可他迈不过心里这道坎。况且还是在 S 市的地界上，万一让程非池知道了……叶钦简直不敢往下想，用雪上加霜来形容都不及这形势严峻程度的万分之一。

见他坚持，郑悦月怒其不争地叹了口气，说："你出面解释只能是越描越黑，现在制止谣言的唯一办法就是让刘总那边说句话，撇清你们两人的关系。虽然别人也不见得全信，但总比你势单力薄站出来强。"

叶钦立刻联系周封要来刘扬帆的联系方式。

刘扬帆还在 S 市，说在忙，约他明天见面谈，地点定在市中心的某会所，叶钦曾去过的那家。

毕竟是老朋友，叶钦没有设防，因为有求于人，为表诚意还咬牙买了两瓶昂贵的红酒，进会所时被门口的保安拦住好一番检查。没人下楼接应，他只好在门口等着，等到里面的服务生跟楼上确认过，才放他进去。

对于这样不礼貌的对待，叶钦也没放在心上，他一心只想赶紧把事情解决了。

到地方敲门，有人开门他便进去，谁知刚迈进去两步，抬眼一瞧屋里，就定住没法往前走了。

叶钦料到这里不只刘扬帆一个人，却没想到他也在。

“来了来了，总算来了。”汤崇在这种场面永远是第一个站起来的，他装模作样地到门口迎叶钦，看到叶钦手上拿的东西，咋舌道，“呦，大明星破费了，为讨好新老板可不容易，这得花掉你拍半部戏的钱吧？”

周围有人哄笑，情形跟上次在这里的另一个包厢里差不多，叶钦本可坦然面对，可察觉到脸上火辣辣的烧，只想夺门而逃。

因为程非池也在这里。进门后的第一眼，叶钦就在人群中看到了他。

想来也是，S 市商界“富二代”的交际圈，来回不过这几个，他之前哪来的自信认为程非池会和自己站在一边，从而疏远他眼中的“小人”汤崇之流？

现下他的老朋友刘扬帆捧着酒杯闷不吭声的默认态度也足以说明一切，正所谓本性难移，这种事他从前也干过不少。

何止是刘扬帆。叶钦想到自己从前也置身其中，仗着自己家里有几个钱胡作非为，现在位置互换，轮到他承受从前施加给别人的恶意，才切身体会到这是怎样一番难熬的滋味。

报应终归是来了，在程非池面前，原汁原味。

有人嘲弄道：“我先前听说汤总看这位不顺眼，还觉着犯不着跟小明星计较，如今瞧着这攀龙附凤的急切样儿，倒是明白缘由了。”

汤崇上回找叶钦麻烦反被打一巴掌，本就恼火得很，现在见他非但不向自己服软，还找了其他靠山，更是愤愤不平，只想掰断这得不到的小鸟的翅膀，让他再也扑腾不起来。汤崇皮笑肉不笑地说："这话就抬举我了，人家一开始眼光就高得很，看不上咱们小门小户的，是不是啊程总？"

话里的意思大家稍微琢磨便能明白，心想这小明星胃口真大，上来就好高骛远想攀附这位不近人情的易家继承人，这下被人揭了老底当众给难堪，可要倒霉了。

目光齐刷刷投向包厢的一边，坐在角落里的程非池仿佛在周身画了个"生人勿近"的圈，待在独属自己的空间，被人点名才漫不经心地抬了一下头。

他瞥了一眼坐在人堆里的刘扬帆，站起身，面无表情地说："各位慢慢玩，我先走一步。"

他自始至终与在座众人格格不入，临走时都没给任何人好脸色，经过叶钦身旁也未作哪怕一秒的停留。

汤崇白造了一个局，没能引爆，扫兴之余气得牙根痒痒，返回拿起桌上的酒就咕嘟咕嘟往嘴里倒。

他坐下看到还站在门口的叶钦，没好气地命令道："过来啊，呆站着干什么？"

"汤总您这就让人家难做了，刘总远道而来，不得先紧着客人吗？"有人看热闹不嫌事大地说。

刘扬帆自打看到程非池后就心虚地不吭声，生怕他提到从前的事，这会儿才找回点场面，意在解救叶钦似的招招手，面上带着不加掩饰的得意："过来。"

叶钦只觉得这场面荒唐至极，程非池走了反而让他觉得轻松。至少接下来他可以毫不收敛，甩开膀子想干什么就干什么。

他先高高地抬起胳膊，旋即用力落下，把手上的两瓶酒狠狠摔在地上。

玻璃破碎的巨响让包厢里的几个人吓得跳起来，汤崇瞪大眼睛指着他道：“你你你发什么疯？”

叶钦踹了地上的碎玻璃一脚，带着木塞的酒瓶口骨碌碌滚到汤崇脚边，锋利的断口反射出森寒的光，刺得人眼痛。

他胸膛起伏，大喘几口气：“我本来就是个疯子，你们不知道？”

他已经忍了很久，不打算继续忍了。他忽然想通了，只要在这演艺圈里一天，这种事就一天不得消停，这么干最坏的结果不过就是当不成演员，在演艺圈里混不下去。

听上去挺可怕的，可不比让程非池瞧不起更可怕。

他可以在程非池面前毫无尊严地乞求原谅，却不能接受一丁点不实的污蔑，哪怕程非池根本不在乎。

外面的服务生闻声进来，汤崇让他们把叶钦按住，说这个人疯了。

服务生见地上只有碎酒瓶和洒了一地的红酒，没有械斗痕迹，叶钦又瞪眼咬牙凶得像要杀人，觉得有些难办，打算下楼请示领导，转身撞上一个高个子男人。

去而复返的程非池扫了一眼屋里的状况，什么都没问，径直上前揽住叶钦的肩膀，将他从满地的玻璃碴子里带出来。

叶钦还没反应过来，听到程非池说：“气都撒完了？”

声音不大，却足够整个屋子里的人听见。

没等叶钦想到怎么回答，还在发抖的手忽然落入宽厚温暖的掌心。

程非池牵着他走到门口，对服务生说：“失手打碎两瓶酒，麻烦打扫一下。如果有其他损失记我账上。”

到楼下，叶钦亦步亦趋地跟在程非池后面，车泊到门口也不敢轻举妄动，等程非池喊他上车他才挪过去，关车门也是轻手轻脚的，跟刚才在包厢里的凶悍模样判若两人。

“去哪儿？”程非池发动车子问。

夜幕降临，外面还下着雨。下午来的时候叶钦就没想着当天回剧组，打算在市区随便开个房凑合一晚，等明天早上天放晴了再回去。

他两手交握着，似乎在努力保留那点不属于自己的温度，又怕程非池等急了，快速思考后说：“随便找个酒店把我放下就好。”

于是程非池把他带到了距离会所不远的花园酒店。

车在地下停车场的专属车位停稳，叶钦道了谢，硬着头皮下车，一边往电梯口走，一边琢磨着自己身上的钱够不够在这儿住一晚，买那两瓶酒就花光了他微信上的余额，支付宝上的钱刚提现还债去了……

“叶钦。”

正在算账的叶钦突然被喊名字，愣愣地“啊”了一声，扭头撞上程非池看着他的双眸。

依旧是程非池先移开目光，他轻抬下巴示意自己走的方向，声音和表情一样淡淡的：“这边。”

单薄的理智终究敌不过潜意识里的向往，等到叶钦回过神来，已经来到程非池在顶层的套房门口了。

上次的那套个人用品还在，程非池将它们从卫生间拿过来放在玄关的柜子上，叶钦蹲下把拖鞋换上再进去，站在屋里还是有些局促。

他看着程非池旁若无人地脱掉外套，挽起袖子，去卫生间洗了把脸，再去厨房开冰箱拿喝的。

苏打水递到面前的时候，叶钦收回视线不敢继续盯着看了，抬手刚要接，程非池忽然收回手，把瓶盖拧松，再递给他。

叶钦一下子愣住，不自觉地垂低眼帘，睫毛跟着眼皮抖了几下，张嘴时喉咙一哽，简单的“谢谢”两个字差点没能说出口。

回到厨房，程非池从冰箱里拿了两个番茄和几个鸡蛋，下锅翻炒几下，起锅后才想起没有主食，仅剩的面条上次已经吃完了。

用厨房的水龙头又洗了把冷水脸，凌乱的思绪才各归各位，没再跳出来兴风作浪阻碍他正常思考。

今天结束工作后，看到手机上七八条来自程欣的电话和短信通知，他当即就按了关机，没去易家，没去程欣的住所，也没回花园酒店的套房，随便找了家附近的会所，打算一个人清净会儿。

进门就碰上汤崇和刘扬帆，本来不想跟他们混在一处，汤崇挤眉弄眼说有好戏请他看，他莫名觉得不安，便同意与他们一起。

后来的情况与他想的差不多，不留情面的言语奚落，无伤大雅的嘲讽。他不参与，也没打算插手，叶钦进门的时候他就准备离开了。

上次通过短信给的卡号就是他的立场，他不想再跟叶钦有过多的来往。无论是从前还是现在，他和叶钦都不该有什么关系。

然而酒瓶摔碎的声音让他的脚步生生停住，眼前浮现出包厢里的画面，大脑还没做出选择，他的身体就先行一步折返。

就像刚才给叶钦饮料，下意识先帮他打开再递过去。

在行为心理学上，二十一天以上的重复会形成习惯，尤其是生活中的重大变故。可他们分开整整五年，无数个二十一天，就算用刀镌刻在骨子里的习惯，也该被磨得无影无踪了。

程非池抬手抹了一把脸上的水，再次睁开眼睛，一向清冷无波的瞳孔中多了一缕混沌的迷茫。

叫的餐很快就送到了，清淡的海鲜粥和几碟小菜。

程非池记得叶钦是喜欢海鲜的，可他没吃多少粥，筷子倒是频繁地往那盘番茄炒蛋里伸。

最后一盘菜几乎都进了他的肚子，他吃完还主动站起来收拾桌子，被程非池制止后，站在厨房门口，想进又不敢进，小声说：“我会洗碗，洗得很干净的。”

程非池当然知道他会洗碗，上次他不仅把碗洗得干干净净，还把这屋子里能干的活儿都干了，就差进卧室帮程非池叠被子了。

叶钦变得跟从前不一样了，这一点他在初见时便有所察觉。重逢以来，叶钦的种种表现都给他一种朦胧的不真实感，唯有刚才在会所里才像他认识的那个叶钦，暴脾气，急性子，任性要强，受不得一丁点委屈。

要经历什么才会有这样的改变，他比谁都清楚。

收拾完厨房，返回客厅的时候，程非池看到叶钦自己找了个不碍事的角落坐着，手上捧着一次性纸杯，小口小口地抿，一点动静都没有，存在感几乎为零。叶钦听见他的脚步声立刻站起来，黝黑的眼睛迅速黏到他身上，紧张又期待，像只在等待发配的小动物。

程非池没有多作停留，径直走到主卧旁边的房间里，掀开床上的防尘罩，对又跟到门口巴巴地看着他的叶钦说：“今晚你睡这儿。”

睡觉前叶钦去厨房倒了杯水，经过主卧时盯着那紧闭的门板看了半晌，恨不能长出一双透视眼，看看里面的人在干什么。

门缝下面有灯光透出来，程非池还没睡，可能正倚靠在床头看书，跟从前一样。

在嘉园小区的那段时光里，也有过这样下雨的闷热夜晚。叶钦不喜欢下雨天，雨打窗户的声音吵得人心浮气躁，一烦躁就什么都不想做。

程非池和叶钦不一样，身边动静再大他都能凝神专注地干一件事，叶钦越看他抿着唇专心看书的侧脸就越想逗他，耐不住地一会儿用手指戳他腰，一会儿用脚蹭他小腿，就是不让他安静看书。

然后程非池便会放下书，轻松地制住他的手腕，板着脸故作严肃地问他还闹不闹了，他嘴犟说还闹，程非池就有样学样挠他痒痒。叶钦浑身痒痒肉，总是笑得喘不上气，直到他眼泪都笑出来，毫无尊严地服软讨饶，程非池才撒手。

没得到主人允许，叶钦没进过这间套房的主卧。他猜主卧的床头应该挨着东面的墙。

回到自己的房间后，叶钦蹑手蹑脚走到墙边，把一边脸颊靠过去贴在那面墙上，闭着眼睛趴一会儿，似乎这样就能离程非池近一点，感受到他身上令人安心的温度。

翌日清晨，生物钟让程非池在六点准时醒来。

洗漱完毕回到客厅，他才后知后觉地发现昨晚留宿的客人不见了。

隔壁卧室的门开着，床上的毯子叠得整整齐齐，那套个人用品也像上次那样整理好放在洗手台角落里，仿佛昨天晚上没有被人使用过。

程非池拿起手机看了一眼，没有信息，以为叶钦走了，便像往常一样开火烧水，从冰箱里拿出一个鸡蛋。

早餐上桌的时候，他突然接到来自酒店安保组的电话。

“程总，我们在地下停车场专用电梯前发现一个可疑人物，他说是您的朋友，刚才下楼买早餐，现在正打算乘电梯返回。”

不用想也知道是谁，程非池准许安保组把人放上来。

五分钟后门被敲响，打开门，叶钦拎着两个纸袋站在门口，耷拉着脑袋，抬不起头的颓丧模样，正对着他，他只能看到通红的两个耳朵尖。

跟在程非池身后进屋，看到摆在桌上的荷包蛋和切片面包，叶钦立刻顾不上害臊，拆开自己买来的早餐，在桌上摆成一排：“吃这个吧，我骑小黄车去买的，还是热的。”

抬头看了一眼叶钦献宝似的期待表情，程非池没能说出拒绝的话。

豆浆冒着热气，油条金黄发亮，回国后程非池第一次吃到久违的家乡早餐。吃完胃里温热舒服，他放下筷子后认真地对叶钦说了声“谢谢”。

叶钦差点从座位上跳起来：“不不不用谢，我应该谢谢你的收留才对……”

与乖巧的表现截然相反的是他不加掩饰的目光。他使劲儿看着旁边的荷包蛋，向往之情溢于言表。

程非池习惯提前到公司安排一天的工作，两人一起乘电梯下楼时还不到七点，叶钦刚把那个荷包蛋吞进肚里。

他问叶钦去哪里，要帮叶钦打车，叶钦连连摆手说不用：“你去忙，我自己会打车。”

上车前，程非池的脚步迟疑了一下，扶着车门，转头对叶钦说：“密码是 0215。”

叶钦愣了一会儿，才知道他说的是专用电梯密码。那部电梯下楼不用验证，上楼必须指纹密码二选一。

两次跟程非池来这儿都忽略了他按指纹启动电梯这件事，叶钦回想刚才被保安拦住的情形就臊得不行，点头如捣蒜，不敢看程非池的表情。

操控方向盘拐弯的时候，程非池从后视镜里看到站在原地目送他的叶钦。

这会儿他头倒是昂得高高的，宽松的 T 恤空荡荡地挂在瘦削的身体上，裤脚随意卷着，一边长一边短，露出两截细瘦的脚踝。

再往下看，白色的鞋子因为昨天沾上红酒变得颜色古怪，左边鞋带散开，像在等着谁去帮他系上。

一个月零二十天的拍摄时间只剩下最后二十天，叶钦紧迫感强烈，这天拍戏中途休息时给周封打了个电话。

“你都住他家里去了，门锁密码都弄到了，还来问我怎么办？”进度远不如他的周封被嫉妒蒙蔽了双眼，在那头大呼小叫，“杀上门去呗，天天搁他跟前晃，怒刷存在感！”

叶钦皱着脸道：“不行，没有正当理由，他会烦我的。”

周封恨铁不成钢：“阿钦，你以前可不是这样的啊，当年为了接近学霸什么事没干过。”

叶钦躺倒在剧组刚给他配的躺椅上，哀叹一声：“不行啊……你不懂。”

那天从花园酒店回到苍泉山，叶钦就敏感地发现剧组上下对他越发客气恭敬，当生活助理说给他在休息室里腾了块地方让他过去睡午觉时，他除了对这帮人接收消息的速度和行动力表示叹为观止以外，对易家的影响力有了更深的了解。

难怪那天在会所，程非池一句话就能把他从那种剑拔弩张的状况下完好无损地带出来。

这事他没跟周封说，毕竟刘扬帆是他们共同的朋友，他说了有挑拨关系之嫌，这会儿回忆起当时的状况，他难免又有点脸红，抠着手小声又重复一遍：“你不懂……”

“好好好我不懂。”周封简直对他恨铁不成钢，“那你就借这个由头接近他不行吗？报恩行不行？一饭之恩，涌泉相报，结草衔环，田螺姑娘？”

叶钦对周封数年如一日地爱胡说八道也十分无奈，挂掉电话后又回想着他说的话，几次试图甩出脑中无果后，当真开始思考这个方法的可行性。

不说过去，就谈重逢后，程非池收留他两次，还救了他好几次，他去报恩，这个理由似乎没什么不妥。

为了帮他脱身，保他安全，程非池不惜在人前维护他，现在也该轮到他为程非池做点什么了。

从前的他只知道一味索取，不懂得回报和付出，如今他不会再犯同样的错。用行动传达心意，才是当务之急。

首先要做的是绕过重重耳目，潜入程非池的住所。

这个在叶钦眼中难度颇高的事情居然随便一试就成功了。电梯密码和门锁密码是一样的，0215，2 月 15 日，高三下学期开学第一天，程非池离开故土去国外的日子。

这四个数字对叶钦来说过分沉重，巨石一样压在他心口上，每按一次就像重走一遍当年的路。人来人往的机场，呼啸而过的飞机，没有留下只言片语的 C 大申请表，还有滑入口中的苦涩眼泪。

幸好那些都过去了，叶钦深吸一口气，逼自己直面当下。不让程非池发现就好，只要不面对面，不看着那双冷若冰霜的眼睛，他就可以凭空生出无限勇气。

不知是他的动作太小心，还是程非池太忙无暇关注，前几次还真让他成功了。

他进屋收拾打扫，烧水洗衣，有一次买了不少食材添入冰箱，程非池竟也没发现，也有可能是发现了没说。

如果是后者更好。

叶钦备受鼓舞，胆子便大了不少。某个没有戏的白天，他早早下了山，买食材的同时顺便在附近花店买了束花，大包小包地提上楼，进屋找了个花瓶把花插上，觉得这空旷冷清的屋里总算有了点家的样子。

程非池昨晚回来过，冰箱里的鸡蛋少了两个，壶里的水也只剩一半。叶钦小心翼翼将食材补上，把扔在沙发上的外套叠好放在边上，把卫生间的牙刷、毛巾摆好，把地板擦一遍，把油烟机擦一遍，把书柜擦一遍——能擦的地方统统擦了一遍。

技术性的活儿叶钦干不了，纯靠体力和耐心的他还凑合。住嘉园小区那会儿这些事都是程非池干，这些年他一个人住，生活常识也积累了不少，边擦边想走之前给程非池煎个鸡蛋。

到时候他人跑了，程非池拿他没办法，不忍心浪费食物，只好吃掉。

叶钦心里的小算盘打得啪啪响，做完这些，溜达一圈发现实在没什么可做的了，洗手准备走。

就在这时，门口传来“嘀”一声响，有人打开门进来。

叶钦以为是程非池回来了，吓得背脊发凉的同时忍不住往门口看，对上有两面之缘的女孩，两人俱是一愣。

颜虹没想到会在这里碰到叶钦。

她给程非池打电话说有东西要给他，程非池说在工作不方便，她就自告奋勇说给他送到易家，程非池说他最近不住那儿，颜虹立刻猜到他这阵子应该住在花园酒店的套房里。

她没告诉程非池自己要来，上楼也未经过任何人的同意，酒店工作人员认识她，一路畅通无阻地把她送到楼上。房间密码是猜的，之前在国外留学的时候她偷看过程非池的手机密码，果然跟门锁密码一致。

碰上叶钦的震惊让她险些乱了方寸，不过她还是很快调整好情绪，淡定自若地抱着东西进门，仿佛没看见叶钦，将包包袋袋一股脑儿都放在桌上，瞧见那束一看就知道不是程非池买的花，不屑地哼笑一声。

叶钦跟颜虹打过一次交道，只觉得她是个直率骄纵的千金小姐，挑衅的语言也是宣示主权，谈不上过分，便没打算理会她，洗了手把身上的围裙摘了，到玄关换鞋准备走。

颜虹先出声喊住他："你来这儿干什么？"

叶钦不知该怎么回答，想了想说："还东西。"

颜虹又看了一眼桌上的花，像在确认他的话是否属实，而后命令般说："以后别来了。"

叶钦直起身体与她对视，说："他不让我来，我就不来。"

"他"指的是房主程非池，叶钦尽量让自己说得理直气壮。

听了叶钦不慌不忙的回复，颜虹的脸色有一瞬间变得很难看，随后不知想起了什么，扬起一边嘴角，抬高下巴，说："你和他是高中同学吧？据我所知他是高二转校去的首都六中，那你们俩交往超过两年吗？"

叶钦愣了一下，一时没明白她问这个的意义。

"他在美国五年，我在他身边四年。"颜虹顿了顿，又收起笑容，表情变得有些严肃，"你知道他这五年是怎么过的吗？"

叶钦再次愣住。

这五年是他和程非池之间的盲区，是一条从中间断开的河，一堵墙高高立在当中，这头的水流不进那头。重逢后，他们也没有跟对方提过这五年里发生的任何事，叶钦只能凭借想象和推测描绘出一个模糊的轮廓。

当年还在世的母亲罗秋绫也曾想趁还有能力将他送出国，叶钦想，易家家世不错，想必程非池在海外求学的生活不会太辛苦，至少没有他在国内过得艰难。

"他很聪明，学习也好，那帮富二代都在外面泡夜店、打牌、喝酒的时候，只有他在认真念书，他是我们当中唯一在五年内完成本硕连读的。"说起叶钦不知道的事，颜虹语气中不由得带了一些骄傲，"他每次得到教授夸奖，每次获得奖学金，我都坐在下面看着，所有人都为他鼓掌。"

叶钦眨了一下眼睛，似乎也看到了那个摆脱束缚、意气风发的程非池。

从前他就觉得程非池不该待在六中那样平平无奇的学校，不该奔波在无穷无尽的打工路上，更不该上C大那样普通的大学。

他连看到程非池的手伸进污水中都会觉得“违和”，当时不明所以，许久之后才琢磨出来，他一开始就对程非池另眼相待，觉得程非池是特别的，跟以前见过的人都不一样。

程非池天生就该坐在高处，而不是为俗事所累，为背负着不该由他承担的重量弯腰低头。

听颜虹说这些，叶钦心中稍有宽慰，至少程非池最后选择了前程，没有为他放弃更多重要的东西。

颜虹接着道：“可是，他从来没有为取得的成绩感到哪怕一丁点自豪，或者说，他一点都不开心。”

叶钦眼皮一颤，刚放松些许的心情瞬间紧绷，尤其是听到最后两个字。

“你知道别人在背后怎么说他吗？私生子什么的都算好听的，因为他不愿意改姓，平时又洁身自好不与他们混在一起花天酒地，他们都说他是易家买来帮着处理家务的小厮。他的继母，也就是易家现在的女主人，三番五次飞过来，借着看他的名义在学校散布谣言，难听的话连他的导师都听了一耳朵，有次期末当着所有人的面问他要不要先回去处理完家事再回来继续念书。

“最过分的一次，他的继母骗他说他母亲病危，又冻结了他的卡不让他买机票回国，他问别的留学生借钱，被那帮人指着鼻子耻笑。”

听到这里，叶钦嘴唇开合，无意识地动了动，垂在身侧的手也攥起拳头，睁大的眼睛里写满慌乱无措。

颜虹看到他的反应，忽而又笑了：“没想到吧？他那样的人，竟然受得了那样的侮辱。他分明不是会为了金钱和权力折腰的人啊。”

这回停顿的时间比刚才的还要长。

半晌后，颜虹舒了一口气，脸上恢复胜券在握的表情。“所以，我是唯一能帮他在易家站稳脚跟的人，而你——”她的目光掠过桌上那捧向日葵，转而看向叶钦，高傲的目光中带着怜悯，“只会拖累他，破坏他好不容易争取来的一切，把他拖回泥淖里。”

这天程非池没有在办公室里处理工作，而是坐车去邻市另一个易家旗下的酒店集团视察，并留在那边主持了一个会议，结束工作时太阳已经落山，他回到 S 市天都黑透了。

在花园酒店隔壁的办公楼里处理了几封邮件，到停车场取车，程非池靠在驾驶座上闭眼休息几分钟，睁开眼睛依旧满面疲惫。

这阵子易铮交了许多工作到他手上，加上先前的那些以及他私底下自己在往首都扩展的业务，他着实忙得够呛，像今天这样晚上十点前收工的情况极少。

此刻挤出空闲，程非池把白天腾不出时间整理的琐事在脑中过滤了一遍，除去程欣每天打电话老生常谈嘱咐的那些，他想起今天上午颜虹也打了电话过来，说有东西要给他。

还有叶钦，不知道今天来了没有。

叶钦第一次进入他的住所，他就察觉到了。他之所以没有问叶钦为什么这么做，一方面是因为工作太忙无暇分心，另一方面是觉得没必要点破。

程非池大概明白叶钦的心思，无非是觉得欠了人情，想用自己的方式做出补偿。他从前就是这样，程非池为了接他淋雨弄湿衣服，第二天他就赔一套新的；无缘无故冲人发了脾气，为表歉意他可以放下脸面，撒娇、求饶、说尽好话。

等到他觉得偿还够了便好，没必要特地出面阻止。程非池想，为这事专门与他联系，才像刻意留有余地。

如果非要做点什么的话，正确的方法唯有直接将密码换掉，再把那张电话卡从手机里拔出来，以绝后患。

乘电梯上楼时，程非池摆弄了几下电梯里的数字按钮，语音提示重新设置密码时，他一时竟想不出还能设置什么数字。生日太容易猜，可除了生日，他常用的只有现在用的0215，犹豫了几秒，系统就跳回正常待机界面，接着“叮”一声，抵达顶楼。

明天再改也不迟。程非池疲累至极，进到屋里，鞋子也没换就走进去，嗅觉先于其他感觉，他意外地捕捉到一缕清新的花香。

接着他便听到一点奇怪的动静。

他打开灯，伴随着“砰”的一声闷响，屋里洒满灯光，一室明亮。

想躲到桌子底下的人因为动作太急，脑袋磕到桌角，疼得忍不住“嘶”地倒抽气，捂着脑袋直起腰，通红的眼睛和程非池碰个正着。

前几次都是匆忙来匆忙走的叶钦今天没走，明知道会被抓住，还是留到了现在。

程非池在原地站了片刻，似乎想不到说些什么，垂眸扫了一眼桌上的东西。

没等开口，他就听叶钦说：“这是颜……颜小姐送来的。”说着他指了指旁边的向日葵：“这是我带来的。”

程非池没说话，走到卫生间里洗脸提神，叶钦跟了上来，在边上递毛巾。擦脸的时候程非池瞟了一眼地面，他还穿着那双一次性拖鞋，脚趾快把薄薄一层的布鞋面顶出破洞了。

接着，叶钦彻底化身跟屁虫，程非池走到哪里他跟到哪里。程非池抬手他就递水，脱外套他就帮着挂，往玄关走他就跑过去拿拖鞋，会读心术似的，总能先一步帮程非池做好准备。

跟着来到卫生间，被推拉门挡在外面，叶钦噘了噘嘴，索性倚靠在墙边等。

没到半分钟，门再次打开，程非池身上的衬衫一颗扣子都没解，一手扶着门框，没什么表情地问："你想干什么？"

冷冰冰的一句话，却让叶钦的眼睛一下子亮了，好像等到现在就为了这一刻。

浴室里柔和的灯光直射在他脸上，已经干涸的泪痕一览无余，睫毛一簇簇粘在一起，眼睛也是肿的，不知道哭了多久。

明明一副惨兮兮的样子，他偏要咧开嘴笑。

"你不是知道吗？"叶钦弯起眼睛，语调上扬，"想求你原谅，想我们俩跟从前一样。"

程非池眼中那潭平静的湖水猛地翻涌了一下。

这些年他从未花时间细想过去，既然选择了这条路，他就没打算回头，回忆对他来说徒增烦恼。

回国后接触到的人和事，也没有能勾起他尘封的念想。包括重逢后的叶钦，战战兢兢，谨小慎微，跟从前判若两人，仿佛把展示过的所有锋芒都收了起来。

对于这样的状态，程非池反倒觉得放心。然而在听到叶钦说的话时，这份脆薄如纸的安全感陡然被击破，汹涌的潮水将他刻意埋藏的往事悉数卷起，铺开在眼前。

秋风萧瑟的傍晚，空荡荡的教室，飘在空气中的饭菜香，还有顶着明媚笑脸的少年。当时的叶钦无惧无畏，眼中盛满光芒，耀眼得让人分不清哪些是头顶的灯光倒映其中，又有哪些是自他瞳孔中迸射而出。

就是这光，牵引着他一步步靠近，一点点沉沦，最后又被一锤击破，醒来后痛不欲生。

时隔多年，心再次产生类似刺痛的感觉，是触景伤怀还是余韵残留在当下都不那么重要，程非池收回视线，视线落在虚空的任意一点，稳住心神后道："你回去吧。"

笑容在脸上僵了一瞬，叶钦知道这等同于拒绝，但他并没有因此受打击，再次提起嘴角保持微笑："现在好晚啦，我能不能在这儿住一晚啊？"

程非池没答话，搭在门框上的指腹因用力微微泛白。

叶钦再接再厉地追着道："我现在会做家务了，扫地、洗衣服都可以，我还会煎鸡蛋，你想吃什么我都可以学，保证不给你添麻烦。"

"不用了，我不需要人照顾。"

"怕被人知道吗？你放心，到外面我也不会乱说，我来的时候很小心的，不会……"

"别人怎么说我不在意。"程非池打断他的话，"该在哪里就回哪里去，以后不要再来了。"说完他就退回卫生间里，关上门，将叶钦挡在外面。

叶钦到嘴边的话没来得及说，脸险些撞门上。

他心想程非池或许需要消化的时间，按捺住闯进去的冲动，回到餐厅给桌上的花喷了喷水，冲卫生间方向说了声"那我先走了"，最后一步三回头地离开。

今天晚上的星星叠得瘪瘪的，有些委屈，字迹却是端正饱满，里面写着：我可以做你最好的朋友吗？

盛夏酷暑，烈日当头，叶钦三天两头往花园酒店跑，实际上并不清闲。男三的戏份临近收尾，郑悦月又给他接了两个当地的杂志拍摄工作，在这节骨眼上，还有朋友探班来访。

廖逸方是提前约好的，宋珝是先斩后奏，飞机降落在 S 市才给他打电话。两人凑巧地坐了同一班飞机，还正好是邻座，因捧着同一本书在飞机上聊起来，下飞机后发现去同一个地方，又相谈甚欢地聊了一路。

到了苍泉山上，发现找的居然也是同一个人，两人大呼缘分奇妙的同时畅所欲言了一整个下午，弄得叶钦恍惚以为自己是一缕无色无味的空气，被无视了个彻底。

不过正好乐得忙里偷闲，他抱着手机给程非池发冷笑话。

他自己刚放话说要求人原谅，起初的诚意尤为重要。可他知道的办法无非从前用过的那些，当年挺管用，放在现在兴许也有效。

不让他进门，发短信总可以吧?

“有一天，女娲一边捏泥人一边笑，盘古不解地问她在笑什么，女娲说：‘做人哪，最重要的就是开心。’”

叶钦边打字边念念有词，把一旁讨论学术的两人吸引过来，意外地又解锁一个新共同点——笑点奇低。

当两人再次为“小明和小红在后山碰头然后他们就脑震荡了”笑得前仰后合时，叶钦依然没有收到程非池的回复。他不敢发太多，怕打扰程非池工作，每条都是精挑细选出来的，看廖逸方和宋珝的反应就知道。

因此得不到回应便让人尤为失望。程非池正如他所说的那样，用行动拒绝，叶钦想把当年的事说清楚，表明自己的态度，也寻不到合适的机会。

况且就算他得到机会说了，程非池也不见得信。那些事他都是耳闻目睹的，早在心底盘根错节，根本无法用只字片语轻易带过。

六年前就算不上顺畅，这次更是开启了高难度模式，还是单机的，系统跟程非池一样铁面无私，让本来就手笨口拙的叶钦更加摸不着门道。

在廖逸方和宋珝的欢笑声中，叶钦长叹一口气。

把两位远道而来的朋友安排在离剧组最近的民宿里，廖逸方惊奇地问："这边怎么这么冷清？不是应该有粉丝来追星吗？"

叶钦告诉他剧组对外保密，而且这山属于景区，大部分地方被剧组包了，粉丝和媒体也都守规矩，不会随便透露偶像的行踪，不然这么点大的地方根本禁不起闹腾。

廖逸方点头表示理解，随后说："我在微博上认识一个朋友，是你的粉丝，叫'软哥不是铁妹'，你认识吗？"

经他提醒，叶钦才想起来自己的粉丝有个称号叫"软妹"，这蠢得要命的 ID 已然把皮下的身份暴露无遗，叶钦看着廖逸方对那个"软妹"十分友好的样子不禁称奇，心想周封还挺有两下子。

廖逸方这次又是为了某个学术研讨会来 S 市，来苍泉山只是顺便。叶钦收下他和宋翊带来的零食大礼包，走到民宿回廊拐角，碰上一个不该出现在这里的人。

"嘘——"周封拉着他到角落，视线还落在后面，朝廖逸方的房间方向瞅，"那小子什么来历？能不能把他赶走？瞅他那样就不是什么好人！"

那小子指的是宋栩。

叶钦半天才接受了眼前这个人确实是周封的事实："你怎么来了？不上班吗？"

"请假的，回去要连上半个月夜班。"周封急道，"幸好我跟来了吧，不然圆圆被人骗怎么办？"

在周封的唆使下，叶钦返回敲开廖逸方的房间门，以"哥有事跟你说"为借口，把在他那儿玩的宋翊叫了出来，然后帮人帮到底，以"你最近胖了，月月姐叫我带你一起减肥"为由，拉着宋翊跟他一起绕着民宿跑了十圈。

跑完宋翊生无可恋，回自己屋洗澡睡觉，叶钦休息一会儿准备回去，没走两步，在空荡荡的民宿庭院里看到两个人。

廖逸方拎着行李走在前面，步子迈得很急，被个儿高腿长的周封两步追上。

起初廖逸方抗拒得厉害，被拦住去路还扬言要报警，周封说自己就是警察，廖逸方气得脸都涨红了。

还是周封能说会道，先将当年自己被家里人押去当兵的事说了，又是举手发誓又是要跪下道歉的，这么一闹，廖逸方就已经软化了五六分。

叶钦离得远，听不真切，见两人能面对面好好说话了，不由得松了一口气。

走到民宿的篱笆墙外面，他看着头顶的一轮圆月，心中颇有功德圆满之感，恨不得给他们俩鸣鞭放炮……如果他有钱的话。

许久未有过如此轻松开怀的时刻，叶钦回剧组的脚步都格外轻快，仿佛借此看到了零星的希望，能顺利求得程非池原谅的希望。

次日原本打算亲自送他们俩去机场，叶钦起床接到廖逸方的电话，廖逸方说临时有事提前走了，等他回首都再聚。

过一会儿接到周封的电话，他火急火燎地说要去追人，叶钦这才晓得他俩昨天没完全谈拢，廖逸方没表态，究竟有几分动容没人知道。周封兀自认为这是迈出了一大步，跟叶钦说话也眉飞色舞、喜气洋洋，浑然没了先前进度不如叶钦时的颓丧。

周封着急走，叶钦便没拉着他多说，回去拍戏忙起来也没顾上问，等到晚上拿起手机，周封已经心有灵犀知道他想问什么，主动在电话里说："其实我也没干啥，他不是想过安定的生活嘛，我就说以后咱们跟普通朋友一样处着，我不会贸然打扰他的生活。"

听到这里，叶钦就确认他跟周封没法使同一招了。这招要是用在程非池身上，以后再不主动，他怕是就再也见不到程非池了。

"班长还是心软啊。"叶钦感叹道。

“可不是吗？”周封还沉浸在喜悦中，“亏我脸皮够厚。”

叶钦叹了口气。

这事儿要换作是程非池，他能面无表情地听完，然后掉头就走。

想到这里，叶钦竟不知该为程非池对谁都同样态度的秉公无私感到失落，还是该为自己总是形容狼狈地出现在他面前，所以争取到不少相处的机会而庆幸。

电话那头的周封还在总结经验：“反正你牢记八个字——投其所好，想啥说啥。心里怎么想的就怎么说，真心一定能换来真心。”顿了顿，他又疑惑道：“欸，这话好像是你告诉我的？”

理论知识扎实得能写一部宝典的叶钦，在拍摄还剩最后三天的时候再次抽空去了趟花园酒店。

专用电梯的密码没改，进门的密码改了。

这完全在叶钦的意料之中。电梯密码是程非池亲口告诉他的，房间密码则是他未经过主人同意私自猜的，若不是因为他屡次不请自来，把这儿当自己家，程非池大概不会花时间去重设密码。

高中那会儿，程非池的第一台智能手机就没设密码，叶钦多次提醒他不安全，让他还是设一个密码，他也没设。

后来有一次叶钦趁他看书，偷偷给他弄了自己的真实生日作为密码，想着如果他解开，就顺便告诉他之前的生日是骗他的，只是为了吸引他的关注撒的小谎。

谁知程非池怎么猜都寻不到点子上，把 12 月 22 日当作他的生日试了无数遍，手机都被弄得自动上锁了。

当时叶钦还笑他傻，并没有把这份沉甸甸的信任放在心上。现在却是求而不得，知道找回这份信任才能让程非池信他的话，可去哪里找、怎么找，他却毫无头绪。

程非池从来都是坦荡磊落，没有什么需要隐瞒的，跟自己的千般撒谎、万般躲藏，从根本上就天差地别。

这个念头又逼着叶钦正视自己与程非池之间的差距。他们不是一路人，不管是过去还是现在，他们都不是一路人，任谁看了都会这么认为。

程非池今天回来得依旧很晚，下电梯后往前走两步，和蹲在门口的叶钦碰个正着。

虽然脸上没有表现出过多的惊讶，但叶钦能从他顿住半秒的脚步看出他心里并不是全然无波澜。

叶钦厚着脸皮跟进屋，没找到拖鞋就光脚踩在地板上，走路静悄悄的，嘴上却一刻没闲。

“吃晚饭了吗？

“要不要喝茶？

“看哪本书？我帮你拿。

“我给你发的短信……你收到了吗？”

叶钦依旧追在他屁股后面拉东扯西，程非池依旧不言不语，用沉默代替拒绝。

听到最后一个问题，他还是给了点反应，把杯子放在桌上，视线依旧落在书本里，说：“那个手机号已经不用了。”

过了许久，叶钦迟钝地应道：“哦、哦。”

喝完茶洗过澡，平静又延续了约莫半小时，最后的逐客令由紧闭的房门代为下达。

叶钦看着紧闭的房门，鼓起勇气问：“那……那你现在用的号码可以告诉我吗？”

里面的人没有回应，只将灯关掉，收走门缝中漏出的最后一点光线。

叶钦又站了一会儿，在门口贴着墙蹲了下来。

他觉得自己像个耍赖皮的，仗着程非池不会赶他走，就不要脸地赖在这儿。

可他还有话没说，他不能走。

“我知道……知道你还生我的气。”叶钦酝酿片刻，开口道，“以前那些事，是我脑子不清醒，是我浑蛋，都是我的错，你打我骂我都行。如果还是不解气，把我从前做的那些混账事还给我，怎么笑话我、挖苦我都可以，再也不要……不要对我这么好了。”

最后一句叶钦说得艰难，没人知道他有多怕面对程非池的冷漠无视，也正因为太害怕，从前让他恐惧至极的黑暗也变得没那么难挨，甚至还能转化为他奋不顾身的勇气。

“我是真心想求你原谅。不图别的，真的，什么都不图……”说着声音就小了下去，他又强迫自己打起精神，“我、我想跟你做朋友，像从前那样。”

刚才那遍说磕巴了，叶钦又认真重复一遍：“不是因为你好看，不是因为你有钱，因为你是程非池，只因为你是程非池，我欣赏你。”

“以前我又蠢又坏，以为……以为你会永远待在我身边，永远不会走，我那么坏，还想把你捆在身边，我太坏了……”打好的腹稿乱成一团，叶钦索性自由发挥，这样的机会说不定只有这么一次，他抬起头，尽量让声音清晰，“现在不会了，我会对你真诚，让你每天都开开心心的，跟从前一样，不，比从前还要开心。我也会努力工作，不会给你添麻烦，你做什么都不用再为我考虑，我已经长大了，真的……长大了。”

那天送走颜虹后，叶钦一个人在这个空旷的套房里从天亮坐到天黑，跟现在一样没开灯，坐在冰凉的地板上。

他逼着自己在这片黑暗寂静中想清楚到底是走还是留，走的话就别再回来，留下的话就再也不能放手。

继续和放弃之间的选择总是如此艰难，颜虹说的那些也确实对他造成了不小的影响，并成功地让他产生了退缩的念头。

在旁人看来，程非池现在过得很好，有车有房，父母健在，不仅拥有优越的生活环境，出入的场所、来往的人都是与他相匹配的，自己的出现说不定真如颜虹说的那样，会将他再次拉回泥淖。

可谁都没有问问程非池，这些是不是他想要的，于他来说，到底哪里才是深渊沼泽。

叶钦所认识的程非池，不惧孤苦无依，也不怕颠沛流离，他怕的只有被利用、被欺骗，以及借着种种冠冕堂皇的理由逼他做那些自己不想做的事。

当年程非池宁愿放弃前程也要跟自己考同一所大学，没有过哪怕一秒的犹豫，因为这是他的选择，就算前路坎坷，障碍重重，他都充满信心，在那样辛苦忙碌的生活中，笑容都透露着发自内心的愉悦。

颜虹以为他是为了家中复杂的关系和未卜的前程而郁郁寡欢，只有叶钦知道，如今他冷漠的面孔、睡梦中都无法舒展的眉，皆是因为选择了一条看似平顺却截然陌生的路。旁人只看到他走得多快、飞得多高，却没有人问他累不累，要不要歇一歇。

而逼他做这个选择的始作俑者正是叶钦自己。因为他幼稚不懂事，灿烂蓬勃的希望变成无边无际的绝望，程非池拼尽全力捍卫的那份年少懵懂的情义也被他亲手葬送。

想到这里，叶钦咬住嘴唇，把脸埋在双膝中，眼睛发酸，又想哭了。

那天他一个人坐在这里哭了个痛快，任由眼泪源源不断落下，咬着牙告诉自己这是最后一次，以后不准再哭了。他希望今后程非池见到的每一个他，都如少年时那般热情洋溢，勇敢无畏。

唯一的不同是，这次的热情如清晨的阳光般纯净明朗，不掺一丁点杂质。他想做回程非池的小太阳，只属于程非池一个人的小太阳。

叶钦狠狠咽了口唾沫，按捺住漫上眼眶的湿意，放大心中那一星半点的勇气，让它挤走那些蠢蠢欲动的胆怯和不自信。

他面向那扇紧闭的门，握紧手上的手链，将压在心中许久的话说了出来：“我再也不会骗你了……”

他相信自己能给程非池带去快乐。

这是无论多么漫长的岁月、多少次疾风骤雨都打不散的笃定。

Chapter.04

唯一

三天后，叶钦暂别剧组，登上了回首都的飞机。

票是郑悦月给买的，叶钦本想坐高铁，她说这个钱不能省，先前拍的那档综艺播了一期，反响不错，弄不好会有粉丝接机送机。

临走时叶钦紧赶慢赶结束最后一个杂志拍摄，时间紧张，不得已打了辆车，到机场一路狂奔，还真遇到七八个来送机的粉丝，粉丝们举着相机对他一通猛拍，把他送到安检口，挥着手叮嘱他“注意保管随身财物”。

天知道叶钦上次见到的能称为粉丝的还是周封那厮，一时不太能适应这前呼后拥的感觉。坐到飞机上寻思了一会儿，他才想起自己刚出道时在签售会现场丢过钱包。

那时的他不怕丢人，扔了笔就站起来到处找。粉丝们都当他单纯可爱，给他取了个“小迷糊”的外号，没人知道那几百块钱是他的生活费，丢了的话接下来一个月就只能喝西北风了。

他这次回去是参加组合的出道五周年纪念会，虽然组合名存实亡，但样子还是要做的，让现在红得目中无人的男团知道还有他们这个开山辟路的前辈，顺便把库存积灰的专辑、写真什么的拿出来卖一卖。

他下飞机，开机后第一件事就是发短信。

不管那个旧号码到底还用不用，在得到新号码之前，每天的问候不能断。

坐在机场大巴上顺手翻了翻自己的超话，刚才在S市机场的照片已经被发了上去，这么短的时间显然没来得及精修，叶钦点开照片放大看，堪比国宝的黑眼圈把他自己都吓得够呛。

准是杂志拍摄那儿的化妆师用的眼线笔不行。叶钦用纸巾蘸着水对着手机擦眼睛，边擦边想，翻红的机会渺茫，月月姐可能要失望了。

……不对，从来没红过，哪来的翻红？

丧完了，他又开始自我安慰，幸好那天程非池没开门，没看到他这丑破天际的样子。

到市中心改搭公交，纪念会安排在下午，叶钦打算先去城东监狱走一趟。

前些日子提交了会见申请，刚好批在今天。叶钦赶时间，什么都没带，空着手就去了。

叶锦祥还是老样子，看见他就笑容满面，隔着铁栅栏问他吃饭了没有，最近的生活怎么样。

这些年叶钦平均一年来两次，每次说的话不超过十句，其中九句是回答叶锦祥的问题，待的时间也不会超过五分钟，跟完成任务似的。

叶锦祥也不生气，照样耐着性子跟他说话，让他不要太辛苦，债等自己出去了之后还，还有几个老朋友可以拜托一下云云。

往日叶钦左耳进右耳出，只当没听见，今日却有了别的反应：“你有个老朋友姓易吗，S市的？”

叶锦祥愣了一下，随即喜道：“有啊，大学同学。怎么，是不是见到他了？你跟他提爸爸的名字，他准会帮忙……”

“跟他提还是跟他的女人提？”叶钦不留情面地打断，“当年你怀的什么心思，以为我不知道？”

叶锦祥面色一哂：“都是过去的事了，爸爸现在改了，等过两年减刑释放，爸爸会好好补偿你，现在别赌这口气，不然苦的是你……要不你把他的电话弄到给我，我去拜托他……”

“拜托他干什么？我现在好得很。”叶钦没好气道。

叶锦祥经历家破人亡后入狱五年多，再多的优越感也被磋磨见了底，面对生活艰难的儿子，他的心中只余愧疚，斟酌再三，他放低姿态说：“爸爸在里面劳动攒了些钱，你拿去，问问C大能不能收你回去念书。唱唱跳跳的不是长久之计，你妈妈在天上也不想看你这样过日子。”

叶钦终究没把自己和程非池的事跟叶锦祥说。

叶锦祥至今不知道自己除了恨他间接害死妈妈，还恨他当年不干不净的男女关系害自己误会程非池，造成如今难以挽回的局面。

余恨未消的同时，叶钦心里又十分清楚，这不能全怪叶锦祥。

当年他早上出门前如果给罗秋绫打个电话，提醒她开车注意安全早点回家，说不定她就不会因疲劳驾驶出车祸；和程非池相识的那一年里，如果他早点坦诚地直面自己，而不是为了脸面虚张声势死不承认，眼下也不会落到这样的境地。

如果这一切都没发生，他们应该会一起上学，在学校食堂吃饭，在图书馆里为期末考试临时抱佛脚，图书馆闭馆后踩着树影，在林荫道上玩闹。

他们也会吵架，每次闹完小别扭，自己总是会憋不住去找他，他也会为了自己渐渐敞开心扉，改掉做的永远比说的多的“毛病”。

毕业后合租一间离两人上班地点都不算远的小房子，为对方每一次升职加薪高兴得手舞足蹈，顺便借机买肉、买虾大吃一顿，吃完捧着肚子躺在床上笑对方是饿死鬼投胎。

想象是世界上最自由、最廉价的东西，即便这样，叶钦还是会刻意控制自己不去想那些过期的怀念与不可能实现的假设。

可下午在纪念会现场，看着台上用鲜花摆成的硕大的数字“5”，思绪又不由得飘回五年前的这一天，他亲手把自己的名字签在合同最下方，晚上搬进破旧的宿舍，将C大的录取通知书收进脏兮兮的柜子里，躺在床上盯着那生锈的抽屉铁把手，最后一次容许自己放肆地畅想未来以及那个已经远在异国他乡的人。

所幸现场粉丝满座，没太多时间让他胡思乱想。

唱了几首歌之后，台下推上来一个插着数字“5”蜡烛的蛋糕，叶钦主动拿刀开切，偷偷拿了一块大的，趁着其他成员在抢话筒表现，躲在角落里吃了个饱，心想晚饭都省了，纪念会结束赶紧买高铁票回S市。

签售环节有粉丝问他上午眼睛怎么回事，他笑嘻嘻地说：“一夜没睡，困的。”

粉丝妹子不信：“是不是录节目弄的呀？《一往无前》节目组好过分，你都摔倒了还让你继续拍。”

粉丝说的是已经播出的那期的滑冰环节。

“那段也剪进去啦？”叶钦把签完的写真递到右边宋珝手里，抬头问粉丝，“我还没看，那上面的我好看吗？”

粉丝连连点头：“好看的好看的，弹幕都在问这个摔‘屁墩儿’的帅哥是谁。”

宋珝听了吃了一惊，瞪大眼睛看向这边。

叶钦故作凶狠地拍了一下桌子，随即肩膀一塌，很没办法地叹了口气：“你们这些小姑娘……”

组合刚出道的时候，叶钦在团里的定位是骄矜高傲的贵公子，后来不知怎么就变成邻家小哥哥了。

他五官偏柔和，没什么距离感，退去从前的不可一世的嚣张气焰后，剩下的只有满满的亲和力，尤其是笑起来的时候。和为数不多的几个粉丝都能处得跟朋友一样，足见他属于天生人缘好的类型。

散场后在台下找到廖逸方，叶钦问他为什么不上台签名，自己可以多送他一本写真，廖逸方举了举手里写着“软”字的灯牌，说：“朋友寄来的，拜托我帮你撑场面。”

想必就是叫“软哥不是铁妹”的那位不肯透露真实姓名的朋友了，同城寄快递，着实不容易。

他本打算和廖逸方一起去附近咖啡馆坐着聊会儿天，郑悦月突然来电话问他人在哪儿，让他到后门集合，说公司给他们开了庆功宴。

廖逸方体谅地说：“你去吧，我刚好得去把这灯牌寄走，顺便把你给的写真捎上，不然小姑娘该等急了。”

“小姑娘？”

“对呀，她上学来不了。”廖逸方从手机里翻出地址，“寄到城东派出所，她爸在那儿工作。”

叶钦嘴角抽搐，心想周封成天玩角色扮演也不怕精分。

惦记着损友交代的事，叶钦百般阻挠没让廖逸方见到宋珝，把人送上出租车才赶往场馆后门。

叶钦在路上跟周封通电话，问他打算什么时候“掉马”，周封说不急，末了还抽空关心了一下同是天涯沦落人的好友：“你呢，还回S市？”

“嗯，他在那儿，我当然得回去。”

周封踌躇片刻，说：“我这儿听到两个消息，不知道有几分真，你想不想听？”

这口气，跟程非池有关没跑了，叶钦当然要听。

“一个好消息一个坏消息，先听哪个？”

叶钦受不了他这磨叽劲儿，随便道：“好消息。”

“我听说啊，程学霸正在首都市区看办公楼呢，貌似要往这边拓展业务。”

听了这话，叶钦的心都快提到嗓子眼了。难怪前阵子程非池经常夜不归宿，放在冰箱里的食材连着几天没动也是常事，原来是跑首都来了。

他自然是想待在首都的，这里是他的家乡，也是程非池的家乡，他们在这里认识，这里到处都有他们走过的路，以及一起成长的痕迹。

“坏消息呢？”叶钦激动之余不忘追问。

对面的周封支支吾吾，给叶钦打了好几针如“道听途说”“可信度不高”“说不定是假的”的预防针，磨蹭半天才说：“程学霸快订婚了，对方是S市当地很有名望的世家千金，据说姓颜，颜色的颜。”

晚上的所谓庆功宴实际上只是走个过场，吃饭、喝酒、发微博一条龙之后，众人就三五成群各玩各的。

叶钦下午在台上吃饱了，这会儿也没有吃东西的心情，被郑悦月领着向公司高层敬了一圈酒，回来酒杯就像粘在手上甩不开了，一杯接一杯地喝。

宋翊有些担心，问他是不是遇到什么不开心的事了，贺函崧在一旁冷嘲热讽：“他能有什么不开心啊？捡到那么厉害的金主撑腰，做梦都能笑醒。”

叶钦把半空的酒杯贴在脸上，咧开嘴笑：“是啊，开心极了，开心得只想多喝两杯，不像你，还得保持最好的状态等着伺候人。”

对于贺函崧的挑衅，叶钦从前能无视就无视，不愿与他起争执，这样以牙还牙撑回去的情况实属罕见。来前在车上刚补了妆的贺函崧怒目圆睁，碍于周围人多嘴杂，哼了一声便悻悻走开。

散席后叶钦在酒店楼下用手机上网订高铁票，被郑悦月拦住：“还有一个拍摄定在明天？”

“嗯啊，剧组那边可能还有几个镜头要补。”

“就这么着急，明早再走不行？”

叶钦把头摇得像拨浪鼓：“不行不行，我还要去……有事呢。”

郑悦月无奈，掏出自己的手机给他订机票：“大小是个明星，喝成这样还坐高铁，等你坐到S市天都快亮了。”

叶钦稀里糊涂被郑悦月塞上去机场的车，到里面换登机牌时发现是个商务座，为月月姐的大出血心疼不已，掏出手机给她发了个“么么哒”。

他上飞机找到靠窗的座位，坐下便放下桌板把从宋翊那儿抢来的平板电脑支上，继续用热点缓冲视频。他想看看自己在节目里的表现究竟有多蠢，蠢到八百年不见的粉丝都把他这号人物从犄角旮旯捡回来了。

缓冲完成，他戴着耳机开始播放视频。

商务舱的座椅舒服，还能往后仰倒，没等看到自己出场，叶钦就因迟来的酒劲昏昏欲睡，歪着脑袋，听到耳机里的笑闹声间或掀开眼皮瞄上一眼。

困得节目都顾不上看，他自然不会注意到旁边座位上的人是谁。

刚踏进机舱，程非池就看见叶钦了。

短途飞机他一般会选经济舱，坐着随便眯一会儿便到了，坐哪个舱没什么区别。这回是因为本航班只剩商务座，他便拿出笔记本电脑，打算在飞机上处理几份文件。

即便座位比经济舱宽敞，也不是独立空间，浏览页面时眼角余光总能扫到身边的人。

叶钦整个人歪倒在座椅上，脚尖冲外，头快顶到窗户，双手插兜睡得很沉，空乘推着小车来送饮料他都没醒。

小桌板上的平板电脑还在放视频，程非池不经意瞥到屏幕，上面正放到叶钦被人推到冰面上，他穿了件厚外套仍是两腿打战，镜头没给特写，程非池还是眼尖地看到他撑在扶手上被冻得通红的手。

叶钦刚站稳没多久就摔倒了，出于剪辑的关系看不到是谁推的，只看到他四仰八叉地倒在地上。镜头对准他的时候，他立刻弯起眼睛笑，颤巍巍地摆手说没关系，苍白的脸色和从额头滚落的汗珠却将他竭力忍耐的疼痛尽数暴露。

原来尾椎是这样摔伤的。

程非池不由得想起从前叶钦既怕疼又爱哭，凶巴巴地把人赶出家门，回头想通了要把人找回来，眼泪说掉就掉，边哭边命令人不准走，委屈得仿佛自己才是被欺负的那个。

程非池的目光从屏幕上移开，放到本人身上。

同样是缩手缩脚的姿势，脖子越发往衣领里蜷，下巴都看不见了。刚才乱放的脚改为交叉叠放，露在外面的一对脚脖子无意识地互搓，像在指望能摩擦起热。

叶钦从噩梦中惊醒时，空乘正在要求大家打开遮光板。

他抬手抹了一把额头上的冷汗，稍稍抚平因为恐惧而狂跳的心脏，坐直僵硬的身体，盖在身上的毯子滑落下去，他捡起来看了看，想不通这东西从哪儿来的，将它叠了两下，放到身侧。

因为喝了酒还做了梦，叶钦整个人都有点迷糊，摘下耳机，慢吞吞地收起放在小桌板上的平板电脑，扭头偶然看见旁边在收拾电脑的乘客，还未散尽的恐慌瞬间化作重锤击在胸口，和那张闯入视线的熟悉侧脸一起，弄得他心神俱震。

震荡过后便是六神无主，仿佛灵魂脱离躯壳，眼前的画面虚实难辨，唯有这张脸清晰可见，恍惚间他以为自己仍身处梦中。

五年里，他做过无数关于程非池的梦，无论开场的基调是黑白还是彩色，时间是凛冬还是盛夏，最后无一例外以触不到、抓不住告终。

心脏再次在胸腔中剧烈跳动，撞得鼓膜都跟着砰砰作响。

就算在做梦，也不能再放他走。

叶钦一把抓住程非池正在关电脑的手，等到他扭头看自己，忙扬起嘴角扯开笑容，像躲在家里对着镜子反复练习过的那样，嘴唇翕动，急急说着什么。

与此同时，飞机的起落架触到地面，巨大的轰鸣和摩擦声盖住了他微弱的声音。

一阵短促的耳鸣过后，他猛然回过神来，环视四周才记起自己身处何地。

转回视线对上程非池沉沉望着自己的眼睛，他不敢去解读其中的意义，慌张地低头，又看见被自己紧紧拉住的胳膊。

叶钦喉头一滚，在尚未平息的急促喘息中，讷讷地松开手指。

程非池始终一言未发。

下飞机时他走在叶钦前面，叶钦急切地看着他的背影，旁的什么都顾不上，走到出站口被台阶差点绊个跟头，鞋带散了也没工夫系，爬起来继续追。

在拐弯处遇上一群举着手机、捧着相机的女孩子，前路被堵，叶钦急得仿佛火烧眉毛，边找缝隙往外挤边仰头眺望："让一让，我只是路过，你们爱豆在后面呢。"

女孩子们面面相觑："我们就是在等你啊。"

许久没享受过接机待遇的叶钦蒙了，呆住片刻就被团团包围，女孩们捧着相机对着他咔嚓咔嚓地拍，还七嘴八舌问个不停。

"钦钦你是来拍戏吗？什么戏呀？有没有感情线？"

“现在组合都没行程了，钦钦你出不出个人专辑？我买爆。”

“钦钦你看到贺贺了吗？纪念会结束他没跟你一起呀？”

“‘软妹’这个词过时啦，给咱们换个名字好不好？”

“拿着这个，都是你爱吃的……没花多少钱，你拿着！”

…………

叶钦在左推右搡间接了一堆东西，不厌其烦地回答了每个人的问题，还是脱不开身，情急之下扭头指着航班信息表上的时间说：“这么晚了你们还不回家啊？女孩子在外面逗留多危险。”

姑娘们嘻嘻哈哈：“没有你在外面逗留危险。”

有个女孩忧心忡忡地说：“公司心也太大了，不给你配个保镖，还让你喝酒，要是给人占了便宜可怎么办？”

叶钦抬胳膊闻了闻，果然一股酒味，不知道刚才坐在他身边的程非池闻到没。

“我有助理的，在前面呢，我去找她。”

叶钦终于找到借口脱身，姑娘们自发让出一条路，他跑着还不忘扭头叮嘱她们回家路上小心、不要搭黑车。

甩着没系好的鞋带一路飞奔出去，他到广场四处张望，哪里还有程非池的影子？

叶钦像只战败的斗鸡，乘车到市中心，在花园酒店门口徘徊几圈，再嗅嗅身上自己都嫌弃的酒味，低头看了一眼手机上的时间，怕打扰程非池还是没进去，在附近随便找了家便宜的酒店凑合一晚。

第二天一早他满血复活，在前往拍摄地点的路上盘算着今天要去花园酒店走一趟，刚到地方，就接到助理小芸的电话，小芸问他回来没，说导演让他今天就来补拍镜头。

他拍完照片就马不停蹄地去了。小芸留在剧组没走，看见他大包小包地扛一堆零食上山来，乐得直拍手。

吃货女主角刘雨卿也欢天喜地，听说都是他的粉丝给的，兴奋道：“我弟弟这是要红了，姐姐以后可以蹭你热度了？”

小芸啃着凤爪说：“翻红啦翻红，软老师刚出道那会儿也火过一阵子呢，组合里的超人气队员来着。”

“那弟弟出道够早的啊？”

叶钦拆了根棒棒糖塞嘴里，比了个“十”又比了个“七”，含混地说：“周岁。”

刘雨卿算了算，疑惑道：“那我听导演说你今年二十四岁？”

小芸抢答：“身份证上的年龄比实际大一岁。”

“人家都巴不得把年龄往小了改，你怎么反着来？”刘雨卿笑道。

叶钦把嘴里的糖换一边含着，笑嘻嘻道：“没关系，看着嫩就行。”

扮演女主角十八岁弟弟的叶钦看着确实嫩，短发随便散开，身上套一件宽松短袖，下半身是校裤，加运动鞋，校服往肩后一甩，站在那儿就是“邻家弟弟本弟”。

今天拍的是弟弟刚从县城里回来，听说姐姐要去城里的一场戏，摄像在调整位置时，刘雨卿凑到他耳边挤眉弄眼地问：“上学的时候有没有人说你穿校服很帅啊？”

平常这种时候叶钦定会顺着这话自夸一番，这回不知想到了什么，眼神晃了一瞬，接着扬起嘴角：“那姐姐你肯定是没见过咱们学校的校草。”

刘雨卿挑眉：“很帅？”

导演那边拿着大喇叭喊“各就各位”准备倒计时，叶钦以手掩嘴压低声音，脸上难掩骄傲地说：“世界第一帅。”

说是补拍，其实都是为了配合主演，大部分时间叶钦站在边上当背景板，对主演们的对话做出反应，或者干脆只露个后背就好。

听说叶钦昨天还在首都跑活动，为了这几个镜头特地回的S市，几个工作人员撺掇导演请吃饭，说不能让小朋友白白来回折腾。

叶钦推辞说不用，他这么早回S市也不是为了拍戏，顺便而已。可导演被他们起哄得脸上挂不住，当即打电话订了酒店，说就当庆祝弟弟杀青。

这下推不掉了，叶钦心里苦哈哈，面上还要装作很高兴，在去酒店的车上边跟大家聊天边抱着手机发冷笑话，下山的路曲折颠簸，弄得他还没吃饭就想吐了。

这种酒席几乎没有能好好坐下的时候，作为十八线后辈，叶钦只有伏低做小的份。

受到剧组多日的照顾，不喝上几杯总显得诚意不足，以后要有什么合适角色，哪会有人想到他。

连着喝两晚上酒的叶钦中途就开始不舒服，胃翻江倒海地疼，他借口去卫生间在厕所隔间里避了会儿，出来洗把脸甩甩脑袋，还是晕得厉害。

脚步虚浮地走到走廊尽头，他看见安全出口指示才发现走错路了，扭头冷不丁撞上一堵人墙。

人墙会动。叶钦还晕着，就被一股大力推到角落，背靠楼梯间门板，下巴被捏着抬起，腰也被箍住，没看清眼前的人，先听到油腻的男声："喝醉了更漂亮。"

叶钦酒量并不差，只是这次喝太多，酒的后劲又极大，弄得他神志混沌，视线都无法准确对焦。

他皱着眉抬手推了一下，那人非但不动，还哧哧地笑："这里没人，来，别怕……"

叶钦使劲眨了两下眼睛，终于将贴着他的人看清："导演？您……

您这是干什么？”

顶着两撇胡子的中年导演非但不慌，还有心情跟他谈条件，扣在他下巴上的手渐渐用力：“怎么了，小陈？那部剧的女主角，不想要了？长这么一张标致的脸，现在还混在十八线，可惜了！不如别犹豫了，跟了我，以后还愁没戏拍？……”

叶钦大脑迟钝，听半天才弄明白导演这是认错人了，把自己当成了某个女演员。

他简直啼笑皆非，心想：今年是怎么了？总碰上这种怪事。这会儿手边没酒瓶，不然他当场就把这满肚肥肠的导演吓晕过去。

先前郑悦月三天两头来电话让他小心着点这位李导，他还不信。前阵子剧组里在传他晚上收工就往女二号房里跑，被人撞见了就以“讲剧本”做借口搪塞过去，其实大家都心知肚明，睁一只眼闭一只眼假装不知道。

万万没想到他眼神还不好。

看在合作过的面子上，叶钦原本打算跟他讲道理，得罪人毕竟没什么好处。谁知这李导喝了几杯酒开始发酒疯了。

叶钦哪有这近两百斤的中年男人力气大，拼尽全力也挣不开桎梏，刚眼一闭心一横打算撕破脸皮故技重施用额头当武器，身边突然传来一个女人的惊呼声：“啊——不好意思我以为这边没人。”

趁导演发愣，叶钦狠狠踩了他一脚，将他推倒在地后连滚带爬地跑，进了电梯才放松紧绷的神经，卸下力气。

出声的女人正是刘雨卿，跟他一起进电梯后她猛拍自己胸口，惊魂未定的样子：“我的天吓死姐姐了……你不是去卫生间吗？怎么跑到那偏僻角落里去了？”

叶钦知道她故意出声救了自己，蹲坐在电梯里深吸几口气，只说了句“谢谢”便再没力气解释别的了。

刘雨卿扶着他到酒店一楼的休息处，人来人往的大厅她放不下心，问叶钦助理在哪里。叶钦晕得厉害，答不上来，她没办法，从他口袋里摸出手机，抓着他的手用指纹解锁后开始翻通信录，边翻边念叨：“你个死孩子心这么大，喝多了还到处乱跑，李导出了名的人品差，要不是姐姐我留个心眼跟着，你这臭脾气非得跟他打起来……”

叶钦只觉得脑袋很沉，睁不开眼睛，能听见她说的话，却没办法张开嘴回应。

刘雨卿还在耳边喋喋不休：“这里面哪个是小芸啊？你们年轻人存电话号码都不兴用真名？……你不说我随便找了哦？……就这个‘哥哥’行吗？这是你亲哥吗？在不在S市啊……欸欸欸你睁开眼先别睡……”

叶钦用最后一缕神志捕捉到“哥哥”两个字，唇齿间似是流过一丝甜味，嘴角不由得带了一抹浅笑，趴在桌上睡了过去。

他醒来时外头仍是黑夜。

叶钦盯着微微摇晃的车顶看了一会儿，仰起头动了一下僵硬的脖子，听到一个熟悉的声音：“醒了？”

这会儿酒劲散了大半，头已经不怎么疼了，花了半分钟时间确定自己正全须全尾地躺在程非池的车后座上，叶钦无奈地闭了闭眼睛，在心中叹了口气，掀开盖在身上的毯子，撑着靠背坐直身体后，小声说了一句：“麻烦你了……抱歉。”

程非池从后视镜里看了他一眼，没说话。

路口红灯读秒时，他背对着叶钦问：“又有人找你麻烦？”

这个“又”字让叶钦无地自容。虽然他整天想着创造机会跟程非池碰面，却一点也不想通过这种陷入窘境的方式，赖上就不肯撒手似的，跟碰瓷也没什么区别了。

“没有，没人找我麻烦，我只是……喝多了。”

叶钦一心想着该怎么向程非池解释接醉鬼的电话打到他那边这件事，越想越觉得怎么解释都是多余，他自己听了都不见得相信。

正懊恼着，程非池把车停到路边，说：“我去买个东西。”

叶钦愣愣地“哦”了一声，目送他下车，然后趴在窗口看他往便利店去的背影。

程非池今天没穿西装衬衫，休闲装更衬得他身高腿长，步行如风，让叶钦想起高中那会儿有人在校园论坛贴偷拍的照片，说他是六中行走的风景。

那会儿叶钦还口是心非地笑她们花痴，回头就上论坛举报灌水让管理员删帖，小人得志地想：这是我哥哥，你们谁都别瞎想。

程非池回来的时候先开的车后门，递进来一个装着两瓶水的塑料袋。

叶钦身上有酒味，怕熏到他往后缩了缩，他却忽然躬身探头进来，看着他问：“谁弄的？”

“……啊？”

叶钦一时没反应过来，倒是挪屁股的痛感提醒了他，刚才在酒店那个李导手劲儿大，掐着他腰的时候他就觉得疼了，被能捏碎骨头的劲扳了半天的下巴自然也没能逃过一劫。

他皮肤白，容易留印子，尤其是这种大力捏过之后，当时只能看出一点点红，过一阵子便会浮起骇人的青紫色，像被打过一样。

叶钦忙遮住下巴不让看：“没事没事，不小心磕了一……”他话没说完，就被伸过来的手打断。

程非池拨开他捂住下巴的手，食指和中指并拢，温热的指腹触着他颌骨下方、喉结上方的一处软肉，轻轻将他的下巴抬起，让他整张脸迎向外面的路灯光。

在昏暗的车里待久了，叶钦有些不适应光线的直射。他仰着头，簌簌眨了几下眼睛才勉强分辨眼前的轮廓。

程非池逆光站着，让人看不清表情，却能感觉到他周身散发的气场逐渐变得阴沉。

他压着嗓子又问了一遍："谁弄的？"

叶钦不想再给他添麻烦，自是不认："不、不是谁弄的啊，我自己磕的。"

程非池托着他下巴的手不放，追问道："自己怎么磕的？"

叶钦仰着脑袋有些不自在，四处乱瞟："就、就磕在桌子上，喝多了一不小心就……"

端详着那明显是指印的痕迹，程非池抿起唇，嘴角微微下沉，随即松开手，从车内退出，推上后座车门，返回驾驶座。

继续向前行驶，车内的气氛越发沉闷压抑。

程非池生气了。

生气的原因叶钦不敢多想，却又忍不住多想。

想着想着不免有些难过，低垂脑袋把下巴埋到胸口，他忽而又想到之前对程非池说了不会再骗他，不知道这算不算骗，心里更难受了。

抵达目的地花园酒店，叶钦跟在程非池后面上楼。

醉酒后脚步还有些发虚，笔直的路被他走得东倒西歪，进门时他差点撞到程非池的后背。程非池回头看了他一眼，他立刻扶住门框，瞪着眼睛强打精神假装酒已经醒了。

进到卫生间照镜子，他才知道下巴上的瘀青有多严重，青紫红三色交杂，一看就不是磕到桌子造成的伤。

叶钦懊恼极了，硬着头皮出去，此地无银三百两地拽高衣领挡住下巴，问坐在沙发上用电脑的程非池："我可以用点儿冰块吗？"

得到首肯后，叶钦从冰箱里拿了三块冰就往下巴上按，左手冰得受不了就换右手，融化的冰水滴滴答答往下淌，他怕弄脏地板，干脆跑到水池跟前冰敷。

冰块还没怎么化，程非池过来了。他不声不响地拿了块毛巾，重新拿了几块冰包在里面，递给叶钦 :“用这个。”

叶钦放下手里的冰块，湿答答的手在T恤上磨蹭干，才去接那个冰敷包，磕巴着道了谢。

还是冰得很，瘀痕没下去多少，周遭的皮肤先被冻红了。叶钦看不见不知道，忍着冻继续往脸上按，程非池站在原地看了会儿，伸手从他手中把冰敷包拿回来，转身开冰箱换了个鸡蛋给他。

叶钦酒还没完全醒，脑子不太够用，没弄明白冰块换鸡蛋的意义，顺水推舟地拿着鸡蛋接着揉。程非池本来已经走了，迈出去没两步又返回，从他手中拿回鸡蛋，在案板上敲开剥壳。

正发着愣，叶钦下巴又被挑了起来，程非池面对着他，将去了壳的水煮蛋放在掌心焐热，然后贴到他皮肤上揉按。

叶钦条件反射般屏住呼吸，有点想闭眼，可又舍不得闭眼。

从这个角度，刚好能看到程非池整张脸，高挺的鼻梁、紧抿的薄唇，以及线条流畅的下颌线，下耷的眼皮遮住他大半瞳仁。即便这样，叶钦也能透过浓密的睫毛，捕捉到他专注的目光。

他手上动作轻缓，脸上看不出情绪，却能让人感受到十足的耐心和温柔。

叶钦咬紧牙关无效，转而咬嘴唇。程非池察觉到他的反应，抬起眼皮问 :“疼吗？”

叶钦摇了几下头，睁大眼睛，视线朝向屋顶 :“不、不疼。”嘴上说着不疼，眼尾却先红了。

程非池看了一会儿，嘴唇微张似乎想说什么，最终还是没说，收回目光继续帮他揉。

回来时已经晚上九点多，洗完澡两人便各自睡下了。

第二天叶钦是被手机铃声弄醒的，刚一接通，刘雨卿就开门见山地问："昨晚上没事吧弟弟？现在感觉怎么样？"

叶钦揉了揉太阳穴，甩了一下脑袋："还好……谢谢你啊姐，改天回首都好好请你吃顿饭。"

"没事就好，吃饭就免了。"刘雨卿客气道，"你还有镜头没补完吗？这两天先别来剧组了，李导不是什么大方的人，等他消消气你再来。不过当着那么多人面，他应该不敢把你怎么样。"

提到这个叶钦头更疼："还有几个镜头，大概半天能补完。李导他……很生气？"

"那倒没有，昨天我回去的时候他正趴在那儿装醉呢，回剧组都是让人扛着的，今天早上见到我一个字没提，跟失忆了似的……他这人惯会装傻遮掩，我建议你还是晚几天来。"

叶钦应下，再次由衷地表示感谢。

交代完正事，刘雨卿立马跳跃到另一个八竿子打不着的话题上："昨天那个真是你哥哥？跟你长得一点儿也不像啊。"

"啊？啊……不是亲哥。"

"那是表哥？堂哥？你们家基因真好，昨天他站到跟前的时候，我还以为是哪个新晋演员，还琢磨着回头看能不能找机会跟他搭次戏呢。"

说到演员，叶钦想起自己曾担心过程非池长这么好看会被星探挖去演戏，还义正词严地提醒他不准去，理由是他板着脸特凶，会把观众吓跑。

这会儿从别的女演员口中听到这样的盛赞，心里却只剩下欣赏与自豪："是吧？我就说他世界第一帅。"

“不仅帅，还男友力十足。”

叶钦愣了一下，没好意思问“男友力”从何而来，打哈哈说：“啊？姐姐真会说笑，也不怕姐夫吃醋？”

已经有男友的刘雨卿笑道：“说曹操曹操到，你姐夫的查岗电话打进来了，先不跟你说了啊。”

挂掉电话，叶钦就起床了。

8 月的 S 市只有清晨稍微凉快，屋里的空调开了除湿，温度设得不低，也不会让人觉得很热。

早餐是叶钦准备的，吐司夹荷包蛋、生菜，还切了两片番茄放进去，沿对角线切开后摆在盘子里，红白绿黄煞是好看。

程非池洗漱完毕进厨房时，叶钦正把多余的番茄往嘴里塞，扭头看见来人，像被逮住偷吃的小孩似的肩膀一抖，嚼也不嚼就往肚里咽，鼓着腮帮子对程非池道：“早……”

程非池看着他，一时忘了自己要说什么，点了点头当作回应。

吃早餐时两人都没说话，桌上偶有碗碟碰撞的声响。

叶钦怕程非池赶他走，吃完站起来边收拾边没话找话：“这个三明治味道怎么样？我第一次做……鸡蛋我经常煎，我室友都说好吃……这个锅好好用，都不会粘锅的，洗起来也方便……如果有豆浆就好了，不过豆浆配三明治会不会有点奇怪？”

程非池帮着一起收拾，间或“嗯”一声表示自己在听。

每听到他出次声，叶钦就明显变得更兴奋，话渐渐多了起来，从日常饮食到首都和 S 市的气候差异再到什么时间能买到便宜的国内航班机票，仿佛昨晚那个畏畏缩缩的他是假的，今天这个跟从前一样打开话匣子就刹不住车的才是真正的他。

话一多就没留意时间，叶钦从厨房出来，墙壁上的时钟指针已经指向八点。叶钦想起程非池上次出门七点都没到，将他送到门口："不好意思啊，说起话来就没完没了……"

在玄关准备换鞋，程非池突然想到什么似的顿住。叶钦提着一口气不敢松，以为他要下逐客令了，结果他只是回到厨房，拿了个煮鸡蛋出来放在桌上，说："自己揉一揉。"然后他便出门了。

既没有赶叶钦走，也没有告诉他套房密码，意味着叶钦可以在这儿多待一会儿。

不过一旦出了门就别想再进来了。

叶钦心中五味杂陈，不知该高兴还是该失落，走到桌边慢吞吞把鸡蛋壳剥了，到卫生间对着镜子揉。

疤痕瘀血对他来说容易生不容易消，一晚上过去下巴还是青紫一片，他扒开裤腰转着头看背后，从腰间到屁股也有一串明显的指印。

幸好程非池没看见。

镜子里的人又揉了一会儿下巴，忽然觉得没必要让这瘀痕消得太快，把那个白嫩的蛋举在眼前看了看，接着往嘴里一塞，吃掉了。

中午程非池没回来，叶钦煮了个面随便对付一顿，挽起袖子继续打扫卫生。

从屋子里的状态就看得出来程非池最近很忙，能把当天用过的碗筷洗掉已经是极限，书本乱放、家具落灰不说，还有三五件衬衫扔在卫生间没洗。

叶钦用手机查了衬衫清洗方法仔细阅读，有说在衣领袖口涂牙膏的，还有说撒盐的，让他犯了"选择恐惧症"。好在程非池的衣服都不怎么脏，最后他选用最温和的方法，把衬衫浸泡几分钟，用手轻轻搓，再撑开晾在衣架上。

擦书柜的时候，叶钦不慎把与他视线平齐的那一层最右端的一本书碰掉，连带掉出一个拆开过的信封。

他把东西捡起来，出于好奇盯着那信封多看了两眼，收寄信息都是用英文写的，显然从国外寄来，上面还印有某高校的标志。

叶钦拿出手机，照着上面的单词输入搜索，浏览了一遍该学校的简介，顺便看了一圈展示学校环境的照片，将整洁宽敞的图书馆和偌大的草坪放大看了又看，忍不住笑弯了眼睛。

这样的学校才适合程非池，而不是籍籍无名的 C 大。

从刚认识起，他对程非池就怀着一种不可言说的崇拜，觉得程非池什么都懂，什么都会，做任何事情都游刃有余，不需要别人担心。

只是从前的叶钦爱面子不肯承认，现在才知道待在程非池身边时的安全感究竟来自哪里。

忙活一天，日落时分，叶钦把晾在晒台上的衣服收回来，摊在沙发上仔细抚平，挨件叠好。

想着程非池得穿着这衣服去工作，叶钦就觉得这洗衣粉味显得廉价，配不上程非池如今的身份。东瞅瞅西看看，他在玄关的柜子里找到一瓶没拆封的男士香水，本来打算给衣服喷喷，看包装发现这香水是上次颜虹送来的那堆东西的其中之一。

想起从周封那儿听来的传言，叶钦心里就憋屈得慌，又不知道该以什么身份向程非池询问这件事，心里更闷得难受。

他最终还是没喷香水，保留了洗衣粉和阳光的原味。

未得到允许他还是守规矩不进程非池的房间，将叠好的衣服暂时堆放在沙发上。水已经烧上了，叶钦找不到别的事可做，又不想走，坐着看了一会儿程非池昨晚看的书。

经济类的书专业名词太多，枯燥得很，看了一会儿叶钦就乏了，放下书，挨着沙发靠背慢慢躺了下来，揉腰时不慎按到瘀青处，疼得皱眉直抽气。

换了一边捏这才舒服，他捏着捏着就合上眼睛，歪着头闻着刚洗过的衣服散发出的清香，在壁钟的嘀嗒声中沉沉睡去。

程非池回来的时候天已经黑透，他以为打开灯会像往常一样看到一个空荡荡的客厅，没承想一眼就看见叶钦蜷在沙发上，抱着几件衣服睡得正香。

他以前就嗜睡如命，上课睡、下课睡，回家接着睡，写着作业都能脑袋砸桌上睡过去。听说当艺人拍戏的时候很忙，经常不能保证充足的睡眠，怪不得他最近看起来有些憔悴，从前鼓鼓的脸颊上也没了肉。

脚步不由得放轻，进厨房时，程非池看见放在旁边还剩半杯水的一次性纸杯，手摸上去还有一点温度，冰箱里刚拆的挂面少了一半，鸡蛋也少了一个，说明今天叶钦的午饭是在这里解决的，他一整天都没离开。

时间已晚，现在开火做饭不知道什么时候才能吃上，程非池进到卧室换衣服时掩着门打了个电话，让酒店后厨送两份餐上来。

挂掉电话他已经走到外面，想了想又折返拿了条毛毯，回到沙发前，尝试几次都没能把自己的衬衫从叶钦手里拽出来，轻叹一口气，无奈地选择放弃，展开毛毯往他身上盖。

叶钦睡觉很沉，打雷闪电都吵不醒他，昨天喝醉酒也是，程非池把他从酒店大堂一路扶到车后座，毯子盖到身上时他还伸手拽了一下，咕哝了一句“谢谢啊”，这样都没能醒过来。

程非池便没多犹豫，把毛毯掖到他下巴下面，顺便看了看那依旧明显的瘀痕。

就算叶钦不愿意说，他也大概能猜到是怎么弄的。回国至今三个月，他也算见识了不少，没有后台会遇到什么事，从他这些年的经历中便能清楚地推知。

只是没想到上回在那家会所当着那么多人的面自证与叶钦的关系，还是会有人动歪心思。

程非池眸色渐深，思绪不知飘向哪里，连叶钦睁开眼睛都没及时注意到。

或许是见面次数多了的原因，叶钦最近频繁做梦，小憩一会儿也能梦到站在学校后门银杏树下的程非池，看不清也摸不到，醒来后总是许久不能回神，沉浸在梦里的兵荒马乱中无法自拔。

这回亦然，双眼对焦后，看见程非池就在眼前，叶钦下意识的举动仍是一把抓住他的手，挤出一个不那么自然的笑，急道："哥、哥哥你回来啦。"

声音嘶哑颤抖，带着些刚醒来的倦意，不如平日里清亮动听，却将程非池的神志一把拉回当下。余音则化作丝线，密密匝匝绕在心口，缠得他只能僵立在那里，连抽出手的力气都凭空消失。

他记得这句话。

那天飞机落地时，叶钦说的就是这句话。

此刻的他看上去很开心，又似乎有些紧张，抓住自己的那只手抖得厉害。这回他没有过分强忍压抑，眼中泛起水光，随着急促的呼吸翻滚起伏，明明怕得要命，还生硬地扯着嘴角笑。

像是翘首以盼多年，终于等来期待已久的重逢，所以无论如何也不能破坏这一刻的氛围。

程非池定定地看着他，心上的线织成网，在收紧时狠狠揪了一下。

不知道那天在门外，叶钦是不是就这样蜷缩着身体，忍住呼之欲出的眼泪，等待自己给他开门。

晚餐送上来的时候，叶钦还在卫生间里躲着，三五分钟后开门出来，眼睛已经不怎么红了，几缕湿发搭在额前，像是刚洗过脸。

程非池递筷子给他，他小声说“谢谢”，声音还有点哑，头也不敢抬，恨不能找个地洞躲起来似的，让程非池也莫名地有些无所适从，不知该说些什么来融化这凝固住的空气。

刚才是叶钦先松的手。他像一只从噩梦中惊醒的兔子，腾地跳起来就跑进卫生间关上门，留程非池一个人在客厅里站着，低头看着自己的手，久久没有动弹。

这会儿各自恢复如常，却又能明显感觉到和之前不同了。哪怕只隔着一扇门，面前的门板被破开一个大洞，用纸糊，用木板遮，用身体挡，那个边缘参差不齐的洞仍旧存在，逼着站在两边的人正视对方。

门左边的人怀揣一点微不足道的自信，行事举动依然摆脱不了畏首畏尾，不断提醒自己保持理智，可他上天无路入地无门，唯有穿过这扇门才可以找到安心的归宿。

而门右边的人看似秩序井然，无懈可击，实际早已进退失据，被对面的每一个动作、每一句话牵动停滞多年的情绪，麻木的心跳也重新变得掷地有声。

横亘在两人中间的云雾此刻被风吹开，稀释到最透薄的状态，只消各自往前走几步，就能看清对方的面容。

“你……”

“你……”

两人几乎同时出声，叶钦清清嗓子，试图让暗哑的声音恢复正常：“你、你先说。”

程非池没推辞，酝酿片刻，启唇刚要说什么，敲门声再次响起。

还是程非池去开的门，回来时手上拿着一双新拖鞋，绕过桌子走到叶钦面前，放在他脚下：“穿上。”

晚餐和日用品由厨房和客房服务部分两次送来，完全符合酒店的操作规范。可被打断的话该如何重新捡起来，并没有前人留下的规律可循。

叶钦把脚塞进棉麻质地的拖鞋里，这双不是一次性的，舒适度大大提高，却不如赤足踩在地板上让他觉得放松自在。

两人面对面默默吃饭，像在通过这种安静的方式寻找缓冲地带。

等到一顿饭接近尾声，程非池再次开口："你感冒了？"

"啊？"正在发呆的叶钦又吸了吸鼻子，"没有……吧。"说完他就打了个响亮的喷嚏。

屋漏偏逢连夜雨，身上带伤还染上感冒病毒，叶钦简直不能更丧。

饭后吃过药，他反复思考程非池刚才要说的话是否就是那一句，一会儿觉得应该是，一会儿又觉得肯定还有别的。没有判断的依据，他就拿小铁勺舀水，喝一口"是"，再喝一口"不是"，如此循环。

——用刚才客房服务送来的新杯子。

乐此不疲地反复几次，丧气就被冲淡了，平时不喜欢喝的白开水都咂摸出甜味。虽然杯子和程非池用的那个长得不一样，但至少是个陶瓷杯子，不是纸的了。叶钦的身份仿佛从客人一跃成为经常来往的朋友，能在这屋里挺起胸膛横着走了。

谁知水没喝完，就被程非池夺走了杯子："凉了，重新倒一杯。"

叶钦偷摸占卜的行为被打断，又不好意思明说，欲言又止的样子让程非池以为他想喝凉的，赶尽杀绝地把冰箱里的苏打水都拿到厨房的橱柜顶上摆着。叶钦不到一米八，抬手也够不着。

接过重新倒满温水的杯子，叶钦磨磨蹭蹭地坐到在沙发上看书的程非池边上，见他没异议这才放开了些，轻手轻脚往他身边靠了靠，插上耳机，用手机看上次在飞机上没看完的节目视频，一个喷嚏后迟钝地意识到自己感冒了，又往边上挪了挪，怕传染给身边的人。

浑然不知这些小动作全落在旁边的程非池眼里。

程非池用眼角余光看见叶钦在跟前蜜蜂似的转悠几圈，然后小步小步地挪到沙发前，坐下的时候像在丈量尺寸，精确地控制社交距离。他点开视频后还瞄了自己一眼，生怕被偷看似的，捂住鼻子打完喷嚏之后，又不情不愿地往边上移动几寸，以为拉开这点距离就能阻止感冒病毒在空气中传播。

过一会儿他便开始打瞌睡，感冒药催化困意，脑袋左摇右晃一点一点的。这次叶钦勉强撑到自己出场，看见自己扶着把手在冰面上双腿打战，还嘿嘿笑了两声，最后抵挡不住下坠的沉重眼皮，把手机往腿上一扔，歪在靠背上睡了过去。

这让旁边的程非池“沾了光”，把这期节目重温了一遍。

下方有字幕，画面上叶钦摔倒后，旁边有人借社团之类的说法提及学历，字里行间似有嘲讽意味。叶钦的回应则显得平淡多了，他毫不回避地冲着镜头说自己没念过大学，让他们不要笑他不会滑冰。

叶钦嘴唇是弯着的，眼睛里却看不见一丝笑意，看得程非池也敛容屏气，琥珀色的瞳孔逐渐幽深，似在思索着什么。

次日清晨，仍旧是住在次卧的那位先起床。

程非池推开半掩的卫生间门时，叶钦正对着镜子里的自己说“早上好”，扭头对上程非池，惊得打了个嗝，将嘴里还没吐掉的泡沫咽下去一半。

他吃早餐的时候还有点尴尬，问自己昨天晚上是不是在沙发上睡着了，也没敢大声，蚊子哼哼似的。程非池点头说“是”，叶钦更是抬不起头，举手发誓般地保证道：“下次……要是有下次，绝对不会了。”

六年前在嘉园小区住的时候，这种情况出现过不止一次。

程非池白天上课，晚上回来做题、温书，还要抽时间写教案，经常忙得没空搭理人，叶钦在房间里待不住，就跑到外面客厅玩乐高、打游戏，玩着玩着就睡着了。第二天睁开眼时必定好端端地躺在床上，问程非池怎么回事，他就笑笑，说："你梦游自己爬上去的。"

叶钦还没蠢到会相信这话，可怎么问程非池都不肯透露其他，这事就在叶钦心里扎了根，他总想着以后不能睡太沉，一定要在程非池接近他的时候醒过来，看看程非池是用扶的还是用拖的。

然而天不遂人愿，至今也没能掌握随时醒来这项技能的叶钦又多了别的顾虑，而且是优先级更高的顾虑——不能再给程非池添麻烦。

坐在餐桌对面的程非池放下筷子，说："没关系。"

叶钦不确定他是不是也想起什么，希望他还记得，又希望他赶紧忘掉，只记得自己没那么讨人嫌的一面就好。

自从重逢后，叶钦心里就像住进两个小人，随时随地持相反意见吵架厮打，弄得他还没做决定就精疲力竭，觉得自己这辈子的"选择恐惧症"大概都交待在这里了。

又是一整天没出门。

昨天太过勤快，今天能做的事情有限，擦完地之后，叶钦拿起程非池留在桌上的便笺条看了看，还是没拨后厨的电话，自己煮一碗面填饱肚子。

刚洗干净的几件衬衫被他昨天睡觉时抱在怀里揉皱了，他惦记着要把它们熨平，从储物间里找出一台挂烫机，按照网上的说明灌上水打开。

喷头出蒸汽的时候他不知道这是否达到能用的程度，傻乎乎地用手伸上去试，烫得差点叫出声，凉水冲了半天都未能缓解烫伤的灼烧感。

程非池回来的时候几件衬衫已经恢复平整，挂在晒台上迎风飘扬。

下午下了一场雨，此刻气温稍有下降，屋里没开空调，高层的窗户大开，晚风带走闷热，空气湿润沁凉。

“我明天就走。”叶钦在晚饭时主动说，“明天要回剧组补镜头。”

程非池闻言抬头看他一眼，随后“嗯”了一声。

等了半天也没等到一个门锁密码，叶钦丧气的同时，不免自我怀疑哪里做得不好。手掌被烫伤的那块还很明显，吃饭时他刻意躲着，程非池应该没看见。

到底是哪里做得不够好呢？还是说，无论他做什么，程非池都不可能有所动摇？

正想着，放在桌上的手机响了。程非池在卫生间里洗澡，听不见外头的声音，叶钦本不打算接，可那铃声响个不停，不厌其烦地一遍遍打过来。

到第五遍，叶钦听不下去，拿起手机打算去卫生间敲门，手掌的烫伤处碰到硬的东西猛地哆嗦了一下，不慎按到接听键。

没等他想到应对办法，电话那头先喊了起来：“哥哥！哥哥你今天回家跟晖晖一起吃饭饭吗？”

听到敲门声，程非池没吹头发就出来了，浴袍松松垮垮只系了个腰带，一只手接过电话，另一只手拿着干毛巾，边擦头发边跟电话里的人交谈：“嗯……今天不了，你自己吃……不是，不讨厌你……等下个月开学，我送你去学校……好，拜拜。”

叶钦假装在叠衣服，眼睛不住地往衣衫不整的程非池身上瞄，耳朵也竖得直直的，把他说的话一字不落地听了进去。

电话里是个男孩子的声音，上来就黏糊糊地喊哥哥，还说什么“回家吃饭饭”，让叶钦不由得浮想联翩。

还没确定对方的身份，他忍不住先吃味了。不知从什么时候起，他把“哥哥”当作自己对程非池的专属称呼，哪怕这两个字十分常见，听见别人这么叫程非池，心里也总感觉不是滋味。

程非池吹完头发出来，看见他一声不吭地坐在那儿，放在桌上的感冒药也没吃，走过去边将叠好的衣服拿起来边说：“我弟弟。”

叶钦被这没头没脑的一句话弄得愣了一下，微微睁大眼睛，抬头看他。

程非池又认真说明一遍：“同父异母的弟弟。”

即便只用三言两语带过，从小耳濡目染见多了“豪门秘辛”的叶钦还是能从程非池的态度中推测出易家是个什么情况。

况且易家原配生的儿子有缺陷，所以才把程非池找回去继承家业这件事早已传得尽人皆知，他只是没想到程非池和这位名义上的弟弟关系不错，比跟亲生父母还要亲近些。

程非池说：“在国外这几年他经常给我打电话，挺有趣的一个孩子。”

叶钦听的时候只觉得心里发闷，上一辈的恩怨为什么要让下一代来承担？

回头一琢磨，他自己当年不就是这样做的吗？把叶锦祥造的孽迁怒到程非池身上，由此引出一连串祸事，还改变了两个人的人生轨迹。

后悔失落的同时忽而想到自己昨天抓着程非池的手喊哥哥的情景，他臊得又想找个地方躲一躲。

随便拿了几件换洗衣服，叶钦跑进卫生间先背对着门撩开衣服看腰上的伤。

这两天晚上只有趁这个时间偷偷看一下瘀痕消得怎么样了，脸上的明显消得快些，明天上个妆应该就看不太出来了，身上的不知还要多久。好在也没什么裸露镜头，最多穿个背心、裤衩……

他看得专注，没留意外面的脚步声。

“你的手……”

话音伴随着开门声响起，又一同戛然而止。

程非池手上拿着一瓶烫伤膏，目光直直落在叶钦的腰上。那里青紫斑驳，在周围白皙皮肤的衬托下更显得触目惊心，瘀痕既深又长，一路蜿蜒没进裤腰里，想必衣物遮住的地方还有面积不小的一片。

叶钦心里一突，忙把衣服盖回去，仓皇地转过身，举起手咧开嘴装傻充愣道："你看到我手上的伤啦？用挂烫机的时候不小心烫到了哈哈哈哟……还真有点疼。"

转移注意力的手段未免太拙劣。

程非池看着叶钦的脸，表情没有变化，目光却变得森寒凛冽。

他将烫伤膏放在水池旁转身就要走，被叶钦急急喊住。

"那个不是……"装笑也笑不出来了，叶钦上前两步又生生退回一步，"那个不是你想的那样……我没有……"

他语无伦次，脑中乱作一团，无数个念头横空闪过，竟抓不住任何一个可以用来自证清白。

上回程非池把他从会所往苍泉山上送，他从口袋里掏出一盒化妆品，程非池就已经觉得他私生活混乱，不洁身自爱了吧？

是啊，待在这么个混乱的圈子里，能有几个干干净净、出淤泥而不染的？程非池过过穷苦日子，如今又身处商界，怎么可能不知道这里头的腌臜事？

叶钦急得快哭了，越急越慌，可除了"没有"和"不是"，他再说不出别的更有力的话。

就算他说了，程非池肯信吗？自己在程非池眼里，不就是个满嘴谎话、玩弄别人感情的骗子吗？

辩解的声音渐渐低微，叶钦说不下去了，颓然地垂下头，抬起一只手遮住眼睛，似乎不去看就能装作什么都没发生，假装别人也看不见他如此狼狈无力的样子。

一秒，两秒，三秒……

闭眼在心中默念了十几个数，预想中渐行渐远的脚步声没有出现，却响起一道令他一听就战栗不止的低沉嗓音。

程非池转过来，声音落在他头顶上："我知道。"

次日清晨，叶钦没能第一个起床，推开房间门的时候，程非池已经在餐桌旁喝咖啡了。

刷牙、洗脸、揉眼睛，叶钦对着镜子使劲儿瞧。

虽然过惯了寻常日子，可身体的某些部分还不懂事地娇贵着，比如胃，比如皮肤，比如眼睛。但凡前一天哭过，第二天眼睛里头必定布满红血丝，滴眼药水也收效甚微。

拨刘海挡住眼睛，叶钦有些忸怩地走到外面坐下。早餐看样子是厨房送的，两个流沙包都精心摆盘，三明治也切得整齐漂亮，一口咬下去食材本身的清香伴着沙拉酱的浓香溢满口腔，吐司也煎得外脆内软，口感极佳，比他做的不知强上多少倍。

难怪程非池要点餐也不吃他做的了。叶钦不禁有些失落，这些年他有心学做饭，奈何在这方面确实不开窍，严格按照食谱一步步来都能做出一锅黑暗料理，也就煎鸡蛋勉强拿得出手。

程非池见他放下杯子擦手，问："吃完了？"

叶钦点头，程非池站起来，走到玄关处的柜子旁拿来一个盒子，边走边打开，顺便将昨天晚上用过放在茶几上的烫伤膏一并带来。

走到跟前，叶钦定睛一看，发现新的那瓶是红花油，"噌"地跳起来，接过两个瓶子就往卫生间跑，头也不回地说："谢谢，我我我自己来。"

进到里头，叶钦背靠着门长舒一口气。

昨天就是在这里，程非池托着他的手给他抹了烫伤膏，还问他后腰的伤疼不疼，说要带他去看医生。

当时他是如何回应的？叶钦大着胆子仔细回想了一下，那时他正沉浸在程非池那句“我知道”带来的震撼里，想抬头看看程非池的表情，又怕程非池脸上带着戏谑或者不屑，像自己从前那样。

哪怕明知他不是这样的人，叶钦还是怕得要命，把头埋得更低，将自己缩成一团，企图抵挡一时，逃避近在眼前的真相。

然后他就被程非池握住垂在身侧的手，接着鼻间飘进一股药油的刺鼻气味。程非池边给他抹药边问他话，见他只会点头摇头，另一只手覆在眼上迟迟不愿放下，程非池终是没再追问，说了一句“早点休息”便出去了。

叶钦恼恨自己懦弱无能，尤其是在程非池面前，总是会不受控制地流眼泪。

平时明明不是这样的，他受过比这疼百倍千倍的伤，遇到过的欺压更是两只手都数不过来。他自己都习以为常，也听过不少来自别人的安慰，可没有什么比程非池的一句话更让他觉得心酸难忍，只想扑到程非池怀里哭一场。

程非池之于他就是这样一个特别的存在，能激起他全部的斗志，也能击溃他最后一道防线。

别人喜欢他也好，讨厌他也罢，他都不关心，他在乎的只有程非池怎么看他，是信他还是不信他，还愿不愿意再给他一次机会。

叶钦自己上完药，顺便调整了心情，出来时程非池已经站在玄关扣衬衫袖扣，鞋子也放在脚边，听见开关门的声音，偏头对他道：“现在回剧组会不会太早？”

到酒店楼下，看见已经停在门口的商务车，叶钦迟钝地意识到程非池要送他回剧组，忙道：“我自己打车就行，来回要花很长时间呢，你去忙你的……”

声音在司机给他打开后座门后越来越小，直至微弱到听不见。程非池坐在后座的另一边等他上车，场面有些骑虎难下的意味。

纠结半天，最后叶钦还是妥协上了车。

行到环城高速上，远远能看见连绵起伏的苍泉山，叶钦渐渐察觉到不寻常之处。平时程非池都是自己开车，开的也不是这辆商务型的车，今天不仅换车让司机驾驶，还带了穿着一身西装裙打扮干练的助理。

此刻程非池在后座用笔记本电脑处理文件，助理坐在副驾驶给司机指路，这状态分明是去工作，而非顺路送个人。

叶钦越想越觉得不对，坐不住地伸长脖子张望，车子刚下高速就说："麻烦靠边把我放下吧，前面就快到了。"

助理扭头看程非池，等他下命令。

埋首工作的程非池头也没抬，平静地说："按原定目的地行驶。"

到了地方，叶钦火烧屁股般跳下车，车门还没带上就冲里面道："谢谢谢谢，我先进去了，回去路上……"

"等我一下。"

程非池只用几个字就让叶钦定在原地。

眼睁睁看着车上的人全部下来，程非池走到他跟前，抬手帮他整理了一下打褶的前襟，说："走吧。"

昨天得到通知说今天的拍摄在室内。剧组开工早，这个点摄影器械和道具已经全部就绪，工作人员也都在场，有几个正咬着包子闲聊，见叶钦来了招呼道："弟弟来了啊，吃早饭了吗？"

程非池让叶钦走在前面，叶钦跟相熟的几人问了好，便不敢抬脚迈过门槛往里面走了。

他不想引起骚乱，可剧组的人个个眼力卓绝，尤其是那个生活助理，看看叶钦，再看看他身后站着的人，扭头就溜进屋里喊人。不一会儿，剧组的主要工作人员就在这不大的院子里聚齐了。

包括李导。

他大约也没想到会碰到这阵仗，打量了程非池的衣着打扮和外面停着的车，满脸堆笑道："这位是……"

程非池站在原地不动，不苟言笑的模样和阴霾沉重的气场让周遭都跟着鸦雀无声。

打头阵的李导得不到回应，干笑几声，尴尬地看向叶钦："小叶，你还不快介绍一下？"

此时，一旁的女助理上前递名片，接着不咸不淡地说了两句诸如"叶先生是我们程总的朋友""还望剧组上下多多关照"的场面话，看着像是拜托，实则透露显而易见的威胁施压之意。

李导自接了名片看见上面的名字和公司职位后就大气都不敢出，面对皮笑肉不笑的女助理也只剩"好好好""是是是""没问题"之类点头哈腰答应的份，大夏天的，不过两三分钟他就出了一脑门冷汗。

周围的人也没见过这金主直接来剧组帮撑腰的场面，不过大约都能猜到为了什么。那天所谓的杀青宴，叶钦出去后李导连忙跟上然后被扶着回来的事大家都看在眼里，私底下也没少讨论。

威慑的目的达到，程非池和助理先行离开。

李导一行人热情地将人送到外面，站在门口被程非池冷若冰霜的眼神一扫，一步也不敢再上前："程总您慢走，咱们就送到这儿、就送到这儿……"

训练有素的助理和司机一起站得远远的，二十米内只有程非池和叶钦两个人。

叶钦从方才起就木愣愣地说不出话，这会儿四下没别人，脸上才有了点别的表情：“我……你、你不用这样帮我，万一给你惹上什么事……”

看着眼前的人惊慌失措的样子，程非池的思绪忽而飘回六年前。

初秋的夜晚，学校外面的人行道上，叶钦做题做得头昏脑涨，还不忘担心他总给自己补课影响成绩，念叨着要让家里阿姨炖鸡汤给他补补。

他还记得当时的叶钦抓着头发，皱着眉懊恼地说：“你好不容易拿到奖，这种时候要是因为给我补课成绩退步，太不值了。”

过去跟当下重叠，两件事竟奇妙地如此相似。

达到的效果也如出一辙，心口的软肉像被什么戳了一下，程非池回过神来，对上叶钦写满焦急担忧的眼睛，好一会儿才说：“没关系，不会有事。”

虽然一时半刻无法打消全部顾虑，程非池的话还是让叶钦安心不少。

他目送程非池上车，躬身往贴了单向膜的车后窗里看，鼻子都快贴在玻璃上了，还是什么都看不见，蔫蔫地刚打算退开让车走，窗户突然下降打开了。

程非池端正地坐在里面，左手拿着一支笔，右手将一张名片递出窗口：“有事打我电话。”停顿片刻他又说，“记得抹药。”

预计半天可以补完镜头，实际耗时两天半。

这回不是剧组看叶钦好拿捏故意怠慢他拖延时间，相反地，因为剧组上下对他的态度大变，一会儿怕他累着饿着，一会儿又怕太阳大把他晒黑，拍摄进度一改再改，一推再推，导致他一天二十四小时内除了吃饭、睡觉、拍戏，还有大把时间坐在剧组的休息室里发呆。

“你那哥哥来给你撑腰，你也不喊姐姐围观，太不够意思了吧。”

空调大开的休息室里，桌上摆着满满四五盘水果，刘雨卿拈着几颗葡萄往嘴里扔，边大快朵颐，边控诉叶钦的“不人道行为”。

叶钦摆弄着手里的名片，咕哝道：“没什么好看的。”

“看李导吃瘪啊，”刘雨卿道，“他先前说我演不出小市民逢迎讨好的感觉，让我多去外面看看学学，那天不就是个大好的机会吗？导演亲自下场示范什么叫作‘谄谀献媚’。”

叶钦被她逗得哈哈笑，她转而叹了口气，感慨道：“这么帅的男人，不当演员真是可惜。”

说到这个叶钦就急：“他有工作，他很忙的。”

这回轮到刘雨卿笑了：“哈哈哈瞧你紧张得，以后还是别拍戏了，既辛苦又危险，还不如留在家里。”

“我赚得也不少。”叶钦说。

刘雨卿笑起来：“也是，我弟弟厉害着呢，不如换你工作，把他留在家里？”

叶钦仔细想了想，道：“不，他也有工作，这么多年的书可不能白念。”

对于叶钦来说，谁养谁不是重点，这事唯一能诱惑到他的就是能经常跟程非池见面。

他想跟程非池讲和，想回到从前的关系。

然而程非池必定没有那方面的意思，他对自己的种种帮助不过是看在相识一场的分儿上。如果到最后只有这两个选择，叶钦也宁愿和程非池做普通朋友，而非从前不平等的关系。

叶钦拿着程非池的名片白天看夜里也看，本想发短信好好为送自己来剧组这件事向他道谢，又觉得不能白白浪费这个机会。

全部镜头补完后他乘车下山，再次不请自来到了花园酒店。

程非池这天晚上回得依然很晚，打开灯将外套扔在玄关，边扯领带边往屋里走，抬头撞上从次卧里出来的叶钦，两人俱是愣在原地。

叶钦以为程非池今天不会回来了，毕竟这里又不是他唯一的住处，是以听见门锁响动从床上一跃而起，差点滚到地上。

而程非池为什么惊讶，叶钦也能猜到原因。那天给他的那张名片背面写了四个数字，叶钦当时便知道这是门锁密码，可是程非池递过来的时候说了“有事”再联系，分明是在委婉含蓄地告诉他别没事往这里跑。

密码是留给他以备不时之需的，而不是让他来去自如把这里当自己家。

果然，程非池领带也顾不上摘，第一反应便是问：“怎么了？出什么事了？”

叶钦摇头，心中满是苦涩。

这正是他这些天纠结的原因。程非池做事条理清晰，待人也是亲疏分明，给电话、给密码的意义也就一目了然——我可以帮你，可以护着你，但你不要得寸进尺妄想让我再次为你打破原则。

叶钦这次来就是想问个究竟，哪怕求得原谅是场不可能一蹴而就的持久战，他至少有权利知道自己努力的方向是否正确。

程非池每天晚上都有看会儿书再睡的习惯，无论多晚。

等到程非池洗过澡捧着书坐下，叶钦抓住时机道：“我想问你一个问题。”

程非池抬起头，看了他一会儿：“你问。”

叶钦紧张地舔了舔嘴唇，垂在身侧的手攥紧又松开，酝酿许久才说：“你的手怎么了？”

程非池下意识垂眼看自己的右手，掌心朝下，手指关节动了动，片刻后淡淡道：“没怎么，不关你的事。”

叶钦知道他这里的“不关你的事”就是与他无关，可他想要的不是这个答案。

程非池看上去再镇定强大，再刀枪不入、百毒不侵，也是肉体凡胎，他只是习惯将难过的事情藏在心里，默默把所有重担一力背负，从前是这样，现在亦然。

如果他真无坚不摧，真不会受到伤害，也就不会因为听见那样一番不堪的话便失去希望，放弃一切远走他乡。

想让他开心，就要找到症结所在，不能再像从前那样一味地依赖和接受。

这个问题他不愿意回答，叶钦便换一个："那天我在门外说的话，你都听到了对吗？"

看似理直气壮的叶钦其实全无底气，手心都冒出涔涔的汗。

尤其是程非池始终淡定自若的状态，将他击得一退再退，直至无路可退。

"刚才已经回答过一个问题了。"程非池将视线放回书页上，抿唇不再多言。

胸中凝聚的勇气再次被冷漠抗拒打散，叶钦耷拉肩膀，松了一口气的同时，一股浓浓的绝望席卷心头。

他好像又把一个绝好的敞开心扉的机会搞砸了。

真真是自作孽不可活。

行尸走肉般去厨房倒水，喝水，收拾屋子，把玄关放着的外套挂起的时候，叶钦又瞧见那瓶男士香水。

叶钦拿起来看，垮着嘴角将没机会问出口的问题对着那瓶子问了："你……你是不是要订婚了啊？"

谁知竟得到回复。

看书时向来专心投入什么都进不了耳朵的程非池再次抬起头，朝叶钦的方向道："谁说的？"

叶钦被这突如其来的声音吓得一哆嗦，险些把香水掉在地上。

将东西放回原处，他站直身体，手背在身后胡乱搓了搓，故作平静道："没有啊，没有谁说。"

程非池看着他："那是你自己猜的？"

"不是不是，我没有……"

叶钦否认到一半，猛然反应过来除了听别人说还有自己猜，并没有第三条可供他获知的途径，他这否认显得漏洞百出，假得要命。

他垂低脑袋，干脆闭嘴不说话了。多说多错，不说话至少还能落个比从前沉稳的好印象。

睡前，叶钦敲开主卧房门，扭着脖子不往里面看，把装了热牛奶的杯子从门缝里递进去，咬住嘴唇阻止自己乱说话。

程非池说"谢谢"，伸手接了，在叶钦往后退，门即将关上时，他又没头没脑地加了一句："不是。"

叶钦紧紧抿着嘴巴，歪着脖子用一只眼睛从门缝里看他："嗯？"

程非池别开目光不与他对视，过了几秒，补充道："我没有要订婚。"

叶钦整晚没睡好，清晨对着镜子里堪比国宝的自己说"早上好"时，还是开心得要飞起来。

程非池既然愿意向自己解释，就代表至少他不排斥自己出现在这里。

事情终于开始往好的方向发展，叶钦决定从现在开始再接再厉，更加积极主动，让程非池感受到他更多的诚意。

之前给补镜头预留的时间是两个星期，叶钦接下来几天都没工作，于是除了每天早起做饭，洗衣服、打扫卫生也被他一并包揽。

有一回接到周封的电话，叶钦说正在擦地让他待会儿打来，周封大惊小怪道："还真当起田螺姑娘了啊？你别把姿态放太低。"

叶钦把抹布往地上一扔，反驳道："那当年他还天天给我做饭呢，这是传达心意的方式，你懂个屁。”

“好吧好吧我不懂。”周封叹息道，“当年要不是圆圆迁就我、让着我，对我那么好，我也不会轻视他，不把他当回事……那时候的我可真幼稚啊。”

叶钦哼了一声，难得附和他一次：“现在也没好哪儿去，还是幼稚。”

两人东拉西扯聊了会儿别的，又回到永恒不变的话题，周封问他：“你什么时候回首都啊？我还想借你的名义把圆圆请出来吃饭呢，你老在 S 市待着，我想用你都够不着。”

“你可闭嘴吧。”叶钦把手机夹在肩窝里，继续哼哧哼哧地擦地板，“你干的好事我还没找你算账呢。”

“……我干啥了？”

“你说他要订婚了，打哪儿听的？”

“就和那些哥们儿的聚会上啊。”

“什么哥们儿？跟他们绝交，长嘴了不起啊就胡说八道。”说到这里，叶钦的神色不免有些得意，语气也带了些炫耀的意味，“他亲口跟我说了，没有要订婚。”

周封那头愣了一下，一拍桌子道：“可以啊钦哥，学霸连这都跟你解释了？”

“我问的，没想到他会回答我。”

“他肯定是怕你误会，不然干吗解释？”周封摸着下巴给予肯定，“啧，我瞧着有门儿，绝对有门儿。”

叶钦笑得眼睛眯成缝，嘴巴咧到耳朵根：“是吧是吧？等我们和好了，我带他回首都，咱们几个一起吃饭。”

话是这么说，其中少不了一些添油加醋的成分，毕竟怕在朋友面前丢面子的习性还有一点遗留，实际上叶钦本人并没有那么盲目自信。

程非池也不是完全不会拒绝他的示好，比如这两天叶钦都找不着衣服洗，觍着脸去问，程非池说送到酒店洗衣房了，之前的衣服都是洗衣房来收的。

……敢情他还抢了别人的活儿。

叶钦觉得丢脸，干这些他是业余的，洗得肯定没人家专业的干净，程非池怕是拉不下脸直说，所以才通过这种方式让他住手。

只沮丧了一小会儿，叶钦很快重振精神，洗衣不成他就干别的呗。

从前两人住在一起，叶钦心情好的时候也会出去采个购买个菜什么的，现在有了密码出入自由，他每天出门一趟采买食材，回来悉心研究菜谱做午饭，还买了个漂亮的饭盒，觉得今天做的菜能入口，就盛一份装好送去隔壁写字楼。

两栋楼看着不远，实际要穿越一条长长的地下通道和两架天桥，来回一趟就算脚程快也要四十多分钟，怪不得程非池去工作宁愿开车绕行。

叶钦没有工作证进不了大楼，就抱着饭盒在楼下等。遇上程非池是不可能的了，偶尔能碰到他的助理，叶钦拜托她把东西带上楼，她公事公办地说这不在她的职责范围内，让他直接联系程总。

可他就是因为不好意思联系程非池才出此下策，无奈之下只好使出撒手锏，姐姐长姐姐短，今天夸她漂亮气色好，明天赞她口红的颜色跟衣服特别搭，夸得她高兴了，赶紧软着嗓子求她帮忙。

女助理的扑克脸实在绷不住，终于在某天的会议结束后向程非池提了一嘴。

程非池翻文件的手顿住，思索片刻道："让他送吧，不用拦着。"

于是第二天中午，程非池从会议室回到办公室，就看见桌上摆着个蓝色的饭盒。

打开盖子上层是菜，番茄炒鸡蛋、糖醋大虾、清炒四季豆，都是比较容易上手的家常菜，两荤一素卖相尚可。下面则装了一整层压得瓷实的白米饭。

晚上回到花园酒店的套房，程非池发现餐桌上多了块素色桌布。

“我今天去超市顺便买的。”叶钦邀功般说道，“这样是不是好看多了？颜色跟这里的装修风格也搭。”

程非池没答话，走进房间两分钟后出来，把一张卡放在桌上。

叶钦愣愣地看着：“这是……干吗？”

程非池垂眼解袖扣：“以后买东西用这张卡。”

“这都不是什么值钱的东西，”叶钦急道，“就是一些菜啊日用品什么的……”

程非池抬头看他：“我用了也吃了，应该付给你相应的报酬。”

叶钦的心情再次跌落谷底。

晚上他坐在程非池身边看视频，两人拉开一米多的距离。

他心里难受极了，如果非要用金钱衡量，按“报酬”计算，他欠程非池的何时能还清？

程非池这个举动无疑是在用银货两讫的方法处理两人之间的关系，顺便告诉他不要动别的心思。

自己也没动什么心思啊，想对他好也不行吗？

茫然无头绪间，叶钦忽然想起从前邀他和自己在嘉园小区的公寓一起住，程非池说什么都要付房租。他原本就是这样的性子，看似温和实则倔强，不愿意占别人便宜，也不肯欠别人什么。

这么想着，心里就舒服多了，整个人一扫消沉。

次日阳光明媚，叶钦接到经纪人郑悦月的电话，问他怎么还不回首都。

他把手机开免提放在桌上，边叠星星边说："我这刚从剧组出来，月月姐你就大发慈悲，放我一个月假呗？"

郑悦月提高嗓门怒吼："一个月？你是要结婚还是要去生孩子，胆敢问我要一个月？"

叶钦心虚道："你就当我请婚假吧，不然两个假一起请了也行……我有很重要的事情要做。"

"挣钱不就是你现在最重要的事情吗？"郑悦月问，"还是说，程总帮你把债坑填平了？"

叶钦连忙否认："不是不是，债我还是要自己还的。"

"我不管你是要干吗，工作不能丢下，合同上明明白白写着呢，喏，第二页第五行……"

见她又要对着自己念经，叶钦表情痛苦地打断道："那师父您给我安排些S市的活儿行吗？至少让我再休息一个礼拜。"

经过一刻钟的协商，双方在据理力争的情况下各退半步，达成了再休息五天的口头协议。

挂掉电话，叶钦长叹一口气，叠一下就数一个数，心想：只剩五天，还能做点什么啊？

前阵子星星没带在身边，落下的功课今天全补上了。

中午送完饭回来，叶钦顺便去超市买了干辣椒。他记得程非池口重，爱吃辣，以前做菜总爱放几截干辣椒，后来发现自己不能吃辣，便改掉了这个习惯。

现在是自己给他做饭，自然要照着他的口味来，S市的传统口味也偏甜，想必程非池不太吃得惯。

专用电梯在停车场，叶钦觉得走正门太招摇，每次都是从酒店后门运输货物的通道拐进楼梯间，再下到负一层乘电梯。这一路鲜少遇到人，摸准了酒店运输规律的话，甚至可以一个人都碰不到。

今天同样畅通无阻，眼看前面就到电梯口了，叶钦拎着东西加快脚步，没想到拐个弯撞上两个人。

准确地说是两个中年女人。站在后面的那个很面生，坐在轮椅上的那位倒有几分面熟，干瘦蜡黄的脸，披肩发，正用那双与程非池相似却阴沉许多的眼睛看着他。

负一层光线昏暗，他们转移到酒店后门的僻静处说话。

这几日天气变凉，程欣头晕乏力的老毛病又犯了，出门不得不坐轮椅让人推着，而且一点风都受不得。她身上穿着厚实的外套，等那保姆模样的女人给她盖上毛毯，她咳嗽两声，连抬胳膊挥手让无关人等退下的力气都不太使得上。

六年前，叶钦因为一些误会仇视过这个女人，这会儿又有其他原因让他无法平静地与她面对面，不知该说些什么的同时，心中不禁生出些许胆怯。

到底是程欣先开了口："你是叶锦祥的儿子？"

这个开场白不在叶钦的预料之内，他想了想，回答道："是的，阿姨好，我叫叶……"

话音未落，刚才还语速缓慢一字一顿的程欣突然打断他："我知道你叫什么名字，我想问的是，你在这里做什么。"

面对长辈疾言厉色的发难，要说不害怕是不可能的。叶钦勉强稳住心神，本着不给程非池惹事的原则道："我暂时借住在这里。"

谁知程欣竟然笑了，瞥了一眼他手中印有超市 LOGO 的袋子："借住？借住用得着做饭、洗衣，还整天往对面办公楼跑？"

她们显然是有备而来，什么都打探清楚了，根本没法隐瞒。叶钦闭了闭眼睛，沉下一口气，说："我从前做错了一些事，正在求得他原谅。"

程欣眯起眼睛，仰头看着他道：“他不需要你这样的朋友。”

听到这话，叶钦紧绷着的神经反而放松下来。

叶钦道：“需不需要，他说了才算。”

程欣面露不耐：“我是他的妈妈，有资格代替他做决定。听说你是个小演员？哼，你这样的人非但对他毫无助益，反而会拖他后腿，带坏他。你别再缠着他了，这样下去只会害了他。”

叶钦愣了一下，搞不懂“缠着他”和“害了他”之间的联系，眼中浮起些许茫然。

程欣看着他的表情，扬起嘴角笑了笑，慢悠悠道：“你是真的不懂，还是在我跟前装傻？我知道，我儿子现在的身份地位难免引人注目，尤其是你们这些有所求的，我一眼就能看出来的事，你以为他就看不出来？”

叶钦还愣着，程欣抬了抬下巴，端着看透一切的姿态接着说：“我也不是不讲情面，看在与你父亲相识一场的分儿上，你们家背的那些债，我可以帮你还清。你不要再缠着他，他大好的前程不能因为这些无足轻重的东西毁了。”

听了如此直白的一番话，叶钦才弄明白她的意思，可他连应该做出什么样的回答都不知道。

难怪程非池这些年过得都不开心，笑容鲜少得见，五年的时间不仅没有让他解开心结，反而让他变得更加寡言冷漠，他像是把整个人都封闭起来，用沉默抵抗外界的一切干扰和侵入。

叶钦干咽了一口唾沫，嘴唇微微发颤：“那您为什么来找我，而不是让他把我赶出去？”

程欣又一次难以置信般抬头看他，还没等说出话，叶钦乘胜追击道：“您来找我，是因为您拿他没办法，他不接受您的安排，所以您只能来找我。”

被说中心事的程欣脸色发白，盖在毛毯下的手紧紧交握，声音终于带了怒气：“他是我的儿子，我生他养他，把他培养得这么优秀，他怎么可能不听我的话？”

“那您尽可以找他说，只要他亲口让我走，我绝不在这里多留哪怕一分钟。”

叶钦昂着头，努力不将一丝怯懦表现在脸上，实际上从头到脚、从里到外，连手指尖都在抖。

他不是不想在程非池的母亲面前留下好印象，可情势所迫，如果此刻他选择妥协退让，便是对不起自己这五年里掉的眼泪和下的决心。

——更对不起程非池当年奋不顾身的坚持。

思及此，叶钦喉间哽咽，像被一团浸满水的棉花堵住。他终于知道，当年的程非池为了他，到底放弃了多少难得的东西，顶着千钧重负。与之相比，自己承受的艰难坎坷只能算是轻飘飘的一小簇羽毛而已。

“你会毁了他，会毁了他的！”程欣见说不通，急火攻心，不由得换了一副狰狞面孔，“我都是为了他好，你如果真的想补偿他，就不该挡他的路！”

叶钦看着她歇斯底里的样子，心底越发冰凉。

虽然他的母亲早逝，可罗秋绫给他留下的印象是温柔、善良以及处处为他着想，不说升学择校这些人生大事，就连生活中吃穿用的细微小事，都会询问并尊重他的意见。

他没有资格评判程欣这样做母亲是对是错，他只为程非池感到难过，还有无法抑制的心疼。

“路，什么路？您想他走的路，还是他自己愿意走的路？”叶钦理了理思绪，顶住压力与程欣对视，一字一句道，“您尽可以去让他赶我走，不管他如何决定，我都会尊重他的选择。”

刚才的一通发泄几乎耗去程欣全部的力气，她张了张嘴巴，不知是发不出声音还是累了，眼神逐渐失焦，许久没说出话来。

一场剑拔弩张的对峙告一段落，叶钦长舒一口气，放空大脑，目光渐渐飘远："他没有义务为谁而活……他应该只为自己活。"

这话不像是说给程欣听的，反而像是自言自语。

陪程欣在门廊外站了会儿，叶钦借着夏末微凉的风，平复了短短几分钟内跌宕起伏数次的心情。

直到一辆货运车驶来，开始有工作人员进进出出搬运东西，他呼出压在胸中的最后一口浊气，对程欣说："阿姨我先走了。"

转身走出去两步，听见后面有人在吆喝"小心小心""让一让"，他扭头看了一眼，就是这不经意的一眼，将他吓得魂飞魄散。

只见两个穿着工作服的人抬着一个一米见方的冷藏柜，因道路狭窄从程欣身旁堪堪擦过，其中一人的脚碰到轮椅的左轮，导致轮椅慢慢地往前面台阶处滑动，而坐在上面的程欣浑然不知危险降临，还呆坐着出神。

叶钦什么也没想，扔掉手中的东西，转身一个箭步冲上去拉住轮椅扶手。

此刻两边轮子已经大半悬空在台阶外，按理说他使点劲，应该来得及连人带车拽回来。然而后面紧跟着一个抱着箱子的人，堆在身前的三个箱子将他的视线挡住大半，他凭着多年的职业习惯和对这条路的印象往前走，脚尖触到台阶边缘，踩上去后便继续往上爬。

"等一下！"

叶钦出声时已经晚了，那看不见前路的人压根不知道是在叫他，一脚钩在轮椅踏板上，碰到障碍物条件反射地快速收腿，将整个轮椅急急往下拖拽。

眼看程欣身体前倾就要摔倒，叶钦只来得及将扶手往旁边推，接着抬胳膊去护程欣，顺势扭转身体挡在她面前，紧接着轰然一声巨响，轮椅和人几乎同时倒在台阶上。

叶钦垫在最下面，侧歪的左小腿重重磕在台阶凸起的直角处，被上方的重量一压，一阵钻心刺骨的疼痛骤然袭来，他眼前发黑，一口气差点没能提上来。

救护车到得及时，叶钦被抬上担架的时候，程欣还是满目惊慌，大约平时一个人在室内待久了，出门就遇到这样的突发事故，一时无法从惊险中抽离出来。

医生听说她也是事主，让她一起上救护车去医院检查一下，她摇着头直往后退，身后推轮椅的阿姨说刚才检查过了没受伤，不用去医院，医生问了两句便作罢。

车门刚要关，躺在担架上的叶钦忽然撑着上半身坐起，对外面的程欣道："阿姨，拜托您个事。"

腿上磕得很重，流的血将半截裤子浸透，两个随车护士正在给他清理伤口，讨论说骨折没跑了。

叶钦脸色苍白，每说一个字都像是用尽力气，即便这样，他还是努力抬高身体，支起脖子对程欣说："这件事，别告诉他，我不想让他知道。"

喘了几口气，舔了舔干裂的嘴唇，叶钦接着道："您也不想让他知道您来找过我吧？所以就别、别告诉他了。"

晚上 S 市下起小雨，这样的天气总是会激起人们早早归家的念头。

会议开到一半中场休息，程非池站在落地窗前，透过窗户上的水滴和空气中细密的雨丝看这座城市的霓虹闪烁。

旁边的员工三五成群地闲聊，一会儿谈经济趋势房价飞涨，一会儿聊孩子的教育培养。不知是谁起的头，话题逐渐往日常方向偏，这个说经常在外面吃对身体不好，那个感叹满汉全席都不如家中的饭菜香。

程非池听着听着，眼神恍惚了一瞬，似是想到什么不适宜在当下想起，却又不得不想起的事。

收回目光后，他转身对在一旁的助理道："宣布散会，明天上午十点接着开。"

回到花园酒店顶楼的套房，程非池打开灯看见一室空旷冷清，心头竟生出一股他自己都不知从何而来的不适感。

他把空饭盒放在桌上，看见摆在桌角的一个红色盒子和下面压着的一张便笺。

上面只有两行字：我有工作先回首都啦，好好吃饭、好好睡觉哦！

落款是"叶软"。

洗完澡坐在床上，程非池把那个方方正正的红盒子拿在手上端详。盒子不知道藏了多久，尖角边缘都磨破了，也有可能是经常带在身边的缘故。

看见盒子正中的标识，他就猜到里面是什么了，所以哪怕做足了心理准备，手放上去的时候仍旧有一种说不清道不明的紧张。

打开盖子，如他所料，里面放着一条手链。

然而细细观察，这手链并不是他记忆中的那一条。

这条要长一些，同样镶着一枚钻，稍微变换角度便熠熠生辉。

毫无预兆地，就在这耀眼刺目的光芒下，脑中紧闭的闸门倏忽被撞开，记忆的洪流汹涌而出。

程非池以为自己都忘得差不多了，尤其是那些曾经深深扎进血肉里、造成无法磨灭的伤口的细节，出于自我保护，他将它们全都埋藏在心底最深处，拒绝触碰，更不愿记起。

可是为什么直至现在，他仍能清楚地记得自己年少时赋予这件饰物的意义?

把手链放回去，盒盖盖上，程非池逃避般将那盒子放回床头，目光不经意间触及那张写着字的便笺条，在极近光源的照射下，隐约能看见先前未曾注意到的笔画痕迹。

将它拿起，翻过来，只见反面清晰端正地写着四个字：独一无二。

Chapter.05

世界

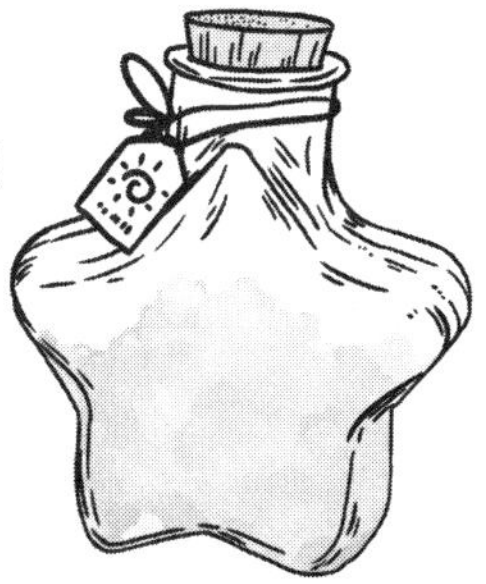

首都的秋天来得比 S 市要早一些，同样一场雨，这边下出了磅礴滔天的气势。

叶钦乘坐的高铁抵达的时候，等在出站口的周封从乌泱泱的人群中把他找出来，正抱怨火车站人太多找了半天车位，看见他左手拄着拐，顺着往下看到他裹着绷带的腿，惊叹了一声，忙搀他往人少的地方挪：“不是说只是崴脚吗？我看这有点儿严重啊。”

叶钦把背包丢给周封，艰难地蹦着走，说：“断了根骨头，钉了块钢板。”

周封：“……咱能不把这种事儿说得跟去外面吃了顿饭一样轻松吗？”

叶钦扯开嘴角，笑容嵌在苍白的脸上显得分外脆弱颓唐，偏偏他本人不这么觉得，无所谓道：“我还在长个子呢，医生说很快就能好。”

他们乘直梯到停车场，车停得远，他们又走了很长一段路。

周封越想越觉得不对劲，低头看他肿得鞋都没法穿的左脚：“医生真这么说的？伤筋动骨一百天呢啊，你干吗不在 S 市多待几天再回来？”

“在那儿不能用医保卡啊，咝——”上车的时候腿不小心磕到前座，叶钦小心翼翼把伤腿挪到车里面，“平时没病没灾的也用不上它，这回终于有用了，我这两年的钱可不能白交。”

周封知道他现在的情况，听到这里还是不免难受。他们俩相识多年，叶钦从前的生活不说奢侈无度，至少也算无忧无虑了，何时为一点医药费操过心?

发动车子驶离火车站，周封状似不经意地问叶钦要不要去某知名医院待两天，说他老爹跟那边熟，叶钦自是拒绝：“所谓静养，在哪里养不都一样? 每天去医院挂个消炎水就行了，医院人来人往吵得很，睡不着反而影响我长骨头。”

周封说不过他，让步道：“那你有事打我电话，一天二十四小时都可以，要是还把我当兄弟，就别跟我客气。”

叶钦点头，开玩笑道：“行，夜里零点一过我就打电话让你给我送夜宵。”

回到位于城北某住宅小区的宿舍，周封把他扶进门，顺道参观一圈，看到放在上铺用玻璃罩盖得好好的乐高机械组，才忽然想起什么：“欸，你都摔伤了，程学霸怎么没跟你一起回来? ”

叶钦先前刚吹过牛皮说要把人带回首都一起吃饭，这会儿有种被拆穿的窘迫感，胡乱编了个理由道：“他忙嘛，整个公司上下都等他发号施令呢，总不能因为我耽误工作。”

周封疑惑：“忙到连机票都没空帮你订? ”

“是我自己要坐高铁的。”当了几年演员积累了些演技的叶钦信口胡诌道，“飞机有什么好的，高空气压低，万一把我新打的钢板震裂了怎么办? ”

周封摸摸脑袋，他没骨折过不知道骨折是不是真不能坐飞机，不过既然叶钦这么说，他姑且信了，接着又提醒道：“那你到了不给他打个电话? 他在那儿肯定担心……”

叶钦一个枕头扔过去：“行了行了，都什么时候了你赶紧回家去吧。”

把周封送走，叶钦扶着墙回到房间，拿起手机点开通信录，又回到短信界面，再切回通信录，纠结半天，最后视线停留在右上角的时间上。

凌晨两点半，他应该睡下了吧。

他既然没有联系自己，就代表没有起疑。叶钦躺倒在床上深喘一口气，放松身体，心想不枉他刚动完手术就不顾医生的劝阻办理出院，往花园酒店跑了一趟，把该收拾的收起来，并留了张道明去向的字条，最后没憋住，还留下了一件不该这个时候拿出来的东西。

麻醉过去后，伤口泛起被千万只蚂蚁啃咬般的疼痛。如今四下无人，叶钦终于可以不用假装没事，一面咬牙切齿地揪紧枕头，一面深呼吸缓解痛感。

S 市的医院有开止疼药，爬起来囫囵吞了两粒，直到天边泛起鱼肚白，叶钦才迷迷糊糊睡着。

梦里的程非池比现实里的还要冷漠，打开那红色的盒子后勾着唇冷笑，拿起那条手链举在眼前，倒数三秒后便松手任由它掉在地上，发出清脆的声响。

惊醒后叶钦前胸后背都是汗，第一时间拿起手机，看见屏幕空空如也反而松了口气，闭着眼睛又躺了一会儿，将错乱的心跳抚平，起床洗漱准备出门。

雨已经停了，因着腿脚不便而且地上还有积水，叶钦难得奢侈地打车去医院。

他在路上捧着手机给程非池发冷笑话，接到宋珝打来的电话。

“哥哥哥你的腿怎么了？还好吗？”

“没事，养几天就好了。”

“你回首都了吗？我这几天跟月月姐在外头跑活动，你睡我的床吧，好歹宽敞些。”

叶钦语带笑意：“这还用你说吗？我已经睡上了。”

见他状态不错，宋琊放了心："那就好。贺函崧这阵子也在外地不回去，宿舍刚好留着给你静养。"

这算是一个好消息，至少不用被冷嘲热讽影响心情。挂掉电话之后叶钦继续发短信，莫名觉得今天选的冷笑话格外有趣，看着短信界面一个人傻乐，伤口的疼都忘记大半。

程非池看到也会笑的吧，如果能看到的话。

虽然已经拿到程非池的新号码，叶钦还是固执地将短信发到之前的号码上。

这么做不完全是因为㞞，他私心里觉得这个号见证了他和程非池从相识到现在的点点滴滴，意义非同一般。

除非这个号码换人了，不然他就一直发下去。

坐在医院输液室挂消炎水，得知消息的廖逸方在打过电话确认他的位置后，不到一个小时就到了。

传统如班长大人自不会空手探病，水果、牛奶、核桃粉拎了几大袋，到地方见叶钦只是输液，惊道："骨折怎么能不住院？骨头长歪了怎么办？伤口发炎怎么办？晚上要起夜怎么办？"

叶钦对他数年如一日的爱操心哭笑不得："班长你怎么跟刚才那个医生一个样？就差按着我的手让我在住院单上画押了。"说着拍拍大腿："没事儿，好着呢，腿长在我身上，我能不清楚吗？"

输完拔针出去找了家餐馆，刚坐下廖逸方就开始上网查找资料，忧心忡忡地读道："骨折初期瘀血肿胀，饮食应当以清淡为主，不可过早给予肥腻滋补之品，如骨头汤、鸡汤、炖水鱼……天哪——"念到这里他忙站起身冲餐馆厨房方向喊："老板请问我们刚才点的鱼下锅了吗？……还没有？那麻烦撤掉这个菜，谢谢啊！"

叶钦拦不住他，只得由他做主。

等上菜的时间里跟周封聊微信，周封发了一排菜刀表情过来，叶钦也没把地址供出去，只说在医院附近吃饭：班长也是我朋友，我不能偏心你、出卖他啊，你能找到就当你有本事咯。

周封发来一排凋谢的表情，说：求您慢点吃，给卑微的小人一点时间！

结果叶钦低估了他。

一刻钟后，周封就找到了这家餐馆，叶钦往他身后一瞧，原来是带了帮手分头找的，帮手正是大家共同的朋友，赵跃。

廖逸方看到周封本想离开，奈何有朋友在，贸然离场显得不太礼貌。他料想当着这么多人的面周封也不敢瞎闹，便淡定坐着继续吃饭。

谁知周封不按常理出牌，开口就是惊雷炸耳的一句："圆圆，趁着跟我关系最好的两个哥们儿都在这儿，我给你做个保证，只要你肯原谅我，以后我绝对不再犯浑了，都听你的。"

廖逸方一如既往地脸皮薄，说话都磕巴了："你……你听我的干什么？"

"从前就是因为不听你的没有好好学习，最后吃了大亏。"周封忙不迭道，"我知道你都是为我好，今后你就是我的良师益友，你指东我绝不往西。"

围观的叶钦不禁在心中感叹这家伙脸皮是真厚。

廖逸方想了想，说："你都这么大了，不需要我帮你了。"

周封说："谁说的？我还没活明白呢，就等你让我再吃几次教训。"

听到"教训"二字，廖逸方怒目圆睁："你还想跟我打架？"

不慎说错话把人气走，周封不死心地追了出去。

留下叶钦和赵跃两个人大眼瞪小眼，多年未见的老朋友此刻竟没有一句话可说。

叶钦问服务员要了套新餐具，推到赵跃面前："还没吃午饭吧？吃点儿，不然浪费。"

赵跃拿起筷子，夹了片蘑菇放在碗里，想想还是开口了："阿钦，从前的事我很抱歉……"

叶钦最怕听这个，搞得跟他们家破产是被别人害了似的，忙表明立场："没事，过去的都过去了，当年得亏你们借我钱。我现在挺好的……除了刚断一条腿，看着惨了点。"

赵跃还是不太放得开，把那片蘑菇吃了，又说："刘扬帆的事儿我听说了，他就是闲得慌闹着玩，你别跟他一般见识，咱们以后还是朋友，行吗？"

叶钦不知道他听说了些什么，是谁告诉他的，也不想深究。先前他也从周封口中听说赵跃接手家里公司之后跟从前大不一样了，沉稳可靠许多，便没拒绝周封说哥几个聚一聚的提议。

虽然他觉得自己没法再融入他们，也适应不了他们看着他时目光中似有若无的怜悯。

叶钦笑着回应"没问题"，对面的赵跃还不太放心，又问："你和那个程学霸现在好吗，听周封说你们和好了？"

叶钦尴尬："还没……还差点儿。"

赵跃点头："听说他在美国五年也没交过什么朋友。"

听到关于程非池的事，叶钦的耳朵登时竖了起来："你在美国见过他？"

赵跃说："只见过一次，在一所高校举办的乐高创意大赛上。我们野鸡大学跟他念的学校比不了，大家平时碰不着面，只能听点本国留学生之间的传言。"

"……乐高？"

"对，他没跟你说过吗？"赵跃回忆道，"是三四年前吧，好像是跟他们学校的社团来的，奇怪的是他们组明明有个很不错的机械组方案，他是主创，最后愣是没用。他给的理由是曾经给别人做过一个差不多的，这个独属于那个人，他没有权利私自收回。”

回去之后，叶钦站在床边仰头看着那护在玻璃罩里的乐高机械组，这些日子来第一次产生了给程非池打电话的冲动。

他想问程非池，这五年你也不是完全忘记我，对吗？你还惦记着我，对不对？不然为什么还要对我这么好？

他拿着手机从通信录切到短信又切回来，如此反复几次，还没想好怎么说，手机突然一振，出现一条新消息。

是程非池发来的，用他现在的新号：你有东西落下了。

叶钦心跳加速，原本淡定平稳的步调骤然被打乱，以为他要说礼物的事情，写完短信好半天后才鼓起勇气点发送：什么东西？

程非池显然没他这么纠结，回复很快：手机充电器。

看到这五个字时叶钦狠狠松了口气，转而又有点失望，不知程非池是没看到他放在餐桌角落的东西，还是看到了假装没看到。

叶钦既想知道程非池的反应，又有点惧怕知道，打打删删半天，想着这话还是当面问比较好，最后还是退缩了，选择继续装傻充愣。

收到回复的时候，程非池刚挂掉易铮的电话。

刚回国那阵子易铮联系他都是为了交代工作，最近不知是不是受到程欣的影响，越来越有往干涉他私事的方向发展的趋势，说不到两句就开始命令他回家吃饭，改姓入族谱的事更是老生常谈，顺便还不忘催他去约颜虹喝个下午茶，恨不能把他一天二十四小时全部安排了。

可惜不管用，程非池不是躲在父母羽翼下混饭吃的懦夫，他本来的意愿就是回国自谋发展，不然也不会在兼顾易家公司的同时还往首都拓展业务。

说白了易家的产业并非他自己愿意接手，他也不认为这些东西应该属于他。既然不贪图，便没有人能抓住把柄真正将他控制住。

他点开叶钦发来的短信，洋洋洒洒好几行：不好意思，走得太急给忘了，等我这边工作结束去拿！不过未来半个月都抽不出空……麻烦你先帮我保管啦！

程非池皱了皱眉，总觉得哪里有些古怪，这么长一段话仿佛在欲盖弥彰。

就跟那天回来过分整洁的屋子给他的感觉一样。如果真走得急，哪来的时间把东西都归置好再走？冰箱里还摆着用了一半的五花肉和几个鸡中翅，鸡翅都是腌好了的，分明是准备晚上做饭用的。

晚上回到花园酒店顶楼，程非池进房间看到那个红盒子，走过去拿起来在手中看了一会儿，还没打开盖子，听到外面传来敲门声。

来人是颜虹，她说在这附近跟朋友聚会，太晚不想回去，就进来这里打算开个房间住一晚，顺便来看看他。

程非池觉得这个时间让女孩子进门不合适，拿起玄关的外套往身上穿，准备亲自带她去楼下帮她开间房。

颜虹却磨磨蹭蹭不肯移步，伸长脖子往里面看："那个借住的走了吧？"

虽是问句，模样却十分笃定，面上还带了几分喜色，像是早就知道叶钦不在这儿了。

程非池思忖片刻，问她："你怎么知道他是借住？"

消炎水挂到第三天，叶钦左小腿的肿胀总算有所缓解，先前膝盖肿得伸不直、弯不起，这会儿脚底板碰地面也不怎么疼了。

医生说没见过他这样刚骨折就折腾转院还一个人到处跑的，开了张单子让他去拍片，看看骨头长歪了没。

叶钦扶墙蹦跳着下楼，路上幸得善良的护士姐姐相助，护士姐姐扶着他将他送到影像科，他摘口罩道谢的时候，还差点被认出来。

护士姐姐指着他惊喜道 :“你是不是那个 AOW 的……那个叫什么来着？”

叶钦忙摆手 :“不是不是，我要有他们那么红，这条街从南头到北头早就乱套了。”

没想到一语成谶。

拍完片子拿给医生看过之后，叶钦拒绝了电话里周封要翘班来接他的提议，继续拄着根挑衣杆蹦跳着下楼。他嫌拐杖丑且重，前天就扔在宿舍里不用了。

医院斜对面是一所中学，叶钦从前经过这儿并未留意，现在断了腿走不快，有空四处看风景，发现这所学校的大门跟六中很像，校服款式也差不多。

正是放学时间，三五成群的学生从校门口鱼贯而出，其中有骑着单车的男生，虽然哪个都没程非池帅，但叶钦还是不由得想到坐在程非池自行车后座的那些日子。

叶钦想着想着便觉得好笑，那时候明明应该存心报复，却不知何时悄然沉浸了进去。如果上天能再给叶钦一次回头的机会，他一定不再隐藏自己的心意，不再说那些言不由衷的话，只告诉他自己多么喜欢和他一起玩，更想和他上同一所大学。

挪到公交站台前，叶钦因为刚才倏忽涌入脑海的回忆还有些愣怔，口罩忘了戴回去，竟被身旁等车的一个女学生认了出来。

“钦钦，你是钦钦对不对？”女学生是热血派的，没等到叶钦承认，当即便扯着嗓子喊，“你们快来看啊，活的钦钦！”

周围都是等车的学生，几乎都看过最近热播的某综艺，听到熟悉的名字呼啦啦地围过来。

一个人的声音哪里盖得过十来个人的你一言我一语，叶钦死不承认也没用了。爱看热闹是人的天性，哪怕叶钦不怎么红，也有大叔大妈凑上来好奇地问“这是谁啊”，于是人越来越多，里三层外三层将不大的站台堵得水泄不通。

多亏有个下班路过的老师看不下去，出手维持秩序，指挥这些学生散开让残障人士先走，错过一班车后，叶钦终于在十分钟后登上另一辆车。

有两个女学生跟他坐同一班车，倒是没有刚才那个大嗓门的妹子激动，坐在他后面的座位上，红着脸小声问他的腿怎么回事，是不是跳舞摔的。

叶钦知道自己没几个真粉，不然不会连他们组合早就分道扬镳了都不知道，胡扯道：“唱歌唱的，太激动导致气血下涌，血管兜不住，把骨头给撑裂了。”

兴许是他在综艺上的形象还挺正经，两个女学生一时没听出他在开玩笑，捂着嘴巴瞪大眼睛道：“那钦钦你以后唱歌小心啊。”

下车后，叶钦边走边乐，越发觉得自己也有说笑话的天赋，心想下回不如给程非池现编笑话好了，这样显得更有诚意，说不定能歪打正着博他一笑。

他哼着组合的出道曲往小区里走，远远看见楼底下站着个人也没在意，一手握着挑衣杆，一手掏出手机把刚才的笑话输入备忘录留待以后用。

跳一段歇半分钟，快到楼道口，叶钦将视线从手机上移开，冷不防与往这边走了几步的人打照面，还以为自己体力透支出现幻觉了。

被那双有力的手扶着进到电梯里，叶钦还魂游天外，找不到一点程非池就在身边的真实感。

他怎么会在首都?

哦，对，周封说他在往这边拓展业务。

可他为什么会在这里?

走亲访友刚好碰到？那也太巧了吧，首都人口密集，在同一时间同一小区同一栋楼下碰到的概率能有多大?

……回头找廖逸方帮忙算算。

恰逢晚高峰，电梯几乎每隔两层就要停一下，不停有人进出，不大的电梯里挤得满满当当。

程非池用胳膊圈出一块空地，把叶钦护在角落里，而此刻的叶钦顾不上感动，满脑子想的只有待会儿怎么逃走，避免跟程非池说话露出破绽。

电梯停在二十三楼，叶钦趁靠门口的住户让出一条道，边往外挪边抽出胳膊，手伸到口袋里摸钥匙。

楼道短小狭窄，几步就蹦到宿舍门口，钥匙插进锁眼打开门，叶钦扶着门框跳进去，身体还没完全转过来就急忙说：“麻烦你了，今天屋里乱，就不请你进来坐了……正好你也忙，应该没有闲工夫在这儿逗留。”

他语速很快，慌张都写在脸上，别人或许看不出来，程非池却能看得明明白白。

“我不忙，”他站在门口说，“我是来找你的。”

叶钦兀自处在一种听不见、看不见的状态里，转身就要关门：“那、那我们改天……”

门没推上，被什么东西挡住了。

程非池的手抵在门板上，被叶钦用慌得快哭了的眼神看着，也没有松手。

两人僵持几秒，终是叶钦先松了手。他心里的那扇门这些年一直为程非池敞开着，无论程非池愿不愿意再进来，他能做的始终只有等待，根本就没有将它关上的力气。

他不该害怕的，五年的时间，足够他做好准备了。

可他仍像一个待审判的罪犯一样，垂着脑袋等程非池发落。他把自己整个人、整颗心都剖开放在太阳底下，等程非池轻飘飘看一眼，或者踩一脚再拂袖离去。

然而预想中的质问迟迟没有来，那条他只敢趁家中无人偷偷留下的手链也没有被扔在地上。

叶钦慢吞吞地抬起头，对上深如潭水的一双眼睛，心口猛地瑟缩了一下。

程非池道 :“你不是说——”

不过四个字，话音就顿住了。他抿唇，似是难以启齿，又像在酝酿什么。

叶钦从未见过程非池如此挣扎的模样，他眼中的程非池做任何事都有条不紊，从不拖泥带水，连五年前的诀别都那么干脆利落，切断关系后他就再也没有回过头。

可现在不同，除了一如既往的空漠与自持，叶钦还从他眼睛里看见别的东西。那是一种很久之前见过的情绪，多数时候是收敛着的，此刻却像要溢出来了。

时至傍晚，楼道昏暗，落日正以秒计时收走铺洒在地面的光线。

所以没等太久，短暂的两次呼吸后，程非池便再次启唇。

他借着从门缝里透出来的夕阳余晖看着叶钦，低沉的嗓音平缓而清晰 :“你不是说，以后再也不会骗我了吗？”

叶钦觉得自己好像还处在那个只有他一个人的世界里，又好像已经剥离出来，可是被甩得太远，晕乎乎地悬浮在半空中，触不到地面，看不清前路，更不知该去往哪里。

直到热水烧开的鸣笛声在耳边响起，他腾地站起来，仿佛一下子被拽回五感俱全的现实世界，在伤腿感知到疼痛的前一秒，被一只手压着肩膀按回去。

“我去，你坐着。”

脚步声渐远，哗哗的水流声、热水倒入杯子的声音、脚步声渐近……叶钦在这个过程中找回了全部意识，更如惊弓之鸟般坐立不安，倾身去碰杯子，被刚倒上的热水烫到指腹。

程非池绕至另一边坐下，提醒道：“还很烫，先别着急喝。”

叶钦收回手在衣服上蹭，越蹭越痒痛。宋珝和贺函崧不在，他便是这间屋子的主人，可他不知怎么的，比头次来访的客人还要拘束无措。

细究起来，还是因为在门口听到的那句话。

他悄悄抬头，看向坐在沙发斜侧角的人，那人的目光正落在他的腿上。

他知道躲不掉了，心里还抱着点侥幸，希望那人不要问，哪怕已经知道原因也不要问。

可惜事与愿违，程非池语气平淡地问道：“腿，怎么了？”

叶钦抱着“除了实话别的什么理由都好”的原则，不敢拖延太久，答道：“唱歌唱……哦，不，跳舞摔的。”

差点说漏嘴，叶钦把自己吓得一激灵。不过程非池既然问他了，就有极大概率是不知情的。程欣定会把事情处理好，她才是最不想这件事被程非池知道的人。

这不算骗，叶钦自我安慰地想，这根本不算骗。

程非池没说话也没点头，只顺着光的来源往主卧方向看了一眼，又问：“不是有工作吗？”

“啊……啊？对，有工作，刚才就是去工作了，等下还有个直播。”叶钦怕程非池不懂直播是什么，更怕他误会，说明道，“就是开着视频跟粉丝聊聊天，很单纯的那种。”

说完又觉得他自己多嘴，本来没什么，听着这奇怪的描述反而像有点什么不寻常之处了。

程非池却没起疑，“嗯”了一声，说：“你忙你的。”

叶钦哪有什么好忙的，郑悦月听说他摔断腿，骂了他一顿的同时在原先的五天的基础上又给加了半个月的假，从现在起直至9月下旬他都无事可做。

然而话已经说出去了，没事也要找事做。叶钦硬着头皮跳回房间，装模作样地关上门：“那我先……忙了啊，你请便。”

一场直播大约六十分钟，叶钦把这不长也不短的时间都花在发呆上了。

程非池找到这里的办法并不难猜，当年自己一个高中生都能用旁门左道查到别人家的住址和户口信息，以程非池现今的能力，知道他一个十八线明星住在哪里又有何难。

只是程非池为什么要过来？

对了，在门外程非池不是说是来找他的吗？找他什么事，刚才的短暂交流中居然一个字都没提。

叶钦有些坐不住了，一个小时过去，他把外放的音乐关掉，趿拉一只拖鞋，扶着墙挪到门口推开房门。

程非池已经走了，桌上的两个杯子也被收回厨房，屋里整洁得好像没人来过。

叶钦松一口气，同时不由得有些失落。

倒了一杯由热变温的水，慢吞吞喝了两口，忽然听见敲门声，叶钦蹦到门口对着猫眼一看，程非池又回来了。

打开门，他先朝主卧方向看了一眼："直播结束了？"

叶钦做贼心虚，回答毫无底气可言："嗯……结束了。"

程非池没再问什么，侧身进屋，拎着几袋东西往厨房走去。

见他将食材一样样拿出来摆在料理台上，叶钦又待不住，追进不怎么宽敞的厨房，扶着冰箱道："我晚上吃外卖就好了，不麻烦你……"

程非池手上的动作不停，说："我也要吃的。"

被支到外面客厅坐了五分钟，叶钦才反应过来自己被混淆了逻辑。这里是他的住处，怎么能让程非池待在厨房做饭?

他忙又跳回去，程非池正挽着袖子在切菜，熟练的动作让叶钦恍惚间像回到当年。

以前每当这个时候，叶钦都会蹑手蹑脚走到程非池身后，自以为出其不意地突然边挠他痒痒边问他在做什么好吃的，他总会偏过头笑着说："去外面玩一会儿，马上就好。"

现下叶钦不敢这么做了，程非池却跟以前一样扭头看他，说了句相似的话："再等一会儿，马上就好。"

晚餐是两个清炒蔬菜和炖鸡汤，总体偏清淡，最适合伤员吃。

宿舍里只有叶钦偶尔会做饭，厨具并不齐全，鸡汤是用铁锅炖的，黄澄澄的汤和半只鸡用敞口的大碗摆上桌，意外地让人有食欲。

程非池拿勺子撇去浮油，给叶钦盛了一碗，再熟练地用筷子把鸡腿夹到他碗里。热气氤氲中，叶钦的鼻子陡然一酸，眼泪差点滑出眼眶掉进碗里。

一顿饭吃得异常安静，两人都没说话。

叶钦是不敢说，他怕引起程非池的怀疑和猜测，保持沉默是最稳妥的处理方法。

直到两人一起无声地收拾好厨房，程非池洗了手，放下挽起的袖子准备走，叶钦才跟着他往门口挪了两步：“走、走啦？”

程非池“嗯”了一声。

“等我一下。”

叶钦说着蹦回房间，打开衣柜拿了一件去年刚买的平时不怎么舍得穿的外套，到外面递给程非池：“首都天冷，别着凉。”顿了顿他又说：“对你来说尺码可能小了点，凑合披一下挡挡风。”

不知是S市太热还是走时太匆忙忘记了，程非池没带外套，穿着件衬衫来的。他垂眼看那件灰色的风衣，犹豫片刻，还是说了“谢谢”，抬手接了过来。

次日一早，叶钦接到郑悦月的电话。

“让你受了伤就低调点少在公共场合出现，你怎么就是闲不住？”

昨天叶钦在公交站台被围堵的事让她知道了。

因为腿不能动，叶钦保持同一个姿势躺了一整晚，腰酸、脊椎疼、脖子也僵了，用别扭的姿势举着手机，有气无力地说：“我很低调的啊，去医院挂个点滴而已，谁知道那些学生眼力这么好。”

郑悦月念紧箍咒似的把他教训一顿，来回不过是“大小是个明星”“先前的综艺圈了不少粉，别总把自己当路人”之类的话，接着提醒他不要乱说话引人遐想，那边偶像剧还在拍摄，让有心的狗仔胡乱猜测得罪剧组就不好了，有厉害的靠山撑腰也不能这么“造”。

挂掉电话，叶钦按照郑悦月发来的文案发了条微博，大意是说腿是在离开剧组后自己不小心摔伤的，请大家不要担心，过阵子好了会正式与大家见面。

发完花了七八分钟坐起来，再把伤腿从床上搬到地上，喘气休息的间隙拿起手机看了看，叶钦被短短几分钟内飙到四位数的未读消息吓了一跳。

切回主页他才发现自己的粉丝数不知什么时候涨了两百多万，怪不得昨天能被那些学生认出来。

怀着对当代人“萌点”的百思不得其解，叶钦支起平板，放在倒扣的淘米篓上打开上次没看完的最新一期节目，边看边盛了一碗昨天没喝完的鸡汤，填了一勺米饭进去，放进微波炉里加热。

就在这时，敲门声响起。

叶钦以为是住在楼下的房东又有什么事情要交代。他们在这里住了两年多，房东平均一个星期敲一次门，除了催房租，什么稀奇古怪的破事都拿出来计较。叶钦先前跟贺函崧吵架踹了一下门被他听见了，他气冲冲地上楼进来检查半天，见没有物品损坏又翻着白眼走了。

开门前叶钦做足心理准备，猜想或许是因为这几天在房里跳着走动静太大，连说辞都想好了，打开门却一下子愣住。

来人是程非池，不是房东。

一人一碗鸡汤泡饭，坐在狭小的折叠餐桌前面对面吃。

程非池把带来的流沙包夹出来几个放在盘子里推到叶钦面前，叶钦拿起一个小口小口地咬，甜糯的金色流沙馅儿混合着鸡汤的鲜香，竟也没什么违和感。

吃完两人谁都没动，默默把节目看到最后。

画面上女主持人对叶钦很是照顾，总是对他说话，节目尾声念完某护肤品赞助商的广告，她问他吃什么长大的五官这么精致，叶钦很懂地说自己出道前不长这样，多亏用某品牌护肤品让他皮肤紧绷有弹性，出门更有自信了。

这种讨好赞助商的场面话上哪个节目都要来两句，叶钦压根儿没当回事，可现下程非池也看着，他就臊得不行，伸手“啪”地把平板倒扣在桌上，抬头刚好对上程非池看着他的双眸。

被看穿的窘迫感愈演愈烈。

叶钦别开目光，腾地站起来收拾碗筷，被对面的程非池按住手腕：“我来。”

收拾完厨房已是上午八点，叶钦正为接下来怎样跟程非池共处一室担忧，程非池主动说要走了。

他把带来的长条状盒子拆开，拿出一根银色的碳纤维拐杖，自己先用双手各个角度扳了几下试试硬度，觉得没问题才递给叶钦：“用这个吧，可以伸缩，底部还可以换脚垫。”

叶钦接过来，知道这大概是市面上能找到的最不像老人家用的拐杖了，心中暖热的同时又有些不好意思：“我就用几天，这个太浪费了吧……”

“随便买的。”程非池说着往门口走，将带来的外套从沙发上拿起来一并带走。

叶钦既不想他逗留太久又舍不得他走，心中挣扎不已，终究是被拆穿的害怕占了上风。

今天回温好几摄氏度，开窗也没什么风吹进来。

将程非池送到门口，叶钦刚想让程非池把风衣还给他省得下次还要来，握住门把的程非池忽然转过身，先他一步说：“我回趟S市，明天再来。”

临近正午，从首都来的飞机平稳地降落在S市机场。

刚出航站楼，程非池就钻进等待多时的商务车里，接过助理递来的笔记本，打开处理公事。

昨天他走得急，丢下一堆文件没批阅，电脑也没顾上带，更别说换洗衣物。这次回来除了要解决遗留事务，也是为了部署接下来一周的工作。他已经计划好了，文件可以通过邮件接收，会议可以远程视频开，离开几天不会造成什么影响。

开完会已经是下午四点半，程非池没吃午饭也顾不上吃，自己开车来到花园酒店的套房，打开衣柜收拾衣服时，外面的门铃被按响了。

程欣去公司扑了个空，马不停蹄地追到这里，被保姆推着进来，看见被摊开放在地上的行李箱，瞪圆眼睛道："你要去哪里？"

程非池把扔在沙发上的衣服随便叠一下往行李箱里放，说："首都。"

"你是不是去找……"话说一半，程欣自觉收了声，改口道，"是不是要去出差啊？"

"出差只是顺便。"程非池说，"有个朋友受伤了，我去照顾他。"

程欣面色一凛："什么朋友？"

程非池手上动作顿住，终于把视线掉转到程欣身上和她对视，平静地吐出四个字："您知道的。"

程欣顿时慌了，那件事她在所有人面前都只字未提，在颜虹的追问下，她也只告诉颜虹那个人已经走了，程非池是从何处得知的？

"是不是他告诉你的？"程欣眼中冒火，拍了一下轮椅扶手，"当着我的面说不会告诉你，背着我又偷偷跟你联系，我就知道他不是盏省油的灯。"

说着她摇轮椅上前拉程非池的胳膊："别去首都，别去找他，你信妈妈一次，再信妈妈一次，他就是贪图你的钱，还想挑拨我们母子关系，他没安好心的。"

简单的一句话说得颠三倒四，末尾一口气把自己呛着了，捂着胸口咳嗽不止。

程非池放下衣服，伸手轻拍她后背，等她止住咳嗽，说："他安的什么心，我自会判断，不劳母亲费心了。"

这话无异于表明他不相信她的话，程欣又惊又怒，隐隐有种无法再掌控他的预感。她还记得程非池吃软不吃硬，急切地抓住他的手，眼中泛起泪花：“小池、小池，我们就快成功了，很快就能把那对母子挤出易家了，从此你就是易家唯一的少爷，都走到这一步了，不能为了那样一个人放弃啊……妈妈求你了，当妈妈求你好不好？”

听完这声泪俱下的一番话，程非池将胳膊从她手中抽出，继续整理行李。

该说的话他早就重复过很多遍，也一再做出让步，并且走上一条自己不喜欢的道路。如今他不想再为母亲无穷无尽的私欲买单了，任她威逼利诱还是软硬兼施，他只会遵从内心做自己认为正确的选择。

见程非池不为所动，被恐惧和仓皇包围的程欣立刻换了副面孔，气急败坏道：“你今天敢踏出去半步，敢去找他，我绝不会放过他！”

这话若是放在程非池十来岁羽翼未丰的时候，或许会起到一定的震慑作用，可他现在二十五岁了，程欣一味地催他长大让他替自己复仇的同时，也让他有足够的时间积累实力，成长为一个可以独当一面的大人。如今哪怕离开易家，程非池也不会惧怕来自母亲的任何威胁。

他慢条斯理地将行李收拾好，合上箱盖拎起来，走到门口时顿住脚步，背对着程欣深吸一口气，说：“妈，放过你自己吧。”

回到首都时天刚擦黑，打开手机收到一封来自助理的新邮件，匆匆将内容浏览一遍，程非池对那天在酒店食材运输口发生的事有了大致的了解，联系之前发现的蛛丝马迹和少许推测，终于弄明白前因后果。

起先他只是对叶钦突然的离开觉得奇怪，紧接着颜虹上门来的举止更令他生疑。即便颜虹在他的盘问下没把程欣招出来，但只需稍微动动脑筋便能知晓可能统共就那么几个，用排除法也能得出大体方向。

况且还有电梯监控可以调取。

昨天将叶钦离开那天的监控调出来快放，看见他中午捧着饭盒下楼时还脚步轻快，天黑前回来时就拄着拐杖步履维艰了，这中间必定发生了什么事，并且绝不像叶钦说的那样简单。

刚才随便一试探，确定事情果真与程欣有关，去机场的路上，程非池就联系助理让她以自己的名义去酒店大堂查问那天是否发生了什么异常事件。

有目的性的调查便容易许多，大堂经理顺藤摸瓜地查到后厨，再摸到食材运输部，几个拿了程欣好处的搬运工起先支支吾吾不肯说，后来助理亮出身份给他们分析利弊，他们一个两个不禁吓，都不敢再撒谎，争先恐后地将那天事情的经过和盘托出。

退出邮件，一天内坐了两次飞机的程非池疲惫地闭上眼睛，捏了捏眉心。

一切都在他预料之中，除了叶钦的隐瞒。

最令人无奈的是，他居然能清楚地猜到叶钦竭力瞒着他的原因。

既然提前处理完事情，程非池到首都找了家酒店把行李放下，便直接前往叶钦的住处。

叶钦来开门时仍旧是紧张的，支着新拐杖跟在后面小声问：“不是说明天来吗？”

程非池没说话，他才自觉失言：“我只是随便问问……没有不欢迎你的意思。”说完他主动跑到厨房倒水。

程非池没接，任由一杯热水放在桌上慢慢变凉。

叶钦如坐针毡，不知自己哪里说错了或者做错了。他对程非池生气的表情太熟悉，从前可以通过耍赖示弱的方式化解，现在他全无办法，只能坐着干着急。

不多时，桌上的热水就凉透了，叶钦站起来去厨房重新倒一杯，程非池跟他同时起身，前往的方向却是这套公寓的主卧。

叶钦心下慌得厉害，放下杯子就回头往程非池的方向去：“你别、别进去。”

客厅面积狭小却堆了不少东西，拐杖被桌角一挡，脱手“咣当”一声倒在地上，叶钦只顾着上前拦住程非池，尚健全的那只脚踩到地上的拐杖，一个趔趄身体直挺挺地向前倒去。

幸得程非池反应快，转身托住他的身体以免他摔趴在地。然而摔倒的位置刚好在客厅堆着几个木箱的角落，叶钦的伤腿不慎磕在坚硬的棱上，当时他便闷哼一声，变了脸色。

程非池将人扶到沙发上坐下，叶钦嘴上说着“没事，不疼”，两三分钟后，雪白的纱布就隐隐渗出鲜红的血。

“走，去医院。”

程非池的脸色比刚才更难看，架着叶钦站起来，见他疼得满脸冷汗，嘴唇都在抖，又将他扶坐回去，自己转身蹲下，扭头道：“上来。”

叶钦还在推拒：“没事、没事，已经缝合好几天了，拆开消消毒就……”

程非池没让他把话说完，厉声道：“上来！”

这是叶钦第一次看到程非池这么凶，眼角眉梢尽是充满压迫感的怒意，向来沉稳无波的声音也提高了几度。

叶钦咬紧牙关，撑着扶手努力站起来，不知是不是紧张过度，他手脚发软，试了几次都在将要站起来的时候跌坐回去。

他深喘几口气，无力地闭了闭眼睛。

他一点都不想自己这副没用的样子让程非池看见，不想在这种情形下博人同情，可是重逢至今，他每一个落魄凄惨的样子都被程非池目睹。沦落到如此地步，他连一句“我不行，我站不起来”都无法说出口。

他不想程非池可怜他，他想作为一个坚强独立的人站在程非池面前。

凭着这样的信念，叶钦放松紧绷的身体，克制住肌肉无意识的颤抖，压下对未知的心慌胆怯，铆足劲儿沉下一口气。

将要站起来的时候身体忽然一轻，程非池不知什么时候转过身来，将他扶抱了起来。

去医院的出租车上，两人并排坐在后座，程非池的手放在他伤腿的膝盖上，隔两分钟就问他感觉怎么样，还疼不疼。

其实是很疼的，叶钦怕他担心，又怕瞒不过他的眼睛，折中说只有一点点疼。

到最近的医院挂号就诊，医生拆开纱布看了看，用酒精消了毒，说伤口开裂了，不确定骨头碍不碍事，让照个 X 光看一下。

等片子的过程中，程非池把叶钦放在走廊的椅子上，自己坐在他旁边。因为担心他伤腿支在地上加重伤情，让他歪靠在自己身上，左半边身体悬空放松，避免受力。

这个姿势使叶钦几乎整个人的力量都落在程非池身上。如此叶钦便看不见程非池的脸，不用跟他目光对视，方才还占据满心满怀的心惊胆战渐渐蒸发了。

不知是不是心理作用，叶钦这会儿觉得不怎么疼了，脸颊贴着程非池的手臂，用不大的声音试探着问：“你……你还生气吗？”

大约半分钟过去，正当叶钦以为程非池不打算再搭理自己时，一只骨骼分明的手抬起，轻揉了一把他毛茸茸的发顶，干燥掌心传来的温暖仿佛浸透每根发丝，传向四肢百骸。

程非池低头看叶钦因为紧张蜷缩着的手指，说：“我没有生气。”

叶钦舔了舔嘴唇，鼓足勇气道：“那你笑一笑，好不好？”

这回没等多久，程非池沉声答道：“好。”

声音依旧落在头顶，叶钦看不到他的神情，不知道他到底笑了没有，却能听见他蓬勃有力的心跳。

一如六年前，在那个黑暗逼仄的修车铺，握住他的手将纸星星塞到他手心里的少年，也是带着这样的心跳，一下一下，一步一步，从容不迫地走进他的世界里。

而后成为他的整个世界。

Chapter.06

光芒

所幸检查结果显示骨头没什么问题，叶钦顿时有了底气，挺直腰板道：“我就说没事，我骨头硬着呢。”

程非池没有发表意见，倒是医生听了直哼哼，边写病历边提醒他：“是钢板够硬，不然你几条腿都不够摔的。”

许是精神放松的原因，回去的出租车上叶钦歪在后座睡着了，短暂的十几分钟里还做了个梦，梦里程非池破天荒地离他很近，在他伸手就能触及的地方，嘴角噙着一抹浅笑，是他最熟悉的温柔模样。

醒来后他对上程非池波澜不惊的脸，美梦破碎谈不上，被拉回现实中的失落感不可避免有那么一点。想来刚才在医院，程非池是看他可怜才应了他的话，这叫安慰，算不得数。

即便这么想，叶钦仍倍受鼓舞，整个人活泼起来，或者说是亢奋，从小区门口到楼洞前两三百米的路一口气蹦到头，上台阶也没要程非池扶，一路蹦到电梯里。

同乘的一对老夫妻看得提心吊胆，对他身边的程非池道：“小伙子，还是扶一下你弟弟吧，这太危险了。”

程非池从善如流地应了，伸手去扶。

叶钦听到“弟弟”俩字就慌，被扶着反而没有自己跳来得稳当了，进到屋里就挣开程非池的手，笑嘻嘻道：“麻烦啦。”

两人没有血缘关系，五官没有相似之处，气质也相差甚远，可不知为何总有人把他们看作兄弟。

程非池不可能对从前的事毫无芥蒂，是以叶钦几次喊哥哥都没敢当着他的面。

他也不想这样畏首畏尾，他也想大胆热烈，可他担心如果不深思熟虑再行动，程非池说不定又会生他的气，就像刚才去医院之前那样。

进屋后刚把水烧上，程非池说要出去一趟。

叶钦知道他要去买菜，拿起拐杖道："我跟你一起去。"

外面天已经完全黑了，程非池以走夜路不安全为由让他留在家里。

门"砰"的一声在眼前关上，下一秒叶钦就一跃而起，蹦进卧室把散在桌上的星星收好放在罐子里，罐子放到上铺，接着拿来一条毯子把玻璃罐连同乐高一起盖上。

来回换了三个角度确定看不到毯子下面的东西，叶钦拍手掸灰大功告成。

既然不想卖惨博取同情，这些东西就暂时不能让程非池看到，他想像从前那样凭本事争取。

……虽然从前那些小打小闹也算不上什么真本事。

首先，不能让程非池再为他忙前忙后。

叶钦把围裙系上，把冰箱里剩下的食材拿出来，洗洗切切凑了一份蔬菜杂烩，锅里倒上油刚要下锅，外头有人敲门。

叶钦以为程非池回来了，没多想就开了门，谁知站在门口的是住在楼下的房东。

刻薄的中年男人每次来都吹胡子瞪眼，好像有生不完的气，这回见到叶钦瘸了腿，第一句话便是："怪不得这几天耳边咚咚咚响个不停，敢情是你拿拐棍儿在敲。"

叶钦道："在屋里我没用过拐杖，出门才用。"

房东翻白眼："那就是你到处蹦跶的声音，白天夜里没完没了，做梦都能听见，吵得我血压都升高了。"

静养期间叶钦谨遵医嘱，大部分时间是坐着或者躺着的，微信运动里的步数每天不到五十步，不知道房东是如何听到做梦都忘不了的。

毕竟租着人家的房子，叶钦收敛脾气没跟他抬杠，退让道："那以后我慢慢地，尽量声音小一点。"

房东哼了一声，又说群租是违法的、他心眼好才让他们好几个人一起住、被抓到是要罚款的、他冒了好大的险……如此念叨一通，最后总结为一句话：下个月涨房租。

这套公寓的房租起先是公司付的，两个人单飞后搬了出去，房租就由他们三个协商共同承担。

原本没什么，住学校宿舍都要给住宿费，何况他们已经走上社会。可这个房东见他们几个年轻好糊弄，今年已经涨了两次房租，这会儿又用这种冠冕堂皇的理由，无非是看他们在这儿住惯了不想重新找房子，未免欺人太甚。

叶钦没法再忍了，扭头指着客厅里靠墙摆着的几个木箱子："您这儿一口一个违法、风险大，请问在涨房租之前，是不是应该先把这屋里您堆放的东西清出去？"

"你这是什么意思？"房东道，"我的房子我不能放点东西啦？"

"可是您这房子租给我们了啊，房子的使用权归我们，您把东西放这儿就是占用我们的生活空间。合同可是按实用面积签的，实际使用面积得扣去您堆在这儿的东西，嗯……怎么着也有三四平方米吧，这么些年算下来也不少了，细究起来您还得赔我们钱。"

房东听得一愣一愣的，半晌才反应过来："你强词夺理！我就放点东西在这里怎么了？你们几个小心一点，我那几个木箱子可是传家宝，弄坏了有你们赔的。"

叶钦立刻接话道：“欸，说到点子上了。现在不是我弄坏您的东西，是您的东西挡道把我的腿碰伤了。”他说着指了指自己的腿，“差点造成二次伤害，刚从医院回来，病历还新鲜热乎着呢，您要看吗？”

房东被倒打一耙，怒目圆睁：“你个小骗子竟敢讹我？”

叶钦就在等他说这句话，把手机里的合同翻出来念道：“甲方应保证房屋的建筑结构和设备设施符合建筑、消防、治安、卫生等方面的安全条件，不得危及人身安全……您看您这不仅危及了，而且确确实实造成伤害了，不然您先把我这医药费报一下？”

房东本就理亏，又说不过他，气得脸红脖子粗，扔下一句“你个小气鬼活该红不了”，然后拂袖而去。

叶钦大获全胜，心想这几年的穷日子没白过，多省一分钱就能早点把债还完脱离苦海，该花的钱要花，能省的钱一笔都不能放过。

叶钦摇头晃脑地刚要把门关上，冷不丁看见程非池从电梯通往这里的拐角走出来，看样子他已经在边上观战多时。

程非池大概是从叶钦让房东把东西清出去那会儿开始听的。

从房东那尖酸市侩的口气中就可以得知他要求涨房租的理由站不住脚，程非池本想上前帮忙，没想到叶钦非但没忍让，还牙尖嘴利地把人给吓走了。光听那熟悉的声音，程非池就能描绘出他昂着脑袋天不怕地不怕的模样。

仿佛从前那只傲娇的小猫又回来了。

可惜只有短短几分钟，进到屋里，小猫又变得安静乖巧，一声不响地跟在他身后，端盘子、递碗、打下手，葱段切多长都要问一下，比应对考试还要循规蹈矩。

这会儿程非池才想起，从前那只动不动就张牙舞爪的小猫早就被拔掉尖利的爪牙，只有被逼急了才会奓毛反抗，平日里不敢再恣意张扬，不敢轻易暴露自己的本性。

尤其是在他面前。

吃饭时接到易晖的电话，易晖问他中秋节回不回家吃饭。

程非池说距离中秋节还有一个多月，易晖撒娇道：“那就先约好嘛，晖晖想跟哥哥一起吃大——月饼。”

或许是把他当同龄人的关系，易晖对他比对朝夕相处的亲生母亲还要亲近几分，和天真无邪的小朋友一样，有什么好吃的、好玩的都想跟他分享。

程非池终究没忍心拒绝，放下手机看见坐在餐桌对面咬着筷子发呆的叶钦，忽然想到他的妈妈已经去世了。

程非池还想到他很久以前就十分恋家，把家庭看得很重，不然也不会误将自己认作同父异母的哥哥，做出那些傻事。

吃过饭，两人像在花园酒店的套房里那样，窝在沙发上各做各的事。

程非池带了笔记本电脑来，敲了几个字就听见手机扬声器里传出一个男人的声音：“我掉马了，我完蛋了，阿钦你救救我，我该怎么办啊呜呜呜！”

叶钦的反应很大，捂住手机出声口，惊恐万状道：“我我我去屋里聊。”

他刚站起来就被程非池拉住手腕拽着坐下：“你聊你的，我不会受影响。”

于是叶钦插上耳机，把麦克风贴在嘴边小声发语音：“你叫个头啊叫，再叫把你拉黑！”

程非池听出刚才那是周封的声音，现在听不到了，叶钦侧身用后背对着他，声音也压得很低，集中精神才能听清几句。

“我有没有提醒你不要作死？还‘无孔不入地融入他的生活’，可真有你的。”

“不行，我打电话过去班长肯定知道我的意图。”

“那好吧，我明天试试看。”

“就这样呗，好像没什么进展，不过他今天背我了……”

“我伤口裂开去医院了。”

“……应该不是很沉吧？去年测体重还不到一百一十斤。”

“欸你说，我这么些天蹦下来右腿会不会长肌肉啊……”

说完这句，叶钦还偷偷回头看了程非池一眼，见他目不转睛地看着屏幕，心知一个人认真工作的时候听不见多余的声音，放心地转回去接着道：“比方说拆了绷带，一条腿细一条腿粗什么的？”

“不是偶像包袱，那样多丑啊，说不定还会留疤……”

后半段声音越来越小，到最后叶钦耷着肩膀叹了口气，闷声咕哝道：“别提了，晚上跟房东吵架被他看见了……你说我是继续装傻，还是告诉他我平时不这样啊？”

这个问题让叶钦纠结了一整晚。

程非池不到十点就走了，说在附近订了酒店，叶钦还乖乖把人送到门口。

走前程非池依旧主动道：“我明天要先去趟别的地方，晚点过来。”

叶钦还是不太明白他将行踪告知自己的目的，回到屋里只茫然惆怅地舒了口气。

第二天早上他先按周封的吩咐给廖逸方打了个电话，原本想好了一套说辞，没想到被廖逸方先发制人：“那个小姑娘就是他本人的事，叶同学知道吗？”

叶钦又找回了上学时被班长支配的恐惧，拿出自己出道以来最诚恳的演技道：“不知道，什么小姑娘？”

“那倒没有，就是上次说是你的粉丝的小姑娘。”廖逸方叹气道，“算了，是我傻，那么幼稚的伎俩我都看不出。”

“不不不，是周封那家伙太狡猾。”叶钦试探着他的态度，见他并没有很生气，问道，“班长你是怎么发现的啊？”

“他拍了一张我们学校大门的照片发微博，带了定位。”

“说不定那个小姑娘刚好经过呢？”

“那会儿我人就在传达室里坐着，门口就他一个人。”

叶钦：“……”

人赃并获，蠢得无可救药，用“狡猾”两个字来形容他都高看了他。

既然是来当说客的，好话还是得继续说：“他也是太想跟你讲和了，病急乱投医，动机是好的。”

廖逸方沉默片刻，“嗯”了一声。

叶钦还欲再替周封美言两句，被他轻巧打断：“下个月 15 号咱们班同学聚会，叶同学你来吗？”

这个同学聚会叶钦是知道的，他的 QQ 号还在班级群里，每年这时候都会收到全员 @，偶尔也会进群爬个楼窥个屏，却是一声都不敢出。

经历那样天翻地覆的家庭变故，大学也没念成，叶钦很清楚自己在大家眼中的形象。落井下石、幸灾乐祸的他见多了，就算老同学们都心地善良，他也受不了被人用异样的眼光看待。

许是骨子里残留的骄傲作祟，从潇洒大方动不动就请客随手施予恩惠，变为处处低人一等、受人照顾，这样的转变他至今都没能完全适应。

“就不了吧。”叶钦找理由拒绝道，“我腿还没好利索，出趟门怪不方便的。”

廖逸方心思细，自然知道他在担心什么：“大家都很惦记你，就吃个饭聊聊天，前几年我们也是每年一聚，气氛都很好，不会让你难堪的。”

自进演艺圈以来，叶钦就没跟从前的朋友有过来往，周封退伍后才渐渐联系上，要说一点不想念，那是不可能的。

叶钦挠挠头，没把话说太满：“让我考虑两天，行吗？”

因为腿伤，叶钦这几天都没洗澡。

昨天蹦了挺长一段路，出了一身汗，闻闻身上都快臭了，他决定趁程非池不在冲个澡。

伤口不能碰水，前期准备工作必须充分。叶钦找了个塑料袋套在左腿上，封口处用宽胶带缠了几圈，确保不会进水，把花洒头尽量往淋浴间里强推，门虚掩着，搬一张小凳子放在外面用来搁腿。

然而理想很丰满，现实略微有些骨感，叶钦想象中的游刃有余、得心应手没有发生，年久失修的花洒到处喷水，溅到外面弄得地面湿滑，小凳子踩不稳，几次将要滑倒而没倒成皆因胳膊扶得扎实。

最近腿脚不好使常用胳膊代替的叶钦想，这么下去先发达的应该是肱二头肌。

叶钦还惦记着同学聚会的事，边艰难地给自己搓背边寻思，到底去不去呢？去的话互相寒暄起来怎么介绍自己的职业？还得置办一套新衣服吧？秋装刚上市的时候可贵了……他为什么还不把那件外套还给我啊？

思绪在外围飘荡几圈，终又绕回程非池身上。叶钦嘀咕着他昨天说晚点来，晚点是几点？来吃晚饭吗？晚点来是不是就能晚点走了？

这个疑问没困扰叶钦太久，他刚洗完澡坐在沙发上拆腿上的胶带，程非池就来了。

叶钦迫不及待地开了门，随后才意识到自己此刻的形象怪异，尴尬地把还套着塑料袋的伤腿往身后藏。

程非池进门后看了他一眼，什么也没说。

正当叶钦以为他会和之前一样进厨房时，他从卫生间里拿了干毛巾出来，不由分说盖在叶钦头上，站在身后帮着擦了起来。

曾几何时，叶钦是享受过这种待遇的，这对他来说不是开天辟地头一遭。可此刻他不知怎么了，站着一动都不敢动，脖子微弯，视线朝下，像个等待老师训话的小学生。

更像是某种条件反射，因为当年程非池都会在这时候给他检查作业。

他懒洋洋地举着小测试卷，程非池边给他擦头边看，低沉的声音因为盖住耳朵的毛巾时而清晰时而模糊："第三题用错公式了……第七题审题不清……翻面……英语最后一行仔细看看哪个单词拼错了……找不到回头抄五十遍。"

那时他整天怨程非池铁面无情压榨他，现在想来，那才是他人生中最快乐的一段时光，再让他做一百套小测试卷他都乐意。

午饭吃的是骨头汤和糖醋茄子，还有昨天剩下的蔬菜杂烩。

厨房里有炖汤用的砂锅，叶钦昨天白天出去买的。程非池问起来他就说从橱柜里翻出来的，随便洗一洗瞧着还挺新，房东也准许他用。

提这个意在证明自己平时跟房东关系还不错，顺便观察程非池对昨天看到的事的反应。然而程非池只点点头，什么都没说，把砂锅用清水浸泡几分钟就拿来煲汤了。

吃完饭，叶钦就以午睡为由躲进房间。

一切都很好，程非池不排斥他接近，主动照顾他，对他反常的举动也没什么反应，这些都是好现象。

可他还是觉得不安，尤其是刚从回忆中抽离的这段时间，得不到回应不安，得到回应也不安，还真如周封所说，跟从前一样作得要命。

叶钦在床上翻了个身，把伤腿悬空挂在床沿。

要是伤好了怎么办？程非池会走吗？

叶钦从来是个极度缺乏安全感的人，从前那些伤害程非池的举动便是他试探的方式之一，即便现在看来既幼稚又龌龊，当时的他却从这些反应中摸准自己在程非池心中的地位。

这仿佛已经成了他的标识——证明心意和表达心意的举动全都如此伤筋动骨、撕心裂肺。

五年过去，他依然做不到像程非池那样沉着冷静，和好的念头如同心里的一簇火苗，经过风吹雨打，那火苗一直燃烧着，程非池不理他的时候就矮几分，得到一点回应又蹿高，自始至终，经久不熄。

叶钦坐起来，双脚踩在地上。

这么躲着终归不是办法，所谓的等待时机成熟，无非在拖延时间，只会让机会再次溜走。

他想去问程非池，运气好会得到几滴灯油，运气差可能会得到一盆水。

既然那簇火苗永远不会熄灭，那就没什么可怕的。

程欣的电话再次打来的时候，程非池正在厨房切水果。

本没打算接，想到上午外婆对他说的话，他想了想，开了免提把手机放在旁边。

程欣这回换了策略，慈母般关心他在首都的生活，让他多穿衣、多喝水，铺垫够了，才旁敲侧击地问他现在在哪儿。

程非池如实答道："在他住的地方。"

电话那头的程欣明显噎了一下，好半天才冷声道："他可真有手段，哄得你连亲妈都不要了。"

虽然早就知道程欣的执念根深蒂固无法打消，程非池还是产生了一种无法扭转的无力感，他只道出事实："他救了您，在那样危险的状况下，他根本来不及想那么多。"

“他说的？”程欣只注意到前半句，被踩了痛脚般跳起来，“我就知道他会告诉你，这种人为了摆脱贫穷什么事都做得出来，断腿就是他使的苦肉计，目的就是让你心软。小池，乖儿子，你听妈妈的话，千万不要上他的当啊。”

到嘴边的话还是咽了回去，程非池知道程欣已经疯魔了，听不进任何人的话，外公、外婆都办不到，自己作为小辈更是无力打消她的执念。现在他能做的唯有尽到儿子的义务，赡养她终老罢了。

挂掉这通毫无意义的电话，程非池转过身，映入眼帘的是叶钦仓皇离去的背影。

他跟到卧室门口，迟疑片刻还是推开虚掩的门走了进去，将果盘放下，再把被踢倒在地的拐杖捡起来竖在墙边。

叶钦坐在下铺沉默不语，程非池便也不出声，在距离床不到一米的地方站着。

他记得曾经叶钦很爱说话，跟他在一起的时候嘴巴更是一刻不得闲，从昨天和周封的微信聊天便可见端倪。

现在为什么变成这样，程非池隐约知道原因，又好像不甚清楚。他记忆中的叶钦不该是这样的。

终究是叶钦先开口了，他永远是主动的那个。或许是知道自己脸上的笑容有些勉强，他索性垮下嘴角：“你……都知道了？”

程非池点头：“嗯。”

叶钦的心情没有想象中那么差，有点像被绵密的针戳了几下，排空了里头的虚张声势，打着转跌落在地上，有点疼，又有点劫后余生般的轻松。

至少不用再绷着根弦，紧张兮兮地瞒着了。叶钦想，难怪他会跑来照顾我，难怪不提那个礼物，待在这里于他来说是责任、是义务，而非其他什么迈不过去的坎、不肯承认的小心思。

他们俩不一样，岁月让他变得更加懦弱，却没有打磨掉程非池身上一分一毫的坦荡正直。

“那、那你……”叶钦不喜欢冷场，可刚说两个字就不知道该如何继续，他又想抬手把眼睛捂住，又不想这颓丧的样子让程非池看到第二次，手抓着床沿，抓到指节泛白，才说，“那天阿姨不小心，我刚好在附近，就顺……顺便……”

一场普通的事故，至多算得上见义勇为，按照流程，家属亲自登门送上感谢便是故事的尾声，他得到的已经够多了。

“你还有工作吧？你回去忙吧，我一个人没问题的，过几天就好了，现在已经能慢慢地、慢慢地走路了。”

这句话说得由衷且违心，自从重逢以来，叶钦经常把自己置于这种两难的境地。可选择权终究在程非池手中，他纠结到发疯也无济于事。

想通了这一点的叶钦意外地平静，倒是一言不发的程非池，眼中如漾开波纹的湖面，有了些许动摇。

他缓缓开口道：“你以为我在可怜你？”

听到“可怜”这个词，叶钦猛地哆嗦了一下，下意识想否认，摇了摇头，说出来的却是心中所想：“难道、难道不是吗？”

程非池恍然大悟。

他们两个人都在害怕。

他怕再一次亲手揭开真相，既怕对方这回是诚恳的，更怕自己误会了，到头来又是一场笑话。如果这些全是假的，纵使砌起铜墙铁壁，也再禁不住第二次打击。

所以他被动地等待着，无论是过去还是现在，他都习惯叶钦的主动。可是叶钦的怕一点儿也不比他少，怕被拒绝，怕表现不好，连得到一点回应都害怕留不住，纵有再多勇气也在这拉扯厮磨中消耗见底。

他和叶钦都变了，又好像都没有变。他希望看到的依旧是从前那个勇敢热烈的小太阳，叶钦想要的仍是他能向前走一步，哪怕只有小小的一步，也能支撑着叶钦继续囤积热量，散发光芒。

困在原地的不只他一个，如今是时候摆脱习以为常的被动，给叶钦也给自己一个肯定的答复了。

程非池缓缓呼出一口气，把右手伸了出来，掌心摊平，露出那条蜿蜒的疤："看到这个，你会可怜我吗？"

叶钦怔住，他曾经趁着程非池醉酒睡着仔细看过这疤，平日里也偷看过几次，每次都只有一种情绪在胸口肆虐。他摇头，讷讷地说："不。"

他只会觉得疼，心疼，仿佛同样一把锋利的刀在他心上剜了个等长的口子，即便已经愈合，每每想起还是会疼痛难当。程非池是他生命里非常重要的人，谁伤害了程非池，都是在往叶钦心上捅刀，哪怕这个人是叶钦自己。

程非池手指弯曲握起，将那伤口盖住，不让叶钦再看，不让他再把自己撕扯得鲜血淋漓。

"我也一样。"他说，"我没有可怜你，我和你一样。"

话音落下，叶钦忽然抬胳膊去抓程非池将要收回去的手。

没抓到，手悬在半空中蜷了蜷，又默默收了回来。

他呼吸短而快，似是把刚才那番话听明白了，又好像没能完全参透，他现在能做的只有先拽住说话的人，让对方再等一等自己。

程非池可以离开，但是没有这么做，他静静地站在那儿，等待叶钦发话，用令人安心的态度抚平每一个躁动不安的因子。

待到反复确认，将刚才的话嚼碎消化渗入大脑皮层之后，叶钦下意识逃避般地往后缩，谁知竟先一步被程非池追问："还有什么我不知道的？"

叶钦坐着不是，站起来也不是，咬了咬嘴唇，摇了一下头，倔强道：“没有。”眼角泛红，仿佛受了谁的欺负。

程非池也不急在这一刻，耐着性子道：“那以后再说。”

直到傍晚，叶钦整个人还是犹如置身云端，忽而以为自己在做梦，忽而又有个声音在耳边说：“是真的，他原谅你了。”

哪怕心神恍惚思绪不宁，他仍然能隐隐察觉到，程非池说的“以后”已经开始了。

或许更早，在程非池找到这里，站在门口质问他为何说话不算话时，他们的“以后”就在缓缓向他敞开大门。

哪怕程非池没有明说，哪怕他觉得自己什么都没做。

天将黑，程非池准备出去购物，叶钦拿起拐杖就要跟上。见他忐忑不安、患得患失的样子，程非池没忍心说出让他留在家休息的话，两人一个走一个蹦地出了门。

附近就有家大型连锁超市，之前的菜大多是在这里买的。叶钦一手拄拐一手推购物车，推着推着觉得费劲，干脆把拐杖收起来，单脚撑地双手扶购物车，将将能站稳。

程非池见他这样比拄拐自在许多，便随他去了，走在前头选购商品，时不时回头看他是否跟上。

这举动显然多余，叶钦的目光紧紧黏在程非池身上，离得远一点都不乐意，步步紧跟，生怕一眨眼他就跑了。

程非池便将脚步放得很慢，让叶钦能在跟上他的同时，还有足够时间观察他放进购物车里的东西，并来得及加塞几样自己想买的。

比如新的马克杯，还有 45 码的男士拖鞋。

叶钦比从前会过日子了，买包牙签都知道对比价格。然而他的精打细算是生活所迫形成的习惯，不是从小根植于心的，也没有人教他，在生活中具体实施起来就有些流于表面。

比如程非池拎起一篮价格为二十九块八的鸡蛋放进购物车，叶钦拿起来看，发现旁边货架上的便宜三块多钱，自作主张地打算换掉。

程非池职业病发作，回头把两篮鸡蛋提在手上，让他数数两边的个数。

叶钦咬着手指数了几遍，发现后者用看似容量很大的方形篮子装，实际上比前者少了整整五个鸡蛋，顿时兵疲意阻，磕巴着说："还是你你你来吧，我推推车好了。"

谁知程非池最后选择了叶钦拿的那一篮，将另一篮放了回去。面对叶钦不解的眼神，他说："个数不是唯一的考量标准，你选的这篮个头比较大。"

得了台阶下的叶钦反而更加不好意思，臊得耳朵尖都红了。

这个点正是超市客流量最大的时候，十几个结账柜台的队伍都排到货架跟前去了，程非池怕叶钦站久了累，让他在出口处坐着等。

叶钦哪里坐得住，这边队伍才往前挪了半米，他就又从入口绕回来了，说有个东西忘了拿，让程非池在这儿等他一下。

装得满满当当的购物车在这儿，程非池走不开，看着叶钦一蹦一跳的背影消失在人群中，不禁有些担心。

刚退出队伍把购物车放在角落里打算跟过去，程非池听到有人喊："程老师！"

程非池循声望去，一个穿卡其色外套的男生疾步走过来，盯着他再三确认，欣喜道："程老师，真的是你。"

男生是程非池做家教时曾经教过的学生，魏嘉琪。

许久没被人喊"老师"，程非池恍神片刻，随即笑道："魏同学，好久不见。"

两人寒暄了几句，得知魏嘉琪现就读于首都某知名学府，程非池替他多年的努力终得回报感到高兴。

魏嘉琪还记着从前的事，为那时候家中母亲经常为难程非池而愧疚，交换号码后表示改天定要登门拜访，感谢他教自己养成的良好的学习习惯，说能考上理想的学校与之脱不了关系。

程非池说自己那时候也是拿钱办事，让他不要把自己看得那么伟大，魏嘉琪笑说："哪有拿钱办事次次都延长课时，中午还抽时间给讲题的？"

遇见故人总不免聊到某些记忆犹新的情景，说到在学校食堂占着桌子讲题惹来保洁阿姨的无数白眼，两人都笑了。

言罢魏嘉琪叹了口气，说："本来还想以程老师为目标，跟你考同一所大学做你师弟呢，没想到你最后会选择出国。"

当年周围的人都以为程非池会在国内念大学，他一声招呼都没打就出国的举动着实突然，说起往事难免惆怅。

然而程非池还是抓住了其中的重点："你怎么知道我出国了？"

他记得自己当时走得急，学籍也是托人匆忙转出来的，连班主任都不知道他要去哪里，高一升学去了别的学校的魏嘉琪从何得知他的去向？

"是他告诉我的，就是六中那位姓叶的学长。"魏嘉琪说，"他来找我，问我最近有没有跟你联系。"

程非池问什么时候，魏嘉琪想了想："高一下学期开始后的两三个月吧，那会儿他应该是读高三。他找到我教室，说程老师你出国了，问我有没有你的联系方式，我只有你在国内的手机号，早就打不通了，他就给我留了个电话，让我有你的消息就立刻通知他。"

魏嘉琪说着掏出手机，翻到一个标注为"叶学长"的号码："喏，就是这个，换手机我也没删，他隔段时间就发短信来问有没有你的消息，接到我的电话他肯定很高兴……不然还是程老师你给他打吧？给他一个惊喜。”

从超市回去的路上，叶钦非要分担重量，拎着装有蔬菜的那个塑料袋，最外面放着他争分夺秒冲进超市拿的那包红彤彤的干辣椒。

晚餐做了两个甜菜、两个辣菜，叶钦夹了几片菜椒面不改色地咽下去，程非池这才相信他是真的能吃辣了，没在吹牛的。

倒是吃饭后水果的时候他变了脸色，因为程非池告诉他明天得回趟S市。

“明天9月1日，我答应过易晖要送他去学校。”

叶钦嘴上说着“好，你去忙”，心里却万般纠结不舍。不同于先前的是，现在的不舍愈加浓重，且包含着些难以言说的胆战心慌。

翌日早上醒来，叶钦盯着天花板看了好几分钟，直到枕边的手机振动，才将他不知飞往哪里的灵魂拉回现实。

是程非池发来的短信：登机了。

只有三个字，却莫名地让他平静下来。叶钦闭上眼睛做了几个深呼吸，起床、洗漱、吃早餐，在阳台晾衣服的时候又收到来自程非池的短信：到了。

叶钦不太明白他发这些短信的目的，抱着手机回复：到学校了吗？

两分钟后程非池回复：嗯，在升国旗。

学校离叶钦已经很远，他仰头遥望天空，想象着那个画面，初秋的凉风吹散云层，几缕柔和的阳光落在身上，叶钦的思绪越飘越远。

仿佛进入一个平行世界，在那个世界里，他和程非池考上了同一所大学，在入学典礼上，两人站在后排无人注意的角落，在对方耳边说着“在发言的老师好像六中的教导主任”“待会儿去哪个食堂吃早餐”之类的悄悄话。

如果可以，他还是宁愿回到过去，回到这一切都不曾发生的时候。

程非池一走就是两天，好不容易回到首都，又被电话叫走去新公司主持会议。

若不是用短信保持联系，叶钦简直以为自己又做了一场虚无缥缈的白日梦。

一天的多数时间里，他给自己找事情做，看电影，读剧本，或者扶着墙在屋里来回走圈当作腿部复健，然而剩下的少数时间里，他仍旧找不到什么程非池接受他的真实感。

或许是因为太过仓促。

任何事物的复原都需要时间，他们分开这么久，程非池在这五年里一定见过许多优秀的人，交过许多朋友，他需要时间衡量和消化。

况且，接受并不等同于原谅。

虽然在日常的点滴中已经逐渐将自己的后悔和愧疚传递给他，可两人至今都没有开诚布公地谈当年的事。

那是流淌在两人之间的一条静谧的河流，无法将它抽空，就只能等它在日积月累中随空气蒸发，最后留下一道抹不平的沟壑。

后来，叶钦决定去参加同学聚会，并在聚会前一天翻箱倒柜找衣服。

经过这几天的休养，叶钦已经能用左脚点地辅助着一瘸一拐地走了，医生也让他没事走两步省得肌肉萎缩，觉得累了就休息，切忌过度疲劳。

昨天晚上程非池来过，检查他的腿伤，手掌贴在伤口上摸了摸，规定他每天只能走二十分钟。吃完饭待了一会儿他便离开了，叶钦想让他留下的话都没来得及说出口。

也确实不太说得出口，地方这么小，大床都没有一张，让他留宿的话，睡哪儿？睡一米二宽的下铺吗？

收拾好明天要穿的衣服，叶钦准备先洗个澡。晚上程非池会过来，能空出洗澡的半个小时，也好跟他多待一会儿，多说几句话。

洗到一半花洒不出水了，叶钦裹着浴巾出来检查，厨房的水龙头出水流畅，显然不是自来水管道的问题。

他随便套了件衣服，去楼下找房东来修。房东因为上次跟他闹不愉快阴阳怪气半天，找种种理由推脱，说他们平时邋遢不勤打扫花洒才堵了的，让他自己想办法修。

想着程非池就快来了，叶钦放弃跟他扯皮，找了把扳手自己上，随便拧了两下，花洒短暂地喷了两股水又歇菜了，水都溅在他身上，把他新换的长袖 T 恤淋了个全湿。

怕什么来什么，刚才光顾着折腾没注意看手机，这会儿才看到程非池半小时前发来短信说马上到，叶钦放下手机刚擦了把脸，敲门声就响了。

换了件干净衣服也没能掩盖形容狼狈，程非池在门口等了许久，见到头发湿答答的叶钦，当即蹙眉道："怎么了？"

"一点小状况。"叶钦指指卫生间，"花洒不出水了。"

程非池进到卫生间里面，拨弄了几下开关，见确实不出水，挽起袖子就要试着修。

他比叶钦高了近十厘米，稍一抬手就能摸到花洒上面接着的水管，叶钦看着他仰头认真研究的模样，看得一入神，他就忽略了点事。

等他猛然想起什么，准备提醒程非池小心时已然晚了，只来得及"欸"了一声，花洒就哗啦啦出水，正对着程非池胸口，瞬间把程非池上半身浇得透湿。

两人回到客厅，叶钦拿了条干毛巾给他，程非池拿起外套就要走。

“我先回酒店了，昨天的剩菜在冰箱你凑合吃一顿，明天有工作可能要晚……”

话没交代完，他被一个人从背后拉住胳膊。

“今天就别……别走了。”叶钦收紧手指。

程非池手上还拿着外套，回过神来才意识到他冲过来的速度有多快，他的腿哪里禁得住这样的折腾。

把外套扔在旁边的柜子上，程非池的手放在叶钦的胳膊上：“先松开，你的腿……”

叶钦狠狠地摇头，手握得更紧了：“你别走，你先答应我别走。”

程非池不知道他是怎么了，怕他的腿有个好歹落下病根，只得无奈地答应：“好，我不走。”

听到肯定的回答，叶钦却食言了。

他仍不松手，呼吸喷薄在湿润的布料上，蒸腾起绵绵不绝的水雾，终究在这雾里看花中找到了这些天一直惴惴不安的源头，也燃起了十二分的勇气。

“我、我知道，我知道你那么好，你对谁都可以那么好。”叶钦嗓音发哑，迫不及待地说，“可是我还是，还是想做你最好的朋友，既然你还、还愿意原谅我的话，我们和好吧，或者把过去都忘掉重新开始，你选一个好不好？我都听你的。”

叶钦语速很快，说完大脑空白了一瞬，忽又想起还有什么没说，手指绞紧，喷在后背的气息渐渐变得灼热：“对不起，哥哥，我好想跟从前一样……”

机会来之不易，叶钦兀自吐露心声，却因为看不到程非池的表情，所以不知道他的心因为这磕磕巴巴的一番话掀起了怎样一番惊涛骇浪。

好像勾起了他遗忘在记忆深处的某些东西，又好像把横亘在心中的懊悔和不甘悉数压了回去。

他早就在赶到首都的那一天选择了妥协接受，且从旁人口中证实了当年的事并不全然是他想的那样，却在上一秒才真正释怀。

从前的他并没有表面上看起来那样豁达从容，贫寒的出身，不对等的友情，都在成长的道路上激发了他过分敏感的自尊心，使他对所谓的欺骗恨之入骨。

——还遮蔽了他原本可以窥见真相的眼睛。

程非池掰开叶钦拽着他的手，转过去面对着叶钦。

叶钦满眼是泪，对上程非池直直望着他的视线，慌得无处可躲，一眨眼，一滴眼泪从眼角溢出，顺着侧脸滑到下颌。

“哭什么？”程非池问他。

叶钦摇了摇头。他只能摇头，他也不知道自己为什么哭，想来是先前重新被接受时的情绪积攒至今，终于找到了宣泄的出口。

他现在一点都不怕了，哪怕程非池不回应，他也不害怕了。他把该说的、能说的都说了，接下来交由对方选择便好。

可他的心口还是止不住地发颤，眼泪扑簌簌地掉，不一会儿就把程非池的手掌心打湿了。

“别哭了。”程非池说。

叶钦拼命点头，吸着鼻子咬着嘴唇忍眼泪。他不知道程非池为什么要叫他别哭了，更不知道自己现在的样子有多么可怜，多么叫人心生怜惜。

许久之后，程非池先抬起手，习惯性地摸了摸叶钦的发顶，又后知后觉地想起要交代点什么，让这个爱哭的小家伙把心放到肚子里，憋了半天，蹦出来两个字：“不是。”

自了解叶钦的恐惧与不安之后，他便尝试着通过各种方式主动表达，发短信也好，直接上门也罢，总之不能继续活在之前五年的封闭中，让这家伙胡思乱想，也搅得自己心神不宁。

叶钦被他摸得痒，眨了一下眼睛，还没追问出口，就听见程非池郑重地补充道：“不是对谁都可以这么好。”

呼吸猛地一滞，叶钦瞪大眼睛与他对视，生怕错过其一丝一毫的表情变化。

程非池也回望着他。

自己的想法能传达给对方几分，程非池不确定，他只知道叶钦的真诚已经袒露在光天化日之下，将他整个人密不透风地包围。

勇敢是为了他，怯懦也是为了他。

他早就该撕碎萦绕在耳畔的心口不一，拨开遮挡视线的虚幻画面和重重误会。

他早就该看到这双满含诚意的眼睛。

Chapter.07

星星

到底是没留宿，花洒没修好洗不成澡，程非池带叶钦去他住的酒店。

就在附近的主干道路边，普通的商务酒店，打开门一眼能从这头望到那头。

让叶钦不由得想到六年前，他自作主张地从南半球的海岛飞回首都，身上没有人民币，跟着程非池去宾馆开了个小标间，冻得哆哆嗦嗦话都说不清楚，还嘴贱地嫌弃房间破，嫌弃空调不制热。

最后他还跟程非池借钱订了个小蛋糕。

当时插上标有“18”的蜡烛，十九岁的程非池也不说数字不对，陪着他一勺一勺地吃了。看似冷冰冰的不近人情，实则不动声色地包容了他所有的任性妄为。

哗哗的水声响在耳边，程非池在里面洗澡。

叶钦有些坐不住，站起来在不到三十平方米的屋子里溜达一圈，走到门口，把程非池脱下来的湿衬衫拿起来抱在怀里，再溜达一圈，又悄悄放了回去。

程非池出来的时候叶钦正在和周封通话。这厮最近总是不分白天黑夜给他打电话，上来就又哭又号。

“你说什么？明天高中同学聚会？”

叶钦瞥见程非池从浴室出来：“啊，是啊，你不知道？”

电话那头“哼”了一声：“圆圆没跟我说，故意不想让我去呢吧。”

叶钦安慰道："要是他真不想让你去，就嘱咐我别告诉你了，再说聚会信息群里都是公开的，谁都能看到。"

"有道理。"周封斗志重燃，"在哪儿？几点？地址发给我，我好调个班。"

叶钦提醒他："明天只有咱们班同学，你别带一堆帮手来砸场子啊。"

近来周封的赔罪之路毫无进展，精神状态不太稳定，分分钟处在崩溃的边缘，做出什么出格的事都不稀奇。

"瞧你这话说的，我一个正直守法的人民警察，干得出那种事吗？"周封自信道，"放心吧，我这回备了撒手锏，只要让我跟他见到面，肯定能取得飞跃进步！"

叶钦叹了口气，这话他听过太多遍，已经产生免疫了。

挂掉电话，还没想好转过去说些什么，程非池先出声了："明天同学聚会？"

叶钦偏过头："啊？嗯，高中同学。"

"中午？"

"嗯。"

程非池拿出手机翻看日程表："我叫车送你去，时间来得及的话，下午我去接你。"

大约是昨天程非池真的原谅了自己，两人也把话都讲清楚了，叶钦一夜好梦。早上起床照镜子的时候，叶钦想起昨晚的事还觉得有点不真实。

而程非池却淡定如斯，吃早餐的时候给叶钦添水夹菜，一副什么都没发生的样子。

仿佛他们没有经历过冷战，没有闹别扭，没有吵架，也没有分开五年之久，只是时间过得太快，两个人一夜之间就长大了，顺其自然地变成了如今的模样。

叶钦本想为昨天自己近乎失态的表现解释一二，见他这样平静，便也三缄其口，同他一起享受这得来不易的美好早晨。

因为昨天哭过，叶钦的眼睛有些红肿，想着今天要见老同学，形象还是要注意，吃过早餐就坐在椅子上仰着脑袋，用沾了冷水的毛巾敷眼睛。

看似在闭目养神，实际上耳朵一直听着屋子里的动静，捕捉程非池走来走去的脚步声。

不多时，听到窸窸窣窣一阵衣物摩擦的响动，这是穿上外套准备走了。

叶钦刚要拿掉毛巾站起来，程非池走到他跟前，抬起一只手轻按住他覆在眼睛上的毛巾，声音自上而下传进耳朵："我先走了，车十点半准时到楼下，车牌号发到你手机上了，注意别上错车。"

像在叮嘱一个第一次走出家门的小朋友，叶钦脸颊发热，点头道："嗯。"

覆在毛巾上的手拿开，脚步声渐远，正当叶钦再次准备站起来，想着好歹把人送到门口，说句"路上小心""工作加油"什么的时候，程非池又折返。

这回是为了道别，程非池说："拜拜，下午见。"

同学聚会定在六中附近的一家中餐馆，二楼包厢有凌空而建的晒台，透过木制窗棂刚好能看见六中的操场，廖逸方把地点选在这里可谓煞费苦心。

老同学们也很给力，一个班 52 个人来了 37 个，没来的除去 3 个女生在待产或者月子中，还有 11 个在外地赶不回来，剩下一个下落不明的是周封。

落座后叶钦又给周封发了条短信，过去十来分钟也没收到回复，扭脖子四周打量一圈，正想借故离席给他打个电话，坐在对面的一个女生唤他道："钦哥，东张西望的看什么呢？怕有小粉丝追过来找你呀？"

孙怡然搭腔道："谨慎点也好，现在咱们钦哥可红了，我这次来带了一沓明信片，都是家里七大姑八大姨拜托的，尤其是我表妹，千叮咛万嘱咐让我一定给她弄到'to 签'。"

接着又有个男生加入讨论："上回在家陪爹妈看电视，跟他们说电视上这个是我老同学，他们还不信呢。我说'这小子以前没少抄我作业'，我妈居然说'人家长得好看抄抄作业也是应该的'，你们说这还是亲妈吗？"

两桌人都笑开了。

同学们都跟从前一样善良友好，开个玩笑也拿捏着分寸，是以没让叶钦感到任何不适，他只觉得这次来对了，偶尔跟朋友们聚聚，心情都变得开朗起来。

何况他本来心情就不错，厕所不去了，拿起桌上的杯子猛喝水，同学们当他不好意思，纷纷换话题。

一个男生道："话说在座还有需要对象的吗？我们办公室里单身帅哥、美女到处跑，互留个联系方式吗？省得爹妈去人民公园相亲角帮你们张罗。"

这话一出，好几个人怨声载道，说大学毕业还不到两年，家里长辈就开始逼婚了，简直不给刚踏上社会的年轻人留活路。

已经有订婚对象的孙怡然持反对意见："婚姻也不见得就是爱情的坟墓，两个人在一起，遇到开心的、不开心的都可以互相分享，多好呀。"

叶钦听他们七嘴八舌地聊，好不容易把廖逸方给他夹的满满一盘菜吃完，在座各位都吃得差不多了，一半人说有事要先走，剩下一半按原计划去附近的 KTV 继续"嗨"。

叶钦本不打算跟去，可周封人还没来，他总怕出点什么事，路上先给程非池发了短信告知自己的动向，让程非池结束工作直接回去，自己这儿还不知道要到什么时候，发完立刻切到拨号界面，给周封打电话。

还是没打通，叶钦无奈之下把 KTV 的地址也给他发了一遍。

叶钦刚把手机塞回兜里，后面的孙怡然追上来，一把搀住他的胳膊："钦哥你可真行，断腿的跑得比我这个四肢健全的还快。"

叶钦道："正在练习双腿走路，单腿速度更快。"

孙怡然很配合地做大惊小怪状，许久未见的两人东拉西扯地聊了会儿，说着说着话题转到近况，孙怡然用胳膊肘碰了叶钦一下，神神秘秘的："欸，跟他和好没？"

叶钦自然知道"他"指的是谁，条件反射地想摇头说"还没"，忽而想到昨天，说："嗯，好了。"

孙怡然比他还高兴，末了又问："那那家伙呢？我见他今天没来。"

叶钦又把手机掏出来翻了一遍，没有新消息，叶钦皱了皱眉，说："那家伙说不定又遇上什么逮猫抓狗的紧急任务了吧。"

不配拥有姓名的周封此刻当真遇上事儿了，不同于之前出警时遇到的那些鸡毛蒜皮的小事，这次是维护人民利益的正经任务——抓小偷。

两个小时前，他脱掉警服，换上昨天刚买的新衣裳，对着值班室的小镜子梳了个潇洒的大背头，甩着车钥匙刚从派出所出来，身边"嗖"地蹿过去一个人，紧接着就听见一个女人尖叫："我的包、我的包……抢劫啊！"

这要是在别的闹市区还能理解，抢到派出所门口还得了？周封当即便追了上去。

没承想那小偷脚程不错，跑得比兔子还快，周封追了几条街才把人逮住。小偷不甘束手就擒，两人在小巷中一阵扭打，周封好歹当过兵，制伏一个没练过的人自是不在话下。

不过那小偷十分狡猾，知道硬碰硬不行，在撕扯中把藏在裤兜里的弹簧刀摸出来藏在手心，佯装被制伏时趁周封不备突然刺过去，周封给他上手铐时急着走，心思不在这儿，不慎让他划伤手臂，划了道两寸长的口子。

这伤受得光荣，比上回帮社区老奶奶救爬到树上下不来的猫摔折胳膊要光荣得多，但周封还是黑了脸。

受伤对他来说是其次，现在比较严重的是衣服破了没法见人。

他哼哧哼哧又跑回去换衣裳，等看到叶钦的短信追到 KTV 已经下午了。这一带车来车往，找个停车的地方都费劲，好不容易见着个车位，还被对面过来的一个开大奔的抢先把车头别了进去。

周封气得吐血，要不是还记得自己是执法人员不能知法犯法，都想随便找个地停一下罚款扣分。

那大奔司机也看见他了，前轮轧进车位之后停了一下，周封赶紧拉手刹下车，跑过去敲车窗跟这司机商量，让他停去后面的空地，那边车位多，自己实在是有急事需要停在这儿。

对方倒也客气，开了车窗听他说。周封指手画脚地说了半天，那司机只是听着，并不表态，过了一会儿他才发现这个司机真的只是司机，后面坐着的才是主角。

后座的主角听完他的描述，道："那这个车位让给你，我们停到别的地方。"

周封觉得这声音耳熟，伸长脖子往车里看，嘴巴一咧，喜道："欸，程学霸！"

程非池是来接叶钦的。

今天的工作结束得比预期早，他提前到了。车子停在哪里都不耽误时间，他于是直接将车位让给周封，指挥着司机往建筑物东面开，果然见到一片划为车位的空地。

车刚停稳，车窗又被敲响了。

这回敲的是他这边的后窗，人还是原来那个。

周封躬身对着窗户里面道：“我想来想去吧，有几句话还是得当面跟你说。”

程非池开门让他上车，他连连摆手：“就不坐了，我着急走，长话短说。”

说是着急，面上看着也确实心急火燎，该说的话却一句没少。

“首先我代替我那两个朋友，就是刘扬帆还有赵跃，给你道个歉。”周封站在车外冲程非池鞠了个躬，低头时撞了一下车门，捂着脑袋道，“我们那时候不懂事，做了些……放到现在看也很过分的事，就算不是我亲手做的、亲口说的，当时我也确实参与了，并且没有阻止他们。幼稚，恶劣，素质低下……你怎么想我怎么骂我都行，是我的错我认了，你不接受也是应当的，哪怕过去这么些年，我也必须郑重道个歉，向你说声对不起。”

车内的程非池张了张嘴，似要说什么，可周封一开口就不打算给别人说话的机会，紧接着道：“我不想求你原谅，只希望你看在那时候都年轻不懂事的份儿上，别生阿钦的气了。”

听到这里，程非池眼皮掀了掀，有了些不同的反应。

“我不是想用年轻不懂事为他开脱，也不是不让你气他，他活该，就是、就是……”周封有些词穷，“就是有些事不是你想的那样，他其实很早就后悔了，当时说那些话根本不是发自内心的，他那人就那样，死要面子活受罪。

“你来会所那天，他当着我们的面装腔作势把你送他的手链扔了，回头就趁我们不注意拿走了。后来你生日那天他给你准备了蛋糕，还有同款的手链，拜托我给他送过去，结果我到那儿他蹲在门口，怎么喊都不应，疯了似的满地找你送他的那条手链。

“把你气走之后，他活得人不人鬼不鬼，就那样还惦记着要考大学，说答应过你要考 C 大，最后真考上了，结果因为家里出事没能去上。那段时间我已经在部队里了，不知道他过得这么不好。你也知道他从前有多娇气，零食要吃进口的，床要梨花木的，被子都要真丝填白鸭绒的……反正我是想象不出那些日子他是怎么熬过来的。

“听说你没有报复他，甚至没有对他恶言相向，我打心眼儿里敬佩你的宽容大度，也替他感到高兴，这代表他没看错人，这么些年的等待也值了。絮絮叨叨说了这么多其实就一个意思，如果你不恨他了，就原谅他吧，谁没有个犯错的时候呢？……这不是因为我是他朋友才这么说的啊，我发誓！”

周封举着手做发誓状，表情严肃，见车里的人同样面色凝重，没把他的话当笑话，才放了心，把手放下，道：“我要说的就这些，赶时间先走一步，下回有机会再聊。”说着他扭头就跑。跑出去十几米远又返回来，周封挠着头道：“那啥，我想起来一件重要的事儿。阿钦他现在吧，跟从前是不太一样了，从云端跌落泥潭，任谁都没法保持一颗平常心，能像他这样坚强已经挺不容易。如果，我说如果，你不喜欢他现在这偶尔畏畏缩缩、止步不前的烦人样，也别着急，其实他的本性压根没变，就你对他的影响力，从指头缝里漏给他一点点耐心就好，千万别恼了他。”

说到这里周封一拍手：“打个不太恰当的比方吧，你随便给他浇点水，他就又活过来了。他现在把你当作天，你要是不理他，他照样能喘气照样能活，只是他的天塌了，跟死了也就没什么分别了。”

天快黑的时候，叶钦从位于二楼的 KTV 里出来，在门口张望片刻便看到程非池告诉他的车牌，跛着一只脚一颠一颠地跑过去，半路被下车接应他的程非池接住，半扶半抱地将他弄上车。

“等了很久吗？”坐到车里叶钦就急忙解释，“本来想早点溜的，周封那家伙做事二不挂五的，我不在那儿看着他不行。”

程非池点头表示了解，接着问道：“他怎么了？”

难得见到程非池对自己朋友的事感兴趣，叶钦答道：“他负荆请罪呢，我当他想到什么好主意信心十足的，单枪匹马就来了，结果……”

“结果？”

叶钦忽然意识到自己话有点多，怕工作了一天的程非池听着烦，吐了吐舌头，简洁说明道：“结果他掀开衣服，胸口弄了个文身，上面写着‘我错了，下回再也不敢了’。”

想到刚才在KTV里经历的魔幻事件，叶钦都替周封觉得丢人。

不过想法倒是不错，虽然看上去没头没脑的还有点非主流，实际上是对症下药。况且看廖逸方的反应，也确实发挥了奇效。

车里很安静，经过六中的时候，叶钦挨着窗户看了几眼那熟悉的大门，之后就再没有什么能吸引他往窗外瞧。坐着坐着，心思开始活络起来，他一会儿低头挠挠自己的膝盖，一会儿抬手摸后脖子，一会儿又掀起衣服下摆按按肚皮。

程非池眼睛余光瞥见动静，转动眼珠看他时，他正掀起左边袖口露出一截藕白的手臂，手指在上面刮刮蹭蹭比画着什么。

回到宿舍吃过饭，两人坐在沙发上各自看了会儿书，程非池站起来拿外套穿上，叶钦以为他要走了，垂着脑袋依依不舍地跟在他后面，却听程非池道：“收拾几件换洗衣服吧，总是回来拿不方便。”

再次进到酒店，叶钦欢喜之情溢于言表，心想花洒坏了竟有这等好处，幸好当时没把它修好。

程非池洗澡时，叶钦拨弄着一头半干的头发给周封回消息。周封亢奋不已，说廖逸方肯心平气和地跟他说话了，之后便没了消息。许是两人正在交谈，解开多年的心结，跟自己这边的情况截然不同。

刚到酒店房间，程非池便出去了，叶钦问他干吗去，他说取个东西。

等啊等，好容易把人盼回来，只见程非池手上捧着一个小巧的汤锅，盖上的小口正往外冒着丝丝热气。

叶钦给他开了门，跟着他进屋，问："这是什么？"

"汤。"程非池言简意赅。

叶钦反手指自己鼻子："给、给我的？"

当年在嘉园小区时，程非池也给他煲汤补过身体，叶钦曾以为永远都没机会再喝到程非池煲的汤了。

"嗯。"程非池放下汤锅，抬头见他呆愣愣的样子，不由得失笑，"给你浇水。"

第二天早上，程非池推开卫生间门的时候，"碰巧"抓到在往腕上戴手链的人。

叶钦无处可躲，索性闭上眼睛视死如归地由着程非池走近。

"不是扔掉不要了吗？"

极具压迫感的声音响在耳边，叶钦窘迫得想哭，心想我给你的那条都不知道被你丢哪里去了，居然还来质问我？嘴上却正直道："没有丢，一直没有丢，每天都戴着，以后也……也不会丢的。"

本想借机问问叶钦还有什么事瞒着自己，见他缩着脑袋一副犯了错等待责备的模样，程非池于心不忍，取过手链，戴在他左手腕上，再把搭扣按上。

稍稍有点松，刚刚好。

叶钦还愣着，程非池扬起唇角，微笑着说："不疼了。"

叶钦的眼眶蓦地红了。

他知道，他都知道。

过去的二十多年里，叶钦即便嘴上不讲，有时候碰到困难，难受极了，也会觉得自己命途坎坷。先是交友不慎，后是遇人不淑，经历这么些事，受到许多教训，不仅没变聪明，性格也没往好的方向发展。家破人亡的主要责任虽在叶锦祥，可他作为家庭一员不仅没帮上忙，反而火上浇油，母亲的意外死亡与他脱不了干系。

他这么差劲，凭什么遇到程非池这样好的人？还被程非池护着，犯下那么大的错都能被原谅。

天大地大，叶钦这样一个渺小的人，何德何能?

“哥哥，我……我会……”

话到嘴边还是没说出口。

诉衷肠，表忠心，千言万语都不如一个实在的举动。

叶钦闭上眼睛，在心里说——我会对你很好很好很好，不会再让你难过。

无论花瓣上的剔透的露水还是清晨明媚的阳光，你值得世界上所有的好。

同学会之后没两天，叶钦就张罗着复工的事。先前的两期《一往无前》攒下不错的口碑，天然不加修饰的表现意外地吸了一拨粉，那边偶像剧官博也发了几张剧照，穿着校服的叶钦刚好赶上某媒体热评的“最具少年感的十大男艺人”。

票数虽比不上粉丝基数大的流量小生，却因为照片光线角度俱佳吸引了不少路人的目光，热评有一条说看见他就能想到青草和蓝天。

投票结束那天叶钦本来位列第十一名，谁知碰上第七名近期闹出丑闻被撤了名字，瞎猫碰到死耗子一跃进了前十，并且因为这个拿到了卫视中秋晚会的邀请函，请他跟其他几位榜上有名的男艺人联袂演唱一首与青春有关的歌。

郑悦月笑得嘴巴都合不拢，提前十来天就开始给叶钦张罗晚会要穿的衣服，还叫他亲自来试。

见到叶钦本人更高兴了，郑悦月拍他的肩膀道：“不错，没养胖，有把我的话放在心上。”

叶钦的关注点跟她不同，张开双臂转过去给郑悦月看衣服合不合体时，拧着脖子问：“上这个晚会有没有酬劳啊？”

郑悦月白眼一翻：“有机会上就不错了，贺函崧那边削尖了脑袋想去都没成，这种曝光度极高的晚会，上一次就相当于镀一层金，人家可没问你要宣传费。”

见叶钦一脸失望，郑悦月觉得奇怪：“等片酬下来，你那些债不就差不多平了吗？怎么，还有其他困难？”

叶钦在心里拨算盘，合计了一下账目，道：“没有没有，谁不想多挣点钱呢是吧？”

郑悦月笑他钻钱眼里去了，说等他红了，有的是有钱没处花的时候。

叶钦还是有点着急，多挣点钱才好给哥哥买好东西啊。

从前他表达心意的方式就是给对方花钱，如果对方想要的东西他都给不起，首先就不合格。

虽然以程非池现在的经济实力，八成看不上他想送的那些东西。

复工的第一场活动是一个商场的商演，周末程非池难得休息，亲自开车送他去。

叶钦一路叽叽喳喳讲个不停，“这里我们来过”“你还记得这家的羊肉泡馍吗”“高二那年冬天我们一起在这儿吃过烧烤”，走到哪里都能说出个经历来。

快到那家商场，叶钦远远地看见招牌，眼睛“噌”地亮了：“时代广场，前两年刚翻修过，当年你在这里打工，还说要带我去楼上吃甜品，不用排……”说到这里他自觉收了声，紧抿嘴唇不说话了。

回忆之于他都是美好快乐的，对程非池来说就不一定了。那时候程非池过得辛苦，还有自己这么个拖油瓶成天找事，就算有几分美好也早就抵消干净了吧。

路口打方向盘左拐，程非池道：“怎么不说了？”

叶钦闷声道：“忘了要说什么。”

程非池也不追问，只说：“我把你送到门口，就不进去了，活动结束后来接你。”

活动预计下午两点半开始，实际推迟了四十分钟。

因为到场的粉丝比预想中多，商场紧急出动了两组保安，重新拉了围栏，指挥粉丝们有序排队。

在这不长不短的时间里，叶钦也没闲着，边用椅子搁着左腿做几组小幅度的复健动作，边跟来看他的廖逸方聊天。

“什么？”一个勾腿的动作做到一半，叶钦惊愕道，“那文身是印上去的？”

廖逸方点头：“嗯，警察身上不能有文身，我第一眼看到就知道是假的了。”

“他承认了吗？”

“不承认也不行。”廖逸方淡定地说，“洗个澡就没了，我去他家看他的时候，他正拿了一张新的往胸口贴。”

叶钦想象了一下那画面，不由得偏头闭了闭眼，心想：可太丢人了，以后还是假装不认识这厮吧。

嫌弃完了，叶钦试探着问道：“那……那你还信了他？”

廖逸方垂眼不知看向哪里，片刻后抬起眼皮：“他昨天为了赶来见我，受了伤也没去医院包扎，我看到的时候伤口还在渗血，把衣服都染红了。”

叶钦心想这招苦肉计来得及时，面上装蒙道：“那班长你……原谅他啦？”

廖逸方神色无奈：“何谈原谅，打从一开始，我就抗拒不了。说来你可能觉得好笑，明明摆出一副往事如烟，不记恨、不抱怨的样子，其实我从没有忘了那些事、忘了他这个人。那些冷淡和拒绝，归根结底都是心里的不甘在作祟，想让他尝尝我受过的苦，并非我打心眼里不愿意接受。”

这番剖白叶钦似乎听懂了，又好像一个字都不明白，把这想法代入程非池身上，才有了几分感同身受。

“可班长你还是善良啊。”叶钦笑着说，“你明明知道怎样做对他伤害最大，却还是保留底线，不跟他一般见识，我相信他心里也很清楚，说不定还希望这个过程能长一些，好补偿你曾经失去的。而你的大度缩短了这个过程，既成全了他的心意，又让他少受许多苦。这么一想，是不是就没那么自责啦？”

意外发掘出安慰人天赋的叶钦笑盈盈地上了台，然后被台下乌压压的人吓了一跳。

以往这种商场演出活动主办方给划的内场能坐满都算不错，这回站到台上，叶钦一眼望去人山人海，楼上围栏边也挤得满满的，人手一张写着“叶钦全球粉丝后援会”的手幅，还有人印了偶像剧那张充满少年感的剧照做成海报高举过头顶。

天知道叶钦多少年没见过这么大阵仗的应援了，一时有些紧张，暖场活动时磕磕巴巴忘词，接不上主持人抛来的哏，到后面的粉丝互动环节才放开一些。

有粉丝姑娘问他腿伤怎么样了，没养好千万别到处乱跑，叶钦当场给她表演了一个高低步，说瘸腿的时候伤腿踩地是一米七，好的那条腿踩地是一米八，一米七一米八无缝切换，跟坐跷跷板一样。

台下的粉丝都笑疯了，有个嗓门大的拆台："钦钦你哪有一米八？"

叶钦竖起食指放在唇边，神秘道："嘘，诸位知情人士给点面子，网上个人资料上写着一米八呢。"

原先叶钦最怕的问答环节也其乐融融，好几个新粉问了他今后的工作安排后，有个面熟的老粉接到话筒什么都没问，沉默几秒后说对不起，在他最难最苦的时候选择离开粉别的"爱豆"，现在又跑回来装元老，曾经说好会一直陪着他也没做到。

叶钦捏着手上的话筒，不知该如何作答。他有点慌乱，还有些迷茫，他始终认为自己不值得他们喜欢，进演艺圈也是为了钱，所以平日里见到粉丝就尽量对他们好，在自己的能力范围内尽量满足他们的要求，忽然听到这样一番掏心掏肺的话，他才是最愧疚的那个。

后来话筒不知怎么的传到混在粉丝堆里的廖逸方手上，周围的姑娘都起哄要这个稀有的"男粉"发个言。

廖逸方的脸腾地红了，支吾半天，说："我们经历的所有苦难都是为了磨炼我们的意志，换言之苦难都是为了让我们成就更好的自己。总结过去的错误是对的，但是我们更应该向前看……叶同学加油，大家都要加油。"

廖式正能量十年如一日，逗得大家捧腹大笑。

台上的叶钦险些笑出眼泪。或许是被老粉丝和班长的话触动心底深处一片从未企及的领域，他在入行的第六年头一回体会到这份工作的意义。

他在十几岁什么都不懂的时候为了钱入行，跌跌撞撞地闯到现在，有过红极一时、风光无限，也有过跌落泥潭、盘旋不前，幸得这些人陪他从懵懂一步步走向成熟，无论是帮过他的还是踩过他的，无论他们是否还在，都是他人生路上一段不可或缺的宝贵经历。

叶钦举着话筒道："苦难和幸福或许有先后顺序，但是你们在我这里没有先来后到。谢谢，谢谢你们所有人。"说完他朝台下深深鞠了一躬。

活动开始得晚，结束时间也比预计晚不少。

这个点再回去做饭有些晚，程非池和叶钦干脆在外面吃了火锅。

吃饱喝足回酒店，叶钦坐在副驾座上拆粉丝给他的信，觉得车里太安静，就边看边念，偶尔读到难为情的部分就降低声音一带而过。

原以为在开车的程非池没心思听，谁知等某个红灯时，他突然出声道："刚才那句是什么？我没听清。"

叶钦猛地一个激灵，回头念道："有时候又觉得你像我的弟弟，天真可爱。"

修长的手指敲了几下方向盘，程非池说："上一句。"

叶钦在他面前向来是说不了谎的，硬着头皮念："有时候觉得你像我的男朋友……温暖体贴。"

念完转动眼珠悄悄观察程非池的脸色，见他抿唇不语，叶钦心里顿时一阵一阵地发慌。

红灯转绿灯，车子再次行驶在平缓的路上，程非池不疾不徐地问道："没有先来后到？"

叶钦不知道今天商场里的话是怎么让他听见的，臊得头都抬不起来。

回到酒店，程非池默不作声地做自己的事，视线没从电脑屏幕上移开哪怕一下，在边上坐着的叶钦好不容易逮着他拿杯子喝水的机会，小小声喊："哥哥……"

程非池偏头看他："嗯？"

叶钦舔舔嘴唇，鼓足勇气道："没有先来后到，是因为我一直记着你。"

他现在最怕的便是被程非池误会，所以什么从前不好意思说的话都逼自己说。可这话对他来说超纲了，任何语言都描述不出自己想表达的万分之一。

果然，程非池露出不解的表情：“哦？”

叶钦觉得自己怕是跳进黄河也洗不清了，拖着程非池的胳膊晃了两下，真诚道：“我说过不会再骗你，谁骗人谁就是……就是小狗。”

Flag（旗帜）立得容易，倒得比台风过境还快。

第二天出门前，程非池终于把那件风衣还给叶钦，并提醒他摸摸看口袋里有没有少什么东西。

少自然是不会少的，摸出来的一颗星星把叶钦吓得三魂去了两魂半。

程非池穿上西装，慢条斯理地扣袖扣，瞥了一眼他握拳的手：“哪来的星星？”

叶钦的星星还没叠完，之前按照进度每天叠三颗，完成至少需要近半年的时间，本以为做好的时候差不多能赶上送，谁知程非池这么快就原谅自己，叶钦又不想敷衍着一天之内把星星都叠完，就继续按原计划行事。

谁知说好的惊喜因为无意中的疏忽暴露了，怪不得程非池先前问他“还有什么我不知道的”。

事到如今只得装傻，叶钦手背到身后，望天花板道：“什么星星？我不知道啊。”

程非池看了他一会儿，竟也没拆穿。

等到过两天叶钦憋不住，问他那个礼物的事，程非池把叶钦用过的那一套原样复刻，茫然无辜道：“什么礼物？”

叶钦差点一口气背过去，竟被程非池反将一军。

最后拍了拍自己紧张得乱跳的心脏，幸亏哥哥人帅心善，没真让他学狗叫。

这年的中秋节和国庆节日子接近，法定假期连在一起。

不过放假什么的对于叶钦这样的演艺圈工作人员来说从无规律可循，晚会提前两天录完，中秋节当天上午有个杂志拍摄，叶钦这边刚收工，那边程非池就发来消息说到机场了。

叶钦抓紧时间给他打了个电话，问了几句“飞机晚点了没”“东西都带全了吗”之类的。

他是想跟程非池一起去S市过中秋节的，可一来他有工作，二来人家没邀请，他也没个正当理由跟着去。

想到晚上要一个人吃月饼过中秋节，叶钦心情沉重，在电话里跟程非池商量：“今天晚上，我可以吃两块巧克力吗？”

经过这段时间的相处，程非池发现叶钦工作忙起来以零食代替正餐的毛病又出现了，遂限制了他每天摄入零食的量。

或许是电话里的声音听着太可怜，程非池松口道：“可以。”

“再加一包软糖？”

“可以。”

“那我想晚点睡，可以吗？今天的晚会我被安排在后面，要过了十一点才出场。”

“可以。”

顺利解锁允许三连击成就，叶钦士气高涨，忙把琢磨了好几天的问题趁热打铁问了：“那，手臂内侧、大腿内侧和腰侧，你更喜欢哪里啊？”

突然转换的话题并没有打乱程非池的思考，他几乎没有犹豫：“不可以。”

叶钦：“……”

挂电话前，程非池沉着嗓子，不容置喙地重申一遍："文身，不可以。"

晚上，叶钦蔫巴巴地趴在床上翻手机，电视里欢腾热闹的声音也没能调动他的情绪。

在酒店住久了，拥有属于自己住所的心情就越发迫切。虽然程非池目前不在首都常住，可是两个人都没有亲人照顾，说得好听是无牵无挂，说难听点就是孤苦伶仃。叶钦想在这里有一个家，也希望程非池能在飞机降落后有一个固定的去处，那里有热乎乎的饭，晒得松软的被子，还有个能聆听他烦恼的自己。

想到这里，叶钦抱着枕头在床上打了几个滚，再打开手机继续浏览。

然而现实的残酷还是打碎了他的美梦，首都房价居高不下，叶钦从一手房源看到二手房买卖网，越看越沮丧。

贵得让人吃巧克力的胃口都没了。

叶钦垮着嘴角，退而求其次打开房屋租赁页面，心想临时租一个也不是不行，总比这按天烧钱的酒店好。回头多接两部戏多跑几个商演，也别想着买几环内的豪宅了，远一点的京郊空气好，两个人住房子也不需要太大，他努力一下还是能凑出个首付的。

再晚一点，叶钦接到程非池的电话。

"到家了？"

"嗯。"

"见到晖晖了吗？"

"嗯，他在吃月饼。"

叶钦听到电话里的声音拉远，接着换了另一个男孩子的声音："软哥哥好，我是晖晖！"

叶钦被他中气十足的大嗓门喊得鼓膜作痛，揉着耳根笑着跟他打招呼："晖晖好。"

跟小朋友讨论了一会儿哪种馅儿的月饼好吃，在五仁和蛋黄之间难以抉择之际，程非池把电话抢回来，说："玄关的柜子上，有把钥匙。"

叶钦从床上坐起来，走到门口查看："嗯，是有一把钥匙，怎么啦？"

"地址我等下发给你，如果不想在酒店待着，就去那边等我。"

过去好几秒，叶钦才反应过来："你买了房子？"

"嗯，一套公寓，面积不大，先凑合住。"

叶钦半晌没说话，程非池以为他没在听，唤了一声："叶钦？"

这一声把叶钦的魂儿唤了回来，他热血上头，借题发挥道："你不是跟晖晖说我叫叶软吗？现在又喊我叶钦。"说着抓了几下头毛，面露愠色："再这样什么都不告诉我，我就……我就……"

话没说下去，因为他什么都说不出来。

任何事都在他之前考虑好安排妥的哥哥，他舍不得威胁，开玩笑也不行。

叶钦只是对目前的状态有些焦躁，不想总被程非池照顾，也想照顾他，让他安心工作，不用再为其他琐事劳心费神。

"那你出房子，我出装修吧。"叶钦决定道。

"装修？"

"是啊，就当是赔……"

在脱口而出之前，叶钦及时捂住了自己的嘴，大气也不敢出，露在外面的两只眼睛睁得溜圆。

差点就说出来了，幸好这一脚刹车踩得够快。

电话那头沉吟片刻，追问道："就当是什么？"

叶钦捂着嘴巴，头摇得像拨浪鼓："没什么没什么。"

听筒里传来低低的笑声，叶钦心头一紧，急忙扯开话题。

当晚，叶钦顶着一张大红脸打开了新房的门。

公寓位置很好，闹中取静的小高层，附近多个地铁公交站。装修是赔不成了，房子本身是精装，里头大件家具已经备齐，可以直接拎包入住。

不知是不是巧合，房屋格局与当年的嘉园小区的房子十分相似。叶钦在面积相同的两个卧室里来回转了几圈，最终将他的房间选在东面那间。

当年他也住在东面那间。

被褥枕头什么的都是全新的，叶钦花了点时间拆开铺上，跳上去打了个滚，心想明天太阳好的话可以拿到阳台晒一晒，等程非池回来就能睡到蓬松暖和的被子。

又打了几个滚，叶钦美滋滋地下床吃月饼，一个人的中秋节好像也不怎么难熬了。

月饼是郑悦月给的，蛋黄馅儿的，味道一般，卖相尚可。本打算拍张月饼的照片发给程非池，但想到他不仅要陪弟弟，还要去看妈妈，叶钦觉得自己应该懂事些，便把手机收起来，不去打扰他。

吃完趴在床上继续看节目，为了能看到自己的闪亮登场强打精神，奈何连着几天早起工作，不到十点就困得上下眼皮打架，电视机音量调大都不起作用。在一个毫无笑点的小品演到一半时，叶钦的脑袋往枕头上一歪，睡了过去。

这晚，叶钦睡得格外香甜。

等被拆开的巧克力散发的香味诱惑醒来，坐在新房的餐桌边吃早餐，叶钦才意识到什么，问："你昨天就回来了？"

程非池放下手中的杯子："嗯。"

叶钦瞪大眼睛："怎么不叫醒我？"

程非池笑了："你睡得那么香，为什么要叫醒你？"

叶钦后悔不已，心想昨天就该灌几杯咖啡下肚多坚持一会儿的，说不定能跟程非池一块儿看自己上电视。

程非池像是知道他在想什么，吃完饭打开客厅的电视调到回放，准确快进到叶钦出场的部分。

因着跟其他几个男艺人合唱，且他在众人当中"咖位"最低，所以给到的镜头并不多。不过歌是真唱，这种情况下叶钦当了几年歌手的优势就体现出来了，高潮部分别人的声音稀稀拉拉，哪怕后期修了音，也听得出来几乎是他一个人顶上去的，难怪网上有人打趣说某某卫视邀请叶钦可能是怕"车祸现场"太过真实引起不适。

短短三分钟的出场时间很快过去，关掉电视时叶钦的耳朵还有点热。

两人一块儿在厨房洗碗收拾，叶钦边在手机上记录要添置的油盐酱醋等物，边偷看程非池的表情，程非池自是察觉到这道过分灼热的视线，将锅碗瓢盆放回原处，说："这次只能打六十分。"

刚过及格线，叶钦惊愕之后便是沮丧，仿佛变回上学时期待程老师夸奖的学生，哭丧着脸问："为什么呀？"

程非池的目光将他从头到脚打量一番，点评道："因为没有跳舞。"

毕竟作为男团成员出的道，舞什么的叶钦还是会跳一点的。

可程非池是怎么知道的？难不成他翻看了叶钦从前的视频？得出此结论的叶钦觉得无颜见人，只想挖个地洞躲起来。

艺人大多有不想回顾的黑历史，自认出道前三年的表现全是"黑历史"的叶钦更不能免俗，奇形怪状的发型，五彩斑斓的发色，还有令人羞耻的傲娇小少爷人设，他一度想着等以后有钱了就找人把这些"案底"统统销毁。

然而那些形象已经进入大众视野，有些人最是善于放大缺陷，好看的模样不一定深入人心，偶尔丑一次他们记得比谁都清楚。

身边就有个现成的例子。

这天收工后抽空回宿舍收拾东西，楼下的房东听见动静又上来敲门，听说叶钦要搬走，第一反应便是："哟，上了中秋晚会飞黄腾达了，不用再顶着一头黄毛演农村爱情故事咯。"

叶钦懒得跟他解释自己没演过这个，直奔主题道："我这儿的房租不退，偶尔也会过来看看，麻烦叔叔您不要欺负还住在这儿的那个小朋友，他还没您儿子大，就当给您刚出生的孙子积德行善。"

说完没等房东发作，叶钦从口袋里掏出一个红包："在这儿住了好些年，承蒙您照顾，一点小心意，就当给您孙子的见面礼。"

房东见钱眼开，当即就把难听的话咽了回去，捏了捏红包的厚度，干咳两声说："只要你们按时交房租，我又不是闲的，尽找你们麻烦。"

等叶钦搬走，这里的常住人员就只剩下宋翊一个了，整天被人家叫"哥"，还受过人家的恩惠，他有责任将这个弟弟照顾好。

送走难缠的房东，叶钦继续收拾东西，小心谨慎地把放在上铺的乐高连同玻璃罩搬下来，用带来的气泡袋严实地包好，把装星星的玻璃罐子也包成球，放在背包里随身携带。

下午程非池发来短信，问他工作结束了没，在挤地铁的叶钦扯谎道：结束啦，准备去家电城逛逛。

刚发出去，电话就打了进来，叶钦紧张兮兮地接起来："喂？"

程非池那边在跟助理说话，提到"方案""会议"什么的，助理一一应下，高跟鞋声渐远，程非池的声音回到话筒边："缺什么家电我让人买好送过去，你没有工作就回去待着，不要到处乱跑。"

"没事，我的腿已经好啦，就等明年拆钢板了。"叶钦说，"收工正好顺路，就去看看呗，也不一定有中意的，再说商场都有专人运送，又不是要我自己扛。"

听到电话里地铁的报站声，程非池思索片刻，说：“那你看完早点回去，打车。我给你的卡带了吧，密码还记得吗？”

“记得记得。”

叶钦很享受程非池的关怀，把背包肩带往上拽了拽，笑得眼睛眯成缝，在心里悄悄说——不过今天用不着你的卡。

这天晚上，程非池便在首都新家的厨房里看到了一台新冰箱，豪华大气的双开门，就是卡在厨房的角落里，看着有点挤。

程非池走过去拉把手，冰箱门猛地往料理台上一撞，发出“哐”的一声巨响。

在餐厅摆弄豆浆机的叶钦闻声赶来，拉着程非池的手左看右看，自责道：“这台冰箱搞活动买一送一……一台豆浆机，我以为宽点儿没事，谁知道塞是塞进去了，开门刚好卡墙。”见程非池的手没事，松了一口气，板着脸说，“明天、明天我就把它退了。”

程非池道：“没事，能用就行。”说着他抬起另一只手试了试冰箱另一扇门的开合，也能打开一半，伸手进去拿了两个鸡蛋出来，“以后换大房子，这台冰箱大小刚好。”

叶钦锦衣玉食地长到十七岁，见识多了有钱人奢侈无度的生活，却对大房子没什么特别的追求。比起从前叶家空旷的别墅，他更喜欢这样小小的公寓房，随时能看到对方，捕捉到对方的动静，既温馨，又令人安心。

第一次使用豆浆机的叶钦兴致很高，捣鼓着打了两次，一次红豆配黑豆，一次绿豆配黄豆。

厨房里没有盛得下的密封容器，现打豆浆放一晚可能会变质，他就左一杯右一杯地往程非池的杯子里倒。程非池边看书边连喝三杯下肚，再去拿杯子发现又是满满一杯豆浆，扭头看向身边的人。

叶钦忙指自己的杯子向他证明："我也喝这个。"

程非池把杯子放回桌上，捧起书继续看。

过了一会儿，叶钦窸窸窣窣地靠过来，举着杯子小声道："哥哥，干杯。"

程非池一肚子红绿黄黑豆，实在干不下去，面对叶钦扑闪的大眼睛和软绵绵的一声"哥哥"又拉不下脸，吐字艰难地说："等我消化一下。"

叶钦从沙发上腾地站起来："那那那我表演个节目，给哥哥助兴。"

程非池合上书，正襟危坐。

这架势过于隆重，成功地吸引来全部注意力的叶钦狂咽唾沫，一会儿揪衣角，一会儿抠手指，拖不下去了才开始表演。

叶钦表演了一首儿歌，连唱带跳的那种。

他刚出道的时候净拿这个卖萌，算是摆脱不了的"黑历史"之一，可现下用来讨好哥哥再合适不过。经历了用手做耳朵扮兔子、扭屁股摇尾巴、歪着脑袋转圈跳等各种低幼动作后，叶钦拿起抱枕挡脸，杵在那儿等待点评。

点评没等到，叶钦先听见一串鼓掌声。

叶钦的脸都烧起来了，抬手去阻止程非池鼓掌。

"好听。"程非池嘴角噙着笑，捏住叶钦的下巴扳正，"也好看。"

按照本国的传统习俗，乔迁新居是要请客的。

大摆宴席犯不着，借机请三两好友聚一聚也好。于是在一个秋日的午后，廖逸方和周封携贺礼登门拜访。

"你们这就开伙啦？别急别急，先烧壶水。"

廖逸方刚进门就坐不住，为当代不懂传统的年轻人操碎了心，亲自上手用盆接了清水兑上盐，在屋里四处洒了一遍，然后走到门口，往地上扔了两枚硬币，发出清脆响声的同时厨房的水也烧开了，廖逸方笑弯了眼睛，说这叫招财进门，财源滚滚。

叶钦在边上看得一愣一愣的，直说："招财好、招财好，班长你快帮我看看还有哪里能做法事招招财！"

这么一折腾，中午饭吃成了下午饭，在桌上随便聊会儿天，太阳都快落山了。

主要是叶钦和廖逸方在聊，从入宅仪式聊到风水学再聊到居家琐事，比如怎样擦洗油烟机，如何让冰箱里没有异味。叶钦时不时拿出手机记录，俨然一个虚心求教的好学生。

周封看不下去，抿了一口酒道："阿钦，你就别装了，就你浑身的懒骨头，能勤快几天？"

叶钦狠狠剜了他一眼："我跟你不一样，你只会耍那些花哨手段，一个实在有用的都没有。"

"也有实在的吧，比如请吃火锅什么的，一顿不够就两顿。"周封挠挠头发，向廖逸方求证实，"圆圆，哦？"

廖逸方并不想接他的话，举起酒杯扯话题道："恭贺二位乔迁之喜，祝今后的生活美满甜蜜。"

几轮酒下去，不胜酒力的廖逸方脸上先带了红晕，他听着叶钦有一搭没一搭地讲冷笑话，咧着嘴笑呵呵，忽而想到什么，插话道："我还记得……记得叶同学给我讲过一个，特别特别有趣的笑话。"

周封边给他剥虾边问："啥笑话？"

廖逸方自己先拍桌笑了三分钟，稳住呼吸才讲道："有一天，女娲一边捏泥人一边笑，盘古问她在笑什么，女娲说……你们猜女娲说什么？"

周封想不出，向叶钦求助，叶钦嘲他笨，卖关子不说，倒是在一边默默给大家添酒的程非池开腔了："做人哪，最重要的就是开心。"

“程同学你也知道这个笑话啊。”廖逸方惊喜道，随即明白过来，“肯定是叶同学告诉你的，哈哈哈真的好好笑。”

叶钦托着下巴摇头晃脑听他们笑，过了半分钟，突然“噌”地竖起脖子。

他想起来了，这个笑话他曾给程非池发过，可那是发到那个旧号码上的，程非池不是说那个号码已经不用了吗？

晚上八时许，把喝得醉醺醺的两位客人送上出租车，叶钦歪靠在程非池肩上，由他带着自己走在小区里蜿蜒曲折的鹅卵石路上。

外围有宽阔的大路，这种横穿绿植的小路鲜有人走，叶钦却很喜欢这条路，喝得头重脚轻还能记得岔路口该选哪条，一面走，嘴里一面念念有词：“骗我，坏蛋，骗我……”

等了半天没等到下文，程非池问：“骗你什么了？”

叶钦的酒劲上来得迟，这会儿才有了几分醉态。

他打了个酒嗝，伸出一根手指，戳程非池左边胸口：“骗我、骗我说那个手机号……不用了。”戳了几下他发现位置有误，收回手改戳自己的心脏位置，“别、别想骗我，我都记、记着呢。”

程非池弯起唇：“还骗你什么了？”

虚浮的脚步顿住，叶钦嘴巴一撇，捶胸顿足道：“反正你把我骗了，坏蛋。”说完他松开程非池，转而抱住边上的一棵树，双脚踩在泥里，死活不肯走了。

程非池被他这倒打一耙还耍赖的傻模样弄得哭笑不得，上前拉他的手：“走吧，先回去，外面凉。”

叶钦使劲儿摇头，接着打了个大哈欠，红扑扑的脸蛋贴在树皮上，眯着眼睛，一副就要在这儿睡觉的架势。

这是程非池头一回见他发酒疯，记得上次他喝醉之后在车后座睡得像只小猪，心想把人弄回去睡一觉大概就好了，于是背过去半蹲下：“上来。”

哪怕意识不知飘向何方，视线也被酒气熏得模糊，叶钦终究挡不住这诱惑，犹疑几秒后，凭着本能慢吞吞地往程非池背上爬。

宽阔温暖的后背比冰冷的树干好睡得多，程非池的脚步也均匀平稳，叶钦闭上眼睛，听着风声和稳健的心跳，脑海里像淌过一条小河，涌入成串的记忆碎片。

“你还记不记得……气球做的小猫？”

闷闷的声音响在脑后，程非池偏头道：“记得，怎么了？”

叶钦的脑袋抵着他的肩窝，小幅度地摇头：“没怎么。”

过了一会儿，叶钦又问：“那你还记不记得，高考结束要带我去热带岛屿啊？”

程非池愣了一下，想起当年未能兑现的承诺，说：“记得。”

“时代广场楼上的甜品？”

“记得。”

“牛奶味的棒棒糖？”

“记得。”

“电影院里的爆米花？”

“记得。”

每一次回答都是对叶钦珍藏的回忆的肯定，他以为自己在做梦，笑得嘴角咧到耳朵根，环住脖子的胳膊收得更紧了。

感觉到喷在颈间的温热气息变得均匀绵长，程非池以为他睡着了，怕深秋寒气入体导致感冒着凉，托着大腿把人往上掂了掂：“叶钦？”

叶钦当真睡过去了，闻言只哼唧了几声，垂向地面的脚尖随着步伐来回晃荡。

程非池想了想，改口道：“叶小软？”

“欸！”

趴在他背上的人立刻应了，像是对根植于心的某个声音做出的条件反射，应完便趴回去，脸颊贴在他肩上蹭了蹭，瓮声瓮气道：“不、不准再骗我啦……哥哥。”

喝酒一时爽，醒来的那一刻方知宿醉的滋味。

叶钦头疼欲裂，艰难地睁开眼睛，挣扎着从床上爬起来，晃晃脑袋里的水，昨晚的零星片段在震荡中哗啦啦地四处乱撞。

扭头见身旁没人，叶钦呼吸一紧，登时找回身体各个关节的控制权，从床上跳起来，鞋也顾不上穿就往外跑。

打开房门猛地撞上正要进来的人，叶钦大口大口喘粗气，像溺水的人遇到浮木，抓住程非池的胳膊就不肯撒手，直到程非池沉着嗓子问“怎么不穿拖鞋”，叶钦才闷不吭声地放开他，耷着肩膀悻悻地返回房间。

程非池看着他盘腿坐回床上一脸迷茫地东张西望，走过去把被他踢到床头的拖鞋拿起来放回床边，垂着眼问：“你以为我走了？”

叶钦不敢说“是”，想依葫芦画瓢学程非池，企图用沉默让这个小插曲翻篇。

程非池从不刨根问底，见他不答便也不追问，看着他穿好鞋子，拉他站起来。

睡意早已消散，叶钦触觉敏锐，摸到了他手上某种金属质地的东西。

他低头望去，程非池的左手上有什么在反光。

程非池循着他的视线往下看，牵着他的手一起抬高，摆出了和他一样的疑惑表情：“这条手链，你给我戴上的？”

叶钦心头狂跳，难不成昨天喝醉后不仅说了胡话，还做了糊涂事？

这个令人惶恐的念头在看见程非池嘴角藏不住的笑容后瞬间打消。叶钦心知被耍了，又羞又恼，抬脚就要溜，被一股大力拽了回来。

程非池握着他的手腕，向上举起，两条同款手链在晨光的照耀下交相辉映。

“跑什么？”程非池翘起嘴角，笑意落在晨光里，“为自己做过的事负责，叶小软不知道吗？”

直到迈入深秋，叶钦买冰箱时顺便从隔壁超市买来的各种豆还没吃完。

每次打豆浆只需要一小杯，而他买的每种豆都是按斤称的，以豆浆代替茶水仍旧不见豆子少，无奈之下只好开发了新用途——煮粥。

起初还挺新鲜，晚上把豆子泡好，早上起床和米饭一起扔进高压锅，两人都洗漱完毕时差不多就能吃了。

叶钦最近上了档养生节目，被节目请来的营养师大灌洗脑包，坚信瓜果蔬菜对人类保持健康的体魄有着重要意义，在豆粥的基础上再加些菠菜、青菜、胡萝卜，看着五彩斑斓令人食欲大增，可因为不加糖不加盐，味道过分纯天然。

换句话就是索然无味，不说叶钦这个挑嘴的，就程非池这样不太讲究饮食的人，连吃一个月也有点受不了。要不是看叶钦每天工作完回来第一件事就是洗豆子、泡豆子，一大早起来洗菜、切菜、煮粥，换着花样研究营养搭配，他宁愿在路边随便买两个包子对付。

11 月末的一天早上，叶钦艰难地爬出温暖的被窝，披上衣服去厨房，边打哈欠边把昨天买好的菜拿出来洗，手还没碰到自来水，就被跟在他后面起床的程非池拦住：“今天不煮粥了，我们出去吃。”

叶钦以为程非池吃腻了他做的粥，一路上都蔫蔫的提不起精神。到地方被程非池带着往里走，他还在用手机看食谱，翻到一个核桃红豆派觉得不错，核桃补脑，最适合每天对着电脑文件的哥哥了，看配料又觉得糖太多不健康，皱眉一筹莫展。

程非池带他来的是一家普通的甜品店，等到一块小巧的蛋糕端上桌，叶钦猛然想起今天是自己的生日。

关于生日，他们之间有很多回忆，一半美好，一半痛苦。想到曾经用假生日骗了程非池两次，叶钦就心慌意乱，最喜欢的巧克力蛋糕也吃得没滋没味，吃两口就叼着勺子坐在那里发呆。

程非池发现他不对劲，道："蛋糕不合口味？我看你最近偏好清淡，就少放了些糖。"

叶钦捕捉到重点："这个蛋糕是你做的？"

"嗯。"程非池点头，"昨天下班晚了，赶到这边只来得及做成这样，放在冰柜冻了一宿，口味也差了点。"

叶钦忙挖了一大勺塞嘴里，还没咽下去就说："好吃，超级好吃。"

程非池笑了："别勉强，吃不下就放在这儿等店员收拾，晚上我再给你买个新的。"

"不用不用，我就要这个。"叶钦张开双臂圈着那蛋糕，像只护食的小猫，"这是我的生日礼物，谁都不准动它。"

添加了一层爱的含义的蛋糕令叶钦分外珍惜，每一口都细细品味才舍得咽下去，不小心粘在唇上也不忘舔干净，连掉在桌上的一点蛋糕渣都不放过。

最终他只吃完一半，另一半麻烦店员打包带走。

今天两人都有工作，程非池把叶钦送到拍摄场地，叶钦下车后一步三回头地跟他说了五六次拜拜。想到过几个小时又能见面，叶钦巴不得时间过得快一点再快一点，好回家跟哥哥一起过生日。

坐在休息室的镜子前化妆时，兜里手机一响，叶钦掏出来看，是程非池用老号码发来的短信：摸摸另一边口袋。

发件栏上久违的"哥哥"两个字让叶钦喉间一哽，仰起头深喘两口气才将生出的泪意憋回去。

放下手机去摸挂在椅子上的外套的另一边口袋，先是摸到滑溜溜的塑料纸，接着是塑料纸下圆圆的硬物，拿出来一看，叶钦再次怔住。

身后在给他打理头发的造型师看见他手里的东西，笑道：“棒棒糖？我看你这么瘦，还以为你平时不吃零食呢。”

叶钦盯着那六根一模一样的牛奶味棒棒糖，也弯起眼睛笑了：“这是生日礼物，一年一根。”

磨磨蹭蹭地吃完最后一根棒棒糖，首都的冬天悄然而至。

年末各行各业都忙，周封满大街乱窜抓小偷，廖逸方起早贪黑备课给学生补习，程非池更是忙得脚不沾地，首都、S 市两头跑，路上的一点时间也要用来见缝插针地批阅各个部门送上来的年终总结。

与他们比，叶钦反而是最清闲的那个，结束了一部小成本文艺电影的拍摄，又接了两档地方台综艺，都只作为其中一期的嘉宾，结束接下来的几场商演，年前他就没有其他工作了。

人一闲，就总想倒腾点什么事。

比如回学校念个书什么的。

某场商演的后台，叶钦拉着对升学考试最有发言权的宋翊，问他有没有什么好的建议，宋翊眨眨眼睛，迷茫道：“我上学的时候就是念书、做题然后通过各种考试啊，哥你都高中毕业多少年了，恐怕没法再参加高考了吧？”

两人的谈话被路过的贺函崧听见几句，他嗤笑叶钦白日做梦，二十好几了还想念大学，成人自考都过不了。

叶钦不跟他一般见识，回头给刘雨卿打了个电话请教此事，顺便请她吃饭，感谢她在剧组对自己的照顾。

刘雨卿出身演艺世家，关系稳定的圈内男友也是表演系科班毕业，听了叶钦的诉求后十分慎重地打电话向家人寻求意见，总结后告诉他，如果今后还想在演艺圈待着的话，不妨试试考艺术类院校，门槛相对较低，对以后的工作也有帮助。

晚上叶钦把首都电影学院的招生简章吃了个透，抱着可以试一试的想法，拍了一张发给程非池过目。

不到三分钟，身在S市的程非池就发来视频通话，接通后开门见山地问："想念大学？"

叶钦有些不好意思地点头："嗯啊，早就想了，最近不是闲着嘛，就研究了一下，觉得表演方向还挺合适……我也该学学演戏了，总不能一辈子本色出演女主角的弟弟吧。"

从前满脑子想着上C大，专业什么的压根没考虑过，也不知道自己喜欢什么想要什么，这会儿也算遵循内心找到目标了，现在缺的只有哥哥的认证和支持。

程非池那头稍有犹疑，正当叶钦以为他觉得自己不长进目标定得太低时，他说："一边工作一边念书，两者兼顾会很辛苦。"

叶钦松了口气，笑着说："辛苦什么啊，那会儿你不也是一边上学一边打工吗？既然你可以，我凭什么不行？"

程非池被他难得展露的自信感染，点头答应了，还说会帮他留意几所同类院校的招生信息，像他这种毕业多年想重返校园的情况最好多看几所学校，做几手准备。

此时已是晚上八点，程非池还在办公室，叶钦交代完后便体贴懂事地让他继续忙。

挂断视频之前，程非池忽然叫住他："有没有想过，以后要是红了怎么办？"

虽然对演艺圈不甚了解，但是光凭道听途说也能了解到，那些路人口中说得上名字的明星，无论是靠演技说话的实力派，还是靠粉丝捧高的偶像派，都是表面光鲜、背后辛酸，一年到头四处拍戏不着家，生活中的一切都要曝光在众人的眼皮底下，普通人可以尽情享受的感情生活对他们来说极有可能是阻碍事业发展的绊脚石。

叶钦一根筋，没弄清楚程非池的意思，怎么想的便怎么说了，拍着胸口豪迈道：“等我红了，哥哥就不用这么辛苦啦，待在家里歇着就好。”

程非池先是一愣，随即豁然开朗地笑了：“好。”

很快，叶钦便在各方朋友的协助下选定了方向，紧锣密鼓地开始为明年 2 月几大院校的面试做准备。

与此同时，程非池因为程欣病重退掉了回首都的机票，暂时留在 S 市的医院照顾母亲。

每年冬天都是程欣身体最虚弱的时候，今年也不例外，刚住院她就昏迷了三天两夜，整个人瘦了一圈，沉睡中都痛苦地皱着眉，像在经历一场劫难。

住院的第二周，程欣勉强靠着枕头坐起来，手还是抖得没法拿餐具，程非池便坐在床边，一勺一勺喂她吃。

偶尔神志清醒的时候，程欣也会同他说说话。大多是她一个人在说，从好好工作说到多去易家露脸，再扯到颜虹多好的一个女孩子他怎么就看不上，说累了喝两口水，望一会儿窗外的阳光，收回目光时多半浑浑噩噩地分不清过去和现在，拉住他的手念叨“给妈妈争口气”或者“出国吧，妈妈求你了”。

程非池体谅她身体虚弱精神不济，都用沉默应下了。

她偶尔也会无端地神经敏感，比如这天程非池刚跟叶钦通过电话，从外面走廊进到病房，程欣打起精神，拼命地睁大眼睛盯着他看，问他干什么去了。

“打电话。”程非池如实答道。

“和谁？”

程非池倒了杯水，递过去给她："您不是知道吗？"

程欣登时从床上坐起。

"和谁？谁？"程欣声音颤抖，咬牙切齿的表情在苍白脸色的映衬下尤为狰狞，"那个姓叶的小子？"

程非池没说话，拿起一旁的杯盖将茶杯盖上保温，又把因为剧烈的动作被掀开的被子掖好，被程欣一把抓住手也没吭声，由着她使劲攥着，骨肉都被捏得咯吱作响。

程欣发起疯来下手没个轻重，一个不小心摸到他手心的伤疤。那时至今日都没退去的疤，像是横在母子二人之间无法翻越的崇山峻岭，程欣在摸到的一刹那，脸色瞬间变得更加苍白，仓皇地将手松开。

程非池收回手，转身走到门边，拿起大衣边穿边说："我先走了，医生让您多休息。"停顿几秒，他又道，"哪天您心情稳定，我带他来看看您。"

呆坐许久的程欣这才有了点反应，撇嘴冷哼一声，道："看什么看，别以为为我摔断一条腿就能讨我喜欢，想让我感谢他，除非我死了。"

程非池抿了抿唇。他曾听过同样的话，可这一次，这番话似乎并没有对他造成什么影响。

其实程欣本人比谁都清楚，她说"不准"又有什么用，在这些年来一次又一次的以死相逼中，她的儿子早已与她渐行渐远，像断了线的风筝，再不会为她所控制。

小时候那个喊她"妈妈"，全身心依赖她、相信她的儿子再也不会回来了。

程欣忽然觉得累了，放松疲惫不堪的身体，松弛快要崩断的神经，敞开隐隐作痛的胸腔，深深吸进一口气。

她双眼半合，在这不到一分钟的短暂时间内，匆匆回顾了自己看似惊心动魄、实则除了阴暗丑陋再也找不出形容词可以描述的一生。

眼前的画面越翻越慢，最终定格在二十多年前的夏天。那时的她捧着毕业证书，怀揣着对未来无限的向往。那时的她还相信有情人终成眷属这句话，认为只要努力争取，一定可以把自己想要的东西、想要的人紧紧握在手中。

恍惚间意识剥离身体，缓慢地飘浮到空中，好像分裂成两个截然不同的人，两双眼睛隔空对视，一双灵动张扬，眉目含情，另一双饱经沧桑，行将就木。

从前的那个神采奕奕的程欣，居高临下地看着现在躺在病床上这个油尽灯枯的程欣，眼中尽是鄙夷和怜悯，仿佛在说——如果换作是我，定不会落到你如今这番下场。

程非池即将离去时，隐约听见程欣微弱颓败的声音从背后传来："如果当年的他，能跟你一样……你为什么跟他不一样？"

程非池定住脚步，几经思索，还是转过身，道："每个人都有选择的权利，也有为自己的选择负责到底的义务。我不是他，我也不可能跟他一样。"

元旦这天，从 S 市连夜赶回的程非池吃上了叶钦研究出的新菜——虎皮尖椒。

"怎么样？怎么样？"叶钦满脸期待地看着程非池一口咬下去，"这虾肉我手打的，打了二十分钟才让它上劲，口感有没有很 Q 弹？"

程非池嚼了两下，眉宇间挤出两道浅浅的褶皱。

叶钦心里一咯噔："怎么了，不好吃吗？"

吃完一个，程非池又夹起一个："虾肉口感很好。"把尖椒翻转过来："但是辣椒用错了，这是二荆条。"

叶钦没听过这个名词，拿出手机百度，照着图片跟盘子里的对比，丧气道："我说怎么这么细呢，都塞不下什么虾肉……摊主还骗我说这种拿来做虎皮尖椒正好。”

说话的工夫，程非池又吃了一个，评价道：“对我来说正好，对你来说太辣了，不宜多吃。”

叶钦破涕为笑：“没关系，你喜欢就好，我可以把虾肉剔出来吃。”

两人就着一盘菜各自吃了一碗白米饭，中途叶钦碗里被程非池塞了无数次剔出来的纯虾肉。

吃完叶钦摸着肚皮感叹先前一个多月的营养搭配白折腾了，一餐回到解放前。程非池安慰他说：“偶尔不合理的饮食结构会激发身体的内在潜能，加速新陈代谢。”

“真的？”

“嗯。”

叶钦对程非池的话向来深信不疑，当即乐颠颠地打豆浆去了。

打完豆浆回来叶钦围着沙发转悠，等程非池的视线从电脑屏幕上移开，赶紧抛出心中的疑问：“你从哪里听说二荆条这个名字的呀？我看百度上说是川菜必备。”

程非池说：“在国外上学的时候，班上有个来自S省的同学，每年都要从国内带一捆辣椒来，他给我们科普过，说这种细细长长的尖椒叫二荆条。”

“哦……”叶钦点头，“你们学校华人学生多吗？平时都吃什么，学什么，玩什么呀？”

程非池一一解答，末了问道：“对我们学校感兴趣？”

叶钦低头玩抱枕：“嗯啊，这不我也要念大学了嘛，有点好奇。”

这是借口，其实他只是对哥哥去过的地方、经历过的事感兴趣。

程非池却当了真，在脑中迅速把年后的工作安排过了一遍，说：“等今年夏天，带你去看看，顺便去热带岛屿。”

叶钦尖叫一声，把抱枕甩飞，一跃而起站到沙发上，意识到自己的反应太激烈，又慢吞吞放下腿坐回来，摆出“一切都听哥哥安排”的乖模样。

等到程非池关电脑，他才摇着他的胳膊声若蚊蚋地说：“夏天还有很久呢……在那之前，能不能先陪我去趟六中啊？”

时间定在2月14日，程非池二十六岁生日的后一天。

刚下飞机，程非池就直奔六中去了。

叶钦等在路边的银杏树下，见到人来了也笑不出来，头一扭噘着嘴巴走在前面，松掉的鞋带一甩一晃十分惹眼，程非池上前要帮他拿包他也摇头不肯，直到收到一根从口袋里拿出来的棒棒糖，脸色才有所缓和。

他不是生气，就是觉得时间不凑巧。春节没能在一起过也就罢了，昨天他在首都有工作，程非池偏偏也临时有事回了S市，生日都没能一起过，早就设想好的一系列庆生活动全都泡了汤。

生日生日，就是出生的当天，推迟一天过还有什么意思？

两人并排走在通往六中后门的小路上，叶钦看着手上的棒棒糖，忸怩道：“这次没事先约好，就算了，下一个生日，下下一个，再下下个，都要跟我一起过。”

“好。”程非池一口应下，并追加保证，“不跟你过是小狗。”

寒假尚未结束，六中后门的停车处空无一车。叶钦许久没回来这里，扶着外围的栏杆往里张望，因为进不去埋怨说当年要是弄了围栏就不会有那么多车被偷了。

程非池表示赞同：“当年要是有围栏，我的车胎恐怕也不会被某些人扎破了。”

哪怕知道他在逗自己玩，叶钦还是闹了个大红脸，徒劳争辩道：“那那那不是我扎的，是周封他们，我只是放哨……再说后来不是帮你擦车补偿了吗？”

虽然他是在威胁下勉为其难擦的，还委屈得险些掉下眼泪。

学生放假的日子，学校大门还是得有人看守。如今六中条件好了，后门改成了电动门，边上还建了个岗亭，保安大叔正坐在里面开着电暖气打瞌睡，被敲窗户的声音弄醒，老大不高兴地给窗户开了条缝："学校重地，禁止闲杂人等进入。"

程非池和叶钦一块儿喊了声"叔叔好"，他才睁开眼睛朝他们仔细一瞧，惊讶道："是你们俩啊。"

后门的保安大叔还是原来那位。当年两人因为补习功课总是走得很晚，好几次撞上这位保安大叔，有时候门都关上了，愣是靠叶钦死乞白赖地追着说好话，大叔才勉为其难地帮忙把门打开。

"我说你们两个小鬼……喀，现在不能叫小鬼了，你们两位校友，在念书的时候就成天给我找麻烦，每天逗留到最后走，还说什么在教室补习。"保安大叔边遥控电动门边吐槽。

叶钦伸着左脚，由着程非池帮他系鞋带，笑嘻嘻地说："就是在补习啊，我们认真着呢。"

保安大叔哧哧地笑，两撇小胡子吹得飞起，盯着他俩打量一会儿，又道："你们俩是兄弟吧？我看是，总见你们同进同出，恨不得穿一条裤子。"

这会儿叶钦对这称呼没那么抵触了，等程非池系完鞋带直起身，两人相视一笑。

从对方的眼神中，他们不约而同地明白了为什么总有人觉得他们像兄弟。因为两人足够了解对方，那种不需要言语的默契，任谁都无法忽视。

进到学校里面，叶钦就直奔小卖部。可惜的是由于还没开学，小卖部大门紧闭。

叶钦在窗户玻璃上哈了口热气，用手抹掉灰空出一块干净地，脸贴上去使劲往里瞧，眼睛瞪得发酸也没在柜台上找到牛奶味棒棒糖。

两人回到翻修过的操场上，叶钦还在念叨："怎么没有了呢？换老板所以不进货了吗……那你之前给我的棒棒糖是在哪里买的？"

程非池笑了笑："保密。"

叶钦白眼一翻："肯定是网购来的，还是咱们国内方便吧，什么东西都能在网上买到。"

叶钦把这次六中之行当作旅游，不知从哪里弄来的单反，举在手上走一路拍一路，操场上的升旗杆都不放过，自然更不会放过给哥哥拍照的机会。

程非池不知第几次回头，看见叶钦故意东瞧西望，耳朵尖还是红的，就知道自己又被偷拍了。

拍完又回教学楼走了一圈，现在的二（1）班和二（2）班依旧分布在两栋教学楼上，叶钦在中间的回廊上来回走了好几遍，拉着程非池到二（1）班前门第一扇窗户口往里面看。

"我第一次见你，就是在这儿。"叶钦侧身对着教室斜对角方向，指最后排位置，"那会儿你就趴在那儿睡觉，都不抬头看我一眼。"

程非池不知道这事，想来是他刚转到六中那段时间，在学习和打工之间没能找到平衡点，偶尔累了会在晚自习上补会儿觉。

"那你为什么不叫我？"程非池问。

叶钦撇嘴道："你们班太安静了，叫不出口。而且那会儿我以为你抢我朋友的女朋友，叫你干吗？"

程非池想了想，说："没抢。"

"知道你没抢。"叶钦故作不爽地翻了个白眼，"你那么受欢迎，根本用不着抢，全校女生都盯着你。"

天快黑的时候，两人告别帮他们开门的保安大叔，走回那条熟悉的小路上。

叽叽喳喳半个下午的叶钦不知怎么的，忽然不说话了。走到通往大路的拐角，程非池看见他捏了捏手中的背包肩带，就大概猜到他要干什么了。

果然，行至人行道上，叶钦打开背包拉链，手伸进去摸了半天，掏出一个方方正正的盒子。

他别扭地扭着脖子不看程非池的表情：“不是什么值钱的东西，你随便戴戴。”

程非池接了过来，打开盒子，里面是一块男式手表。他当即拿出来，将自己腕上戴着的那块换下，举着手腕换各种角度细看，笑着说：“一根棒棒糖换一块表，赚了。”

叶钦知道程非池缺这一块表，也是实在想不出还能送什么了，便从贴身物品中选了个相对合适的，花掉了还完债之后攒下的第一笔钱。

这会儿见程非池确实很喜欢的样子，叶钦心里悬着的石头终于放下，表面上还端着：“就是一个普通的礼物，以后等我红了，这种表一天换一块，一个月不重样。”

对于叶钦总惦记着把自己养在家里的事，程非池不置可否地笑笑，心想这样才像他认识的那个心比天高的小太阳。

两人信步，过了一个红灯，走到离叶钦曾经的家最近的那条路上，程非池明显察觉到叶钦再度变得沉默。

他应该是还有什么东西没拿出来。

虽说叶钦搬离这个家很久了，可每每走到这个地方，除了怀念过去，还是能让他产生一些身在别处时凭空产生不出来的勇气。

昏黄的路灯下，不知是谁先停下脚步，另一个人也跟着站定，耳边唯余车辆碾轧马路穿行而过的声音。

叶钦转身面向程非池，终于把藏了许久的玻璃罐拿了出来。

“生、生日礼物，哥哥生日快乐。”叶钦紧张得手抖声音也发颤，清了清嗓子，顺着刚才的话故作轻松道，“就是一个普通的生日礼物，你拿去随便玩玩。”

程非池就真的随便接了过去，打开瓶盖，拿出一颗星星放在手上把玩。

叶钦见他反应如此平淡，又不甘心，皱着眉问：“你就不能、不能表现得惊讶一点吗？”

程非池酝酿了一下，微微瞪大眼睛，半张开嘴“哇”了一声。

他天生理智多于感性，鲜少产生强烈的情绪起伏，装惊讶也是木着脸假到不能再假。叶钦不忍直视，有些丧气地垂下脑袋，自己给自己捧场：“哇……好棒哦。”

声音却是无精打采的，心里更是埋怨自己毛手毛脚，要是没漏一颗星星在外套口袋里，这会儿程非池说不定真的会大吃一惊呢。

程非池哪能不知道这家伙脑袋里在想什么。

为了维护叶钦的面子，他有许多事都睁一只眼闭一只眼假装不知道。比如他早就发现床底下用玻璃罩着的乐高机械组，还看见最下面压着的一沓整整齐齐的小测试卷。

再比如有一回听见隔壁房间有动静，他顺着声音从书柜抽屉里找到一台老式手机，打开右滑删除发出声音的广告推送，接着映入眼帘的，就是一张停留在界面上的自己的照片。

叶钦得偿所愿，晚上吃过饭，就抱着剧本开启好学生模式，安心准备下周首都电影学院的初试。

其中有一项是命题小品，叶钦台词功底不强，一人分饰两角总没法入戏，见程非池工作暂告一段落捧着本闲书在看，硬拉他跟自己对台词找找感觉。

是一段充满张力的感情戏，程非池拿起剧本看了两行就下意识蹙眉，踌躇约莫半分钟才僵硬地开口：“我借着爱的轻翼飞过园墙……”

“不对不对。”叶钦打断他，指了指剧本上的名字，“你念朱丽叶的部分。”

程非池抿唇片刻，调整好状态，读课文般地念道：“告诉我，你怎么会到这儿来，为什么到这儿来……要是他们瞧见了你，一定会把你杀死的。”

“我借着爱的轻翼飞过园墙，因为砖石的墙垣不能将爱情阻隔。”叶钦念到这里，抬起头俏皮地冲他眨了一下眼睛，“你的眼睛比他们二十柄刀剑还厉害，只要你用温柔的眼光看着我，他们就不能伤害我的身体……更不能伤害我的心。”

这天叶钦难得晚睡。

程非池将他盖在脸上的剧本拿开，把人扶起来送回房间的床上，看见床头放着的玻璃罐，拿起来坐在床边端详。

床上睡得正香的小家伙很聪明，知道他最在意什么、最想要什么，一件一件地用自己的方式补偿。虽然这聪明只是偶尔，多数时候傻乎乎的，却每次都能准确地戳中他埋藏在心底最深处、平时从未展露于人前的柔软。

这个小家伙一定不知道，这瓶星星之于他的意义远不是生日礼物那么简单。

当年他手捧这罐星星，茫然无措地走在漆黑的路上，有很长一段时间仿佛看不见周遭万物，唯有手心被这簇拥的星星照得发亮，亮得他挪不开眼睛。

六中附近有一座整点报时的钟楼，那天是他生日的第二天，悠扬的钟声响在耳边，敲了整整十二下，他看着手中的星星，一步一步向前走。

走着走着，他便忘记前方是哪里，甚至忘了自己是谁，肩负着什么必须完成的使命，他摒弃了所有扰乱心神的杂念，不管前方是悬崖峭壁还是深海沟渠，心中只有一个念头，那就是沉溺进去。

永远不会有人知道，六年前的2月15日的零点，他平生第一次摆脱桎梏行动的重重枷锁，扔掉如囹圄般将他困住的身不由己，推开了一扇陌生的门，踏入全新的世界。

既是一场冒险，也是一次新生。

门后面，是他在乏善可陈的生活中寻找到的一抹亮色，他迫切地想付出，更渴望拥有。

如果非要一个恰如其分的精确形容，他的人生是百分之九十九的循规蹈矩，叶钦就是那百分之一的桀骜叛逆。就是这看似不起眼的百分之一，构成了他冰冷乏味的生命中全部的心跳与热情。

程非池拧开瓶盖，拿出一颗星星放在手心，握拳将它攥在手里。

五天后的上午，叶钦从面试现场出来，门口聚集的一群人当中蹿出几个粉丝，上来就举着相机对着他猛拍，边拍边问他考得怎么样，有没有把握进复试。

叶钦挠了挠头："里头都是十七八岁的美女帅哥，我这年纪能当他们的叔叔……俗话说长江后浪推前浪，自信啊把握啊什么的还是留给他们吧。"

有个姑娘当即便劝他不要妄自菲薄："二十来岁怎么了？咱们钦钦有丰富的舞台经验和人生阅历，这就比他们高出一大截了，再说，想学新东西什么时候都不晚。"

听得叶钦臊得慌，他摆手道："不丰富，一点儿都不丰富，你们才厉害，我这样的都能闭眼瞎吹，改行去当讲师吧，说不定能用鼓励法拯救不少社会失足青年。”

姑娘们笑作一团，把叶钦送上车之前挥着手提醒他别忘了看今晚的他参演的一部剧的首播。

车子开到路上，叶钦才迟钝地想起来去年夏天拍的那部偶像剧貌似要开播了。

他掏出手机上网翻到预告片最终版，看了一遍便去浏览评论，热评前几位都是关于男女主角的讨论和“安利”，翻到下面出现几个关于其他配角的讨论。

有条评论问“这个穿校服的弟弟是不是去年评的那个什么少年感的第十名啊”，下面有十多条回复，几乎把叶钦的百度百科全给分段复制过来了，还附带几张添了八百层滤镜的硬照。

一点都不夸张，无论把照片放大还是缩小，一丁点毛孔都寻不到。叶钦自己看了都直打寒噤，觉得粉丝简直太厉害了，瞳孔自带的滤镜可能比这照片还要厚八百倍。

接到叶钦的电话时，程非池正在 S 市的酒店里督查巡视。

刚过完年，经历了一场忙碌假期的酒店行业终于可以稍微喘口气，休憩整顿准备迎接下一个入住高峰。

两个前台服务员到时间交班，一面聊着晚上要播出的电视剧一面往员工休息室走，抬头撞上迎面走来的程非池，当即收起笑容直起腰杆，摆出标准的迎客姿态恭敬地向他颔首示意，程非池点了点头，正颜厉色地从她们让出的道路间穿行而过。

待到人走远了，两个女生立刻放松下来，岔开刚才的话题继续交头接耳。

“咱们这个程总帅是真的帅，可他整天板着脸凶巴巴的，也不怕把女朋友吓跑？”

“你怎么知道是女朋友？”另一个服务员若有所思道，“不知道为什么，我总觉得程总私底下对他的爱人肯定不是这样，我之前听说他会做菜，上个月后厨菜品改革也是他亲自监督的。”

“啊——以后谁能成为他的另一半，也太令人羡慕了吧……”

另一边，叶钦对着电话打了个大喷嚏，捏着鼻子道：“今天又不能回首都？”

一个“又”字便足以昭示不满。程非池长了千里眼似的先让他把外套拉链拉上，接着道：“忙完这阵子就好，下个月都能待在首都。”

许是因为刚从全情投入的一场表演中撤离，叶钦整个人都有点飘，虚脱的那种飘，脑中经历了短暂的空白之后，就挤入了一些有的没的，开始不受控制地胡思乱想。他随便拢了拢衣襟，仰头靠在车座椅上，眼神涣散地望着灰白色的车顶，问程非池：“如果——我说如果——当时我没有遇到你，你会不会主动来找我？”

他说的是程非池刚回国的时候。

兴许是这些日子太开心了，开心到有些虚幻，他总是会想到重逢后初见的场景，时而宛如返回现场般羞耻难当，时而又觉得自己走运。世界那么大，娱乐圈那么复杂，能在那种地方遇到，完全算得上小概率事件。

这么想来，老天待他还算不薄。

可他仍旧害怕听到否定的答案。

于是当程非池刚要说什么，叶钦就反悔道：“我随便问问，谁找谁都一样。”

程非池便没有继续说。他察觉到叶钦情绪低落，转移话题道：“面试的情况怎么样？”

“就这样呗。”想到今晚又要独自在家，叶钦就提不起劲，“满屋子的少男少女嫩得跟水葱似的，我往里面一站，就是一棵昨日厨房用剩下的黄花菜。”

程非池道：“别这么说自己。这次不行还有下次，关键在于积累经验。”

叶钦挑眉：“你们当老板的不是只看结果，不看过程吗？”

程非池被他逗笑：“谁说的？”

“剧本里说的。”叶钦将视线掉转回手机屏幕，打开免提，给他念了几句预告里男主角的台词。

听着听着，程非池忽然想到什么，问：“今天你演的电视剧开播？”

叶钦有些意外：“是啊，你怎么知道？”

程非池没回答，边往酒店外面走边说：“念几句关于你的评价给我听听。”

叶钦就汇报工作似的翻了预告片下面的几条评论读给他听，大多是粉丝跑来“安利”的评论，好不容易找出一条有指导意义的，是说这个弟弟长得就不像农村孩子，浑身透着一股矜贵少爷的气质，看着有点出戏。

严格说起来长相和服化不在叶钦可以控制的范围内，但他觉得演员演什么就得像什么，难免有些沮丧。

程非池却给了他与评论相反的意见：“气质是一个人身上比相貌和身材还要显著的特征，没有必要为了任何人、任何事刻意去改。”

言语间依然有所保留，符合程非池这些年来越发根深蒂固的沉稳含蓄。

然而叶钦全听懂了。有些情感需要通过台词大声宣泄表达，而不同的人、不同的场合，总有许多无法用语言诉说的内容，需要台下的观众用心去感知。

程非池未曾宣之于口，却用行动明明白白说给他听的是——我和你不分彼此，在我面前，你不需要掩饰。

两个小时后，叶钦坐在机场候机大厅接郑悦月的电话。

“请假？又请假？我的祖宗你知不知道外面什么情况？微博上到处在发今年电影学院新生的照片，你也位列其中，这种时候不给我乖乖在家待着发自拍混脸熟，还到处跑？”

叶钦被连珠炮的一段话轰炸得耳朵疼，插上耳机调低音量，说：“最近工作好累，我和程非池约好了一起旅游，去外地换换心情。”

郑悦月没好气道：“你心情倒是好了，我的还一团糟呢。”

“我和他刚和好……”叶钦垂低脑袋，讷讷地说，“好不容易才和好，我想多做点事，对他再好一点。”

莫名其妙的一句话，却让郑悦月安静下来。

叶钦自出道以来便像戴了一张嬉皮笑脸的面具，极少在人前流露出真实情绪。尤其是刚出道那会儿被泼脏水后，叶钦浑身的棱角仿佛在一夜之间被磨平，懂事到不像那个年纪的小男孩。

因此冷不丁听到这样一个违抗安排的理由，郑悦月一时竟不知该做何反应。

半晌后，她叹了口气：“想去就去吧，捂严实点儿，别给人拍到。”

叶钦露在口罩外面的眼睛弯成两片月牙：“好的，谢谢月月姐。”

飞机准点起飞。

滑轮离开地面，展翅冲上云霄的那一刻，叶钦深吸一口气，清晰地感觉到自己的身体和灵魂正在与飞机一起脱离陆地的掌控。

或许失重的状况下身心放空，尤其适合思考，他忽然意识到两个小时前自己在电话里问程非池的问题有些好笑。

带着这样的想法回头倒推，那些盘踞在心中多日的乱七八糟的愁绪，尤其是关于无法消弭的隔阂的焦虑感，竟也变得无足轻重。

叶钦记得整理妈妈的遗物时，在她常看的那本书的扉页发现用钢笔写下的一行字——太在乎一个人，连呼吸都会变得勇敢。

况且他原本就不是个优柔寡断的人。

既然总要有人主动迈出一步，总要有人做出妥协，谁先谁后，是他还是我，又有什么分别?

往事可忆不可追，留给他们的时间过去一天便少一天，每分每秒都值得紧紧抓牢。

飞机在不断的起落中节节上升，叶钦闭上眼睛，将吸入肺腑的空气缓慢呼出。

他坐过很多次飞机，到过许多地方，在旅途中越多地看到天地宽阔，就越是明白自己的微不足道。

渺小如他，风一吹就四处飘摇，却在当下第一次对自己要前往的道路如此确信。

有你的地方，就是我要前往的方向。

你在哪里，我就落在哪里。

Extra Chapter

番外

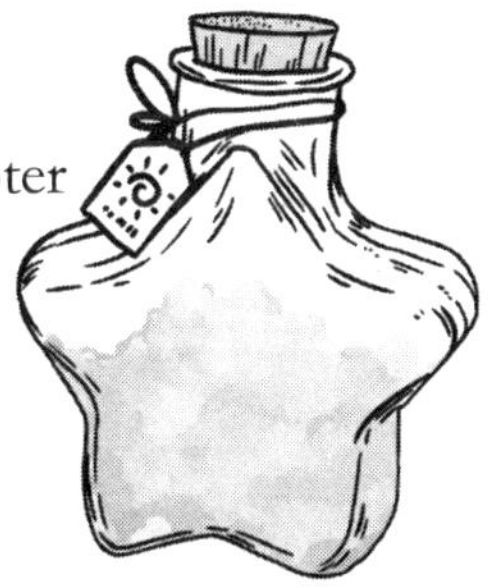

番外 1

第六年

（一）

那天，程非池从 S 市回到首都，借回去拿东西的名义，一个人在已经被清空的家里待了半个小时。

程非池在赶往机场的路上接到易铮的电话，他先以父亲的姿态关心几句，随后道：“要不是几年前爸爸捐款为你铺路，你是没法顺利报上那所学校的。到了那边摒弃杂念，好好念书，争取早些学成归来，别让你妈妈担心。”

简单的两句话，滴水不漏地道出言下之意——你现在得到的一切都仰仗我，不要忘了答应过我什么，从今天开始做你该做的事，不该惦记的就此放下。挂掉电话时，车正经过六中。今天是开学第一天，门口人来人往，透过大敞的铁门可以看到操场上的排着整齐队列的学生，应该是在举行开学典礼。

程非池只淡淡扫了一眼便移开目光。易铮的担心不无道理，但还是有些多余。他从来不是一个会缅怀过去的人，世界瞬息万变，生命亦然，他对自己做出的决定从没后悔过，更不可能回头。

第一年，程非池先上了半年语言班。

他出国匆忙，没有语言成绩，好在本身英语底子不错，从语言班结业之后正赶上秋季开学。

易铮给他的生活费数额不少，但他习惯节俭，没有选择 studio（单间公寓），而是跟几个同学合住一套 en-suit（多人套间）。

本地学生普遍爱热闹，经常站在门外就能听见里头的喧哗吵闹，尤其是周末，厨房派对一开就是整夜。于是程非池把一天中的大部分时间放在学校里，书包里背着笔记本，上完课就去图书馆继续学习，晚上才回去睡觉。

他独来独往，平时在宿舍里不见人影，也不参加各种形式的聚会，时间一长，便成了同学眼中的透明人。

他对此并无想法，换了个国家不过换了一门日常交流的语言，生活对他来说与以前没什么不同，他从来都不是一个害怕寂寞的人。

偶尔接到易晖的电话，反而会让他产生一种突然被拉回现实中的错觉。

比如这年平安夜前夕，学校和宿舍到处布满圣诞树和彩灯，易晖却在电话里说："今天是冬至哦，哥哥吃汤圆了吗？"

程非池这边已经是晚上，他愣了一下，翻书的手也停住，反应一会儿才说："没有，这里没有汤圆。"

"那饺子呢？妈妈说吃饺子也可以。"

"也没有。"

"啊……哥哥好可怜。"易晖遗憾道，"等哥哥回来，晖晖请哥哥吃汤圆和饺子！"

从教室回宿舍的路上，黑沉的天空忽有白雪落下，路上的几个华人学生惊喜万分地停下来拍照。在大多数人的眼中，没有什么比雪跟圣诞节更配了。

许是受他们影响，程非池驻足，看着雪花纷纷扬扬落在地上，耳边忽然响起一个声音，问他知不知道今天是什么日子。

清亮的嗓音，仿佛从山崖深处传来，合该像雪一样轻而柔软，却刺得程非池心口一阵绞痛。

他顶着越下越大的雪，抬脚便走，一刻都没有停留。

第二年，因为颜虹的出现，程非池的社交状态发生了些许变化。

起初他不明白这个女孩为什么整天缠着自己，教室、图书馆、宿舍楼，到处都能看见她的身影。直到接到母亲程欣打来的电话，让他多照顾颜虹，常跟颜虹走动亲近，并从易铮口中听到类似的话，他才明白其中的利害关系。

即便放在各种肤色人群聚集的学校里，颜虹也是引人注目的存在，良好的家世、活泼开朗的性格，使她周围从不缺乏追求者。

因为她的不舍追逐，原本在学校默默无闻的程非池开始备受关注。流言蜚语接踵而来，关于他是私生子的传言也是从那个时候开始在当地华人留学生中广为流传。

原先只敢背后指指点点，在易铮的原配夫人第二次正大光明来到学校“探望”之后，所有人都知道了程非池的身份，于是再没人忌讳，光是当着面的嘲讽和排挤，程非池就受过四五次。

程欣经常打来电话询问他的学习和生活，有那么多机会，程非池却从来没把这件事告诉她。首先是觉得没必要，这种事他从小到大经历过许多，早就能够做到面不改色地左耳进右耳出。

况且，他们说的都是实话，他没有理由反驳。

程非池曾借此拒绝过颜虹，让她在周围真正的豪门公子中做选择，颜虹不答应，三番五次地来找他。

这股不服输的劲儿，差点让程非池想起另一个人。

不过这个念头尚未在脑中成形，他就人为地转移目标，阻止自己想起。

他仍旧拒绝了颜虹。

第三年，程非池为提前读研赶课业，忙到每天只有四五个小时的睡眠时间。

程欣的身体每况愈下，尤其是冬天，从电话里都能听出她声音虚弱，精神萎靡。

这年，程非池参加的唯一一场娱乐活动是在所在州举行的乐高大赛。

住在他隔壁的室友来自S省，圣诞节回了趟国，带回半行李箱辣椒，硬塞给他一捆，说这叫二荆条，拿来烧鸡、烧鸭、烧兔子都好吃。

他用来煮了一条鱼，香味把大半个宿舍的同学招了过来，大家围坐在桌边你一筷我一勺，聊着聊着就说到下个月的乐高大赛，被众人围着左一句右一句地怂恿，平时几乎不参加集体活动的程非池碍于面子终是点了头。

在比赛现场偶遇故人。那个叫赵跃的看见他还上前打招呼，见他反应冷淡并无聊天的意思，自觉无趣，悻悻地走了。

开始搭建作品时，程非池才知道他们想用自己曾经做过的那个机械组方案，他当即便拒绝了。

“送人了那也是你做的呀，你是这个方案的权利人。”其中一个同学劝道，“拿来参加比赛而已，没人会知道的。”

程非池仍是拒绝。

“既然已经送给他了，那这个方案就独属他。”程非池的目光始终落在方案图上，“他的东西，我没有权利私自收回。”

第四年，程非池开始读研。

某天晚上接到来自看护程欣的保姆的电话：“你能回来看看吗？你母亲病得很重，做梦都在叫你的名字。”

程非池挂了电话就开电脑订机票，每次都在付款时卡壳，反复显示余额不足。他拿着卡去自动取款机上刷，同样没办法取钱，包括他之前做兼职攒下存入的钱全都被冻结了。

给易铮打电话、留短信，一整晚都没收到回复，程非池隐隐猜到这可能是谁搞的鬼，可他等不及，怕程欣真有个三长两短，无奈之下只得向同学借钱。

时间不凑巧，与他相熟的几个趁假期相约去周边国家旅游，短时间内联系不上，程非池辗转向隔壁宿舍的华人学生借钱，承诺回来之后立刻还上。

那男生没拒绝，皮笑肉不笑地让他在门口等一会儿，不多时屋里就传来嬉笑声，程非池囫囵听了几句，大概是在嘲讽他。

他没有生气，也没有辩驳，由着他们笑够了吊儿郎当地拿钱出来，他在一屋子人等看笑话的眼神中礼貌地对他们说“谢谢”。

匆忙回国，躺在病床上的程欣看到他既意外又慌张，问他回来干什么，让他赶紧回去读书，千万不要让易铮知道。

见母亲没事，程非池松了口气。刚从十几个小时的长途飞机上下来，又在程欣的催促下返回机场，被欺骗、被冻结银行卡的事也无力追究。

路上透过车窗看阔别三年多的祖国，可惜S市的街道建筑与首都诸多不同，无法令他产生亲近感，他随便看了几眼便收回视线。

没想到会在公交车的电视屏幕上看到那个人。

他的出现总是这么毫无征兆，程非池有心回避都来不及。

那张明媚的笑脸出现在广告里，摆出别扭的姿势，说着尴尬的台词。程非池下意识想看别处，却又不知出于什么心理强迫自己直视屏幕，像在借此证明自己的不在意。

广告结束，他才扭头继续看向窗外。

这次他目不转睛，神情专注，像要把沿途风景统统刻在脑海里，借此将其他东西驱赶出去。

第五年是最忙碌的一年。

无穷无尽的论文、报告、研讨会，程非池想尽快通过测评结业回国，四年前刚踏上这片土地，他给自己的时间就是不多不少的五年。

颜虹闹着要跟他一起回国，为此还放弃了读研的机会。程非池不赞同，她满不在乎地说："我读那么多书也没用，家业不由我继承，就让我偷懒好了。"

这一举动更是让周围的人都坐实了他们俩是一对，程非池解释不通，索性沉默以对，等他们嚼碎舌根也挖不出别的东西，自然会因为无聊而放弃。

人一旦忙碌起来，就无暇顾及周遭其他，程非池喜欢这种状态，可以全身心投入学习中去。

毕业前夕，不知是谁在学校散布谣言，说他私生子的身份也是假的，易家根本不认他，不然怎么可能他到现在还姓程。

周围与他交好的本就不多，就算他本人从未在公开场合表明过自己的身份，如今这件事一传十十传百，没有也变成有了。一时间"程非池假冒易家少爷"的事传得沸沸扬扬，一半人觉得他可怜，另一半则落井下石笑他虚荣。

恨他的无非那几个人，他本不打算理会，奈何这事竟传到他的导师耳朵里。导师潜心学术，最是不喜学生矫饰伪行，当即便退回他的论文，板着脸让他先纠正好自己的品行再想毕业的事。

程非池这些年忙于学业，越发沉默寡言，除了在课上必要的交流，他甚至可以一整天都不说一句话。

可那天他破天荒地说了许多，家里的事一个字没提，而是把自己刚写的论文的观点向导师从头至尾陈述了一遍，起初导师想打断他，奈何插不进嘴，只好坐着听他讲完。

程非池学习态度端正，论文从不东拼西凑应付了事，导师渐渐听了进去，听完后沉吟片刻，主动为刚才不了解事实就妄下论断的态度向他道了歉。

末了，导师为缓和气氛开玩笑问他干吗着急回国。

程非池恍了一下神，眼前浮现一张许久未曾记起的面孔。

不过只短短一瞬，短到画面没来得及传递到中枢神经就被打散。

程非池低垂眼帘，拿出用过许多次的理由："家中有生病的母亲。"

经历数次跌宕起伏，程非池终于在迈入第六年的夏天顺利毕业。

程非池没有回首都，直接前往 S 市，接手易铮交给他的工作。

这是他们五年前定下的约定，易铮供他出国读书，他帮忙管理家里的企业。

国内媒体嗅觉灵敏，程非池回来不久就被人暗中跟踪拍下并四散到网上，老百姓们闲来无事就爱看娱乐圈异闻或窥探豪门逸事，集团公关部有项硬性任务，便是在看到这种疑似造谣的内容时及时处理。

有一回因为拿不定主意，公关部将内容上报，程非池看了一眼，这回传播谣言的竟是首都第六中学的校园论坛。

在六中念书的时候，他从未上过这个论坛，对它仅有的认识也来源于叶钦。

程非池对自己能坦然地想起这个名字而感到惊讶，他以为自己藏得很深，就算哪天偶然提及，心中也不会再起波澜。

他随便翻了一遍那个帖子，上面贴了他在酒店巡查时的照片，其中两张颜虹不慎入镜。不用看也知道评论在揣测什么，程非池关闭页面，对助理道："只是一个访客稀少的校园论坛，不用管它。"

又处理了几条微博上散布的信息，给公关部划了今后处理相关问题的界限，助理拿起文件准备走，程非池叫住她，问："如果当了明星的话……我是说演员或者歌手，微博上都能看到吗？"

女助理刚跟这个从国外回来的新上司不到半个月，对他的行事作风不甚了解，稍加思索后给了个保守回答："是的，一般艺人都会开通自己的微博，您在里面搜索该艺人的名字，就可以关注他的日常动态。"

助理走后，程非池拿起手机，点进刚退出去不久的微博，拇指悬在屏幕上良久，终究没往搜索框里打字。

在后来不长不短的一段时间里，程非池一直处于这种跋前疐后的状态。

与叶钦的重逢既在他意料之外，却又让他莫名觉得这一切都是理所当然。

他将周围的一切冻结成冰，在一座渺无人烟的孤岛上待了整整五年。他以为自己会永远这样下去，可自见到叶钦的第一面起，所有不该出现在他身上的矛盾和挣扎潮水般倾闸而出，顷刻间淹没荒岛，像要把五年里缺失的一次性补个够本。

那天的电梯事故将他们困在一个狭小逼仄的空间里，叶钦强忍眼泪，将重逢后的几次碰面的理由逐一向他解释。

阴冷黑暗的一隅，程非池也同样在细数平稳行驶的列车再次偏离轨道的过程。

第一次，他刚踏入包厢就看见了叶钦。

歌声响起时，即便他没在看，也能一下子将叶钦的声音与其他两人区分开。

后来有人中途离场，叶钦坐到他身边，他好几次瞥见叶钦拿杯子喝水的手在打战。尤其当桌上有人问起左撇子的事，叶钦按着杯壁的指腹因为用力变成青白色，紧接着一口水差点呛着，捂着嘴侧身一顿猛咳。

程非池以为自己并不在意，散席后离开的步伐稳健如初，却在临上车时发现手机没带在身上。

他做事向来有条不紊，从不丢三落四，转身返回包厢时，刻意忽略了助理讶异的表情，对自己说这只是个意外。

第二次，程欣从轮椅上起身时不慎跌了一跤，刚上任不久的新保姆给他打电话，他放下工作赶了过去，就近选了离住处不到两公里的公立医院。

碰到叶钦的时候，他正在取X光片的机器前排队。救护车停在门口，医生、护士手忙脚乱地推着急救病人往里面跑，叶钦傻愣愣地站在那里看了一会儿才往后退，被自己没系好的鞋带绊了个结实。

扶他一把完全出于程非池的本能，之后与叶钦的寒暄也是礼貌之举，听说他因为滑冰摔伤尾椎，程非池原想问他怎么一个人来医院，话到嘴边方觉不合时宜，最后用一个“嗯”字代替。

第三次，恰逢程非池带母亲回首都，探望过外公、外婆，刚把旧手机卡安上，电话铃声骤然响起。

即便没有存那个号码，他也依旧在一秒内对这串号码的归属做出反应。他曾经对这个号码置之不理，后来在叶钦的再三要求下才改掉不接电话和不及时回短信的“毛病”，将这个电话接起完全是他下意识的举动。

只是没想到他会听到哭声。

他可以确定叶钦在哭，叶钦爱面子，哭的时候从不发出声音，只能从呼吸的频率和说话时的气音来判断。

如果光凭急促的呼吸还不足以证明，那句哽咽的“我好想你啊哥哥”不仅坐实了他在哭，更是化作一只攥住心脏的手，弄得程非池心神震动，久久无法回神。

谁知叶钦来的时候兵荒马乱，走的时候却悄无声息，只留下一张语气生分客气的字条，以及为了防止它被风吹走而压上的一瓶花露水。

（二）

从此以后，每一次的相遇对于程非池来说都是一幕急转直下的戏剧。

第四次他动了怒，原因他自己都琢磨不透。

或许是因为看到叶钦从汤崇的包厢里出来，或许是因为他看到自己时回避的目光，又或许是因为在车上他小心翼翼的态度，还有从口袋里掏出来的化妆品。

程非池发现自己也有无理取闹的时候，他为这个认知感到无措，他不想被支配、被左右，只得抿唇不语，压制这股没有来由也无处排遣的心神不宁。

一个人独处久了，难免会故步自封，甚至变得刚愎自用。

程非池原以为那古怪的躁乱情绪会在时间的推移中蒸发，孰料非但没有消失，反而在他看不见的地方越积越厚，终于在叶钦口中的“第五次”时，被一根尖利的针戳破，发出惊天动地的爆炸声。

他失控了，他看不见自己的表情，但是他知道一定暴戾可恶，不然不会把叶钦吓到眼眶泛红。他所有的从容和镇定在那一刻被撕得粉碎，醉酒都无法当作借口掩饰、伪装。

有那么几秒钟，他甚至将自己失控的原因归咎到叶钦身上。

后来他终于意识到，他根本没有自己认为的那样宽容大度，越是在意就越发怨恨，而恨意就像毒品，让人变得非常丑陋。

在那场游戏中，他渴望倾心相待获得回报，渴望阳光照亮自己阴冷潮湿的躯壳。

他的付出从来就不是无私的，他也从来都不想成为别人眼中的特立独行，就像他不喜欢私生子、学霸之类的标签。

就像他拼命从叶钦身上汲取阳光，只是为了做一个有温度、有心跳的普通人。

第六年的尾声，因为某个小家伙经常忘带钥匙蹲在门口挨冻，程非池亲自上阵，将家里的普通门锁换成指纹锁。

叶钦动手能力一般，叠星星已经是他的极限，全程几乎没帮上忙，捧着工具箱站在一旁待命。

新锁孔位与旧锁不一样，装起来有些费力。为节省时间，装完外侧的面板后，叶钦先去设置密码，站在门外嘀嘀嘀地按，时不时探头进来看程非池装得怎么样了。

照着说明书来到进行不下去的步骤，叶钦双手扒着门框，露出圆溜溜的两只眼睛："密码……密码设什么呀？"

程非池在拧螺丝，没抬头："随便。"

叶钦把脑袋缩回去，半晌后，隔着门板声音低微地说："那……0215好不好？"

程非池掀了下眼皮，回答："好。"

锁装好了，叶钦自告奋勇第一个测试，让程非池在屋里把门锁上，看自己能不能顺利进来。

门即将关上的时候，站在门外的叶钦忽然抬手抵住门板："等一下。"

程非池从门缝里和他对望："怎么了？"

叶钦挣扎许久，还是觉得非说不可，仰着头巴巴地看着他，眼中似有水光闪烁："要是、要是打不开，哥哥要给我开门啊……别不让我进来。”

程非池先是怔住，随即笑着点头：“好，给你开。”

除了分开的那五年，叶钦不知道的事情还有很多。

比如不知道 0215 的意义，傻乎乎地赋予这个日期其他含义，还自作主张地用这串数字来警醒自己。

比如不知道自己哭得很丑的那天，程非池其实开了房门，在他蹲过的那块地方从夜深人静一直站到晨光熹微。

再比如，他以为当年程非池离开的时候将他从心里彻底刨除丢弃，直到不久前，那扇紧闭的大门才在他的死缠烂打下敞开一条缝隙。

殊不知根本不需要谁来开门。他像一株拔除不去的树苗，又像乌云盖不住的太阳，以各种形式留在这方独属于他的小世界里，从来没有离开过。

番外 2

我愿意

（一）

这年秋天，叶钦动了个小手术，把左腿用来固定的钢板拆了。

程非池二话不说先给他安排了半个月的单人病房，断腿的时候没住的院这次全补上了。从手术室里出来之后，叶钦就过上了吃饱睡睡够吃的生活，不到一星期，就觉得自己胖了一圈。

伤在腿上，按理说不能大幅度活动，叶钦就在有限时间里见缝插针地下床溜达。

有一回趴在窗户前晒太阳吹风，听见脚步声立马猴一样蹿上病床，程非池推开门的时候他还在喘，问他干什么了，他从枕头底下掏出剧本："背台词呢，吵架的台词，特激烈。"

程非池放下东西，伸手去接："我看看有多激烈。"

叶钦硬着头皮把剧本递给他，程非池作势翻了翻，不知看到了什么，勾起唇角意味不明地笑了一下："嗯，是挺激烈的。"

叶钦拿回来一看，页面停留在男二号热烈追求女主角又是送花又是送早餐的情节，他不由得臊得脸颊发烫，忸怩道："这是演戏，不是真的追。"

程非池面上笑意更浓，转身回来揉了揉叶钦被风吹乱的头发："知道了。好好休息，别到处乱跑。"

叶钦觉得自己在程非池眼中说不定就是只猴，用途就是逗他笑，从前是这样，现在仍然如此。

尤其是回想起当年两人一起去看电影，那么搞笑的电影都没能把他逗笑，还没自己随便说的一句话好使。想到这里叶钦心中既高兴又复杂，高兴的是自己的独一无二，复杂的是自己的言行举止背后的意义都被程非池看得透彻了。

虽然也没什么不好，可能是最近太闲了，他没事瞎琢磨一番，就觉得有点亏。

因为他从来都看不透程非池在想什么，除非程非池愿意直白表露。

比方说最近一周，程非池明显比前阵子忙，在病房待一会儿就要走，也不留宿了，问他干吗去他就说有工作。

叶钦又不是傻，大晚上能去哪里工作?

昨天干脆没来，吩咐助理来送骨头汤，叶钦旁敲侧击地问，助理姐姐守口如瓶：“程总工作以外的动向不在我负责的范围内。”

叶钦面上笑嘻嘻应了，回头眯起眼睛想，果然没在工作，果然有事瞒着我!

第二天程非池来了，仍旧是坐了一会儿就要走。叶钦坐在床上目送他离开，在心里默数十秒，“噌”地跳下床摸出去，蹑手蹑脚地跟在程非池后面下楼梯，拐弯，再拐弯，然后……看着他进了对面的住院楼。

等到确定程非池离开医院，叶钦返回他刚进过的那间病房，两名护士正推着装满药品的小车出来。

站在门口张望里面的情形，同样是一间单人病房，床边架着的呼吸机和心率仪昭示着病人状况不佳，盖着被子也看得出在病痛的折磨下整个人形销骨立。

那人被护士叫醒稍稍侧过脸，叶钦看见那张脸瞳孔微张。

没想到不过半年没见，程欣就成了这副样子。

这会儿看见程欣奄奄一息地躺在病床上，叶钦顿觉惭愧。程非池那么忙，还要照顾两个病人，已经够累了，还是不要给他再添麻烦了。

叶钦回到病房跟程非池通了视频。程非池正在赶往一个无法推托的应酬的路上，郑重地就最近几天忙得没空陪他的事道了歉，说等过阵子空闲下来就带他出去玩。

叶钦简直不知道该说什么能让他不要如此在意自己的感受，挂掉视频后盯着天花板发呆半晌，回过神之后给周封拨了个电话。

“学霸的妈妈跟你在同一家医院住院？那你于情于理也该去看看啊。”

叶钦愁道：“可是我跟她关系不太好，一见面就硝烟弥漫、剑拔弩张的……万一她看到我，生气了影响身体怎么办？”

“你不是说她病得很重，眼睛都睁不开了吗？”周封出主意道，“悄悄去看，放下东西就走，让人知道你去过就行。”

叶钦觉得这招还凑合，第二天在网上订了花和果篮，又让周封选了几盒营养品送来，下午披了件外套就拎着大包小包去隔壁住院楼探病了。

他小算盘打得啪啪响，这个点住院部最是安静，护士忙着交班，病人都在休息，他甚至可能不需要跟程欣照面。

谁知推门进去一看，呼吸机不知道什么时候撤了，程欣正倚靠在床头捧着本书在看，听见门口的动静抬头望过来，与叶钦脸对脸碰个正着。

叶钦一下子蒙了，站在那儿进去也不是，退后也不是。倒是程欣瞟了一眼他手里的东西，摆出待客的姿态：“进来吧。”

起初的半个小时，谁都没说话。程欣捧着书继续看，叶钦坐不住，拿了个苹果洗洗削皮。

他不擅长干这个，好好的苹果削得坑坑洼洼，自己都看不下去，扔在盘子里不管了，又洗了两个新的放在床头。

叶钦下意识地大气也不敢出，腰杆挺得笔直，时刻等待长辈耳提面命。

又过去几分钟，程欣把书合上。她气若游丝，声音有气无力，出口的话却仍旧咄咄逼人：“你今天来，是不是想看我什么时候死？”

叶钦心下一惊，看着她是个病人，拼命让自己神色从容：“不是。您是我的长辈，我只是来探病而已。”

程欣扯开嘴角，笑得惨淡而勉强。她说：“你们都想我死，我知道的。”

叶钦察觉到今天的程欣与从前不大一样，不光收敛了锋芒，变得没那么充满攻击性，而且整个人都透露着一种对生活和生命的疲倦，好像现在把世界上最好的东西放在她眼前，她也不愿伸手去拿。

因此叶钦更要字斟句酌，生怕哪个词用得不对，再给脆弱如斯的她造成伤害。

即便如此，他还是持反对意见：“不是的，至少程非池一定不是。”他很少直呼程非池的全名，自己都觉得别扭，稍停片刻，调整语气后接着说，“您是他的母亲，您生病了，他是最难受的。”

程欣眼中似有诧异闪过，随即闭上眼睛，脖子倚在靠枕上，扭头面朝窗户。

这状态分明是在下逐客令，叶钦站起身，想了想还是决定把话说完：“其实您都知道，您只是不想承认，他宁愿伤害自己都不愿意伤害您，这就足以说明您在他心中的分量。希望您保重身体，哪怕看在他这些年如此辛苦的份儿上……”

（二）

愿望终归只是人类的一厢情愿，命运从未给任何人额外的机会。

程欣没能熬过这年冬天，在一个雾气朦胧的早晨去世了。

葬礼由程非池一手操办，易铮第二天下午才露面，为的是躲开程家的人。谁知程非池的外公、外婆整晚都没离开灵堂，看见他就冲上去捶打，发泄般地喊着“还我女儿”，闹了一阵又颓然放弃了，无助地掩面而泣。

他们知道这样做没用，再怎么打再怎么闹，女儿也不可能回来了。

等程非池把两位老人安抚好送回家，已是两天后。叶钦早早地推了工作在家里等他，见他回来就跟在后面，问他要不要吃饭、要不要喝茶，腰酸不酸、腿疼不疼、要不要坐下给按按。

“不用。”程非池一概回绝了，把身上的黑色外套脱下，脸上除了疲累没什么多余的表情，“晚饭你自己吃，我想睡一会儿。”

因为是公众人物，叶钦没去参加葬礼。他自觉没帮上什么忙，只好把心思花在别处，买了菜炖了汤，还准备了一肚子暖心话想说给哥哥听，想让他别伤心。结果都没派上用场，程非池不想吃饭，看起来也没有特别难过，并不需要他安慰。

叶钦一个人敷衍了事地吃了几口饭，洗完澡原打算去自己房间睡，不打扰程非池休息，奈何翻来覆去睡不着，心里突突直跳总觉得不安定，半夜又蹑手蹑脚回到主卧，搬了张椅子坐在床边，看着程非池的睡颜，撑着下巴打起盹来。

次日程非池醒来，一眼就看见歪靠在床边睡着了的叶钦。

翻个身就把身边的人弄醒了，叶钦眼睛还没完全睁开，先一把抓住程非池的胳膊，紧张道："去哪儿？"

程非池："卫生间。"

叶钦讷讷地松开手。

等程非池从卫生间里出来，叶钦还门神一样地杵在门口，困得东倒西歪脑袋险些磕墙上，听见开门声忙擦了一把嘴角的口水，强打精神问他早上想吃点什么。

兴许是这几天累坏了，突然的放松让程非池有些无所适从。他还是没胃口，喝了碗米粥就躺沙发上休息。

叶钦嘴上说着"我也没睡够想再睡会儿"，跟他一块儿坐到沙发上之后，从抱枕底下摸出一本绘本，当作睡前故事像模像样地念了起来。

程非池爱看书，有时候晚上叶钦也跟他一起看。

为了避免看睡着，叶钦特地买了一沓图文并茂的绘本摆在书架上，和程非池那堆专业书放在一起，给沉闷的书架增添不少亮色。

今天拿的这本叫《爱心树》，绿皮封面上画着一个小人和一棵树，内页是黑白简笔画配简单易懂的文字。叶钦念了几页就觉得不对劲，合上说要去换一本，被程非池拉住了。

"我来念。"程非池说，"你躺着听。"

叶钦脑袋一挨枕头就犯困，起初还时不时"嗯"一声，程非池念着念着，他就渐渐不吱声了。很快，空气中除了刻意压低的读书声，只余一道缓慢平稳的呼吸声。

念完合上书，程非池看见书背后写着的"3～6周岁儿童文学"，无奈地把书放下。

扭头给叶钦掖被子时，程非池发现他眼眶泛红，睫毛上凝着一滴未干的泪。

再次醒来已是中午。

起床换衣服的时候，程非池还想着有没有必要再跟叶钦解释一遍，让他知道这个伤口跟他无关。推开房门出去，程非池就看见叶钦小蜜蜂一样地在厨房和客厅转来转去，不一会儿就上了一桌子菜，碗筷都摆好了，随时可以开饭。

刚坐下，叶钦猛一拍脑门："这个时候不能吃荤菜吧？我我我赶紧撤了撤了，你就当没看见。"

说着他就站起来要收拾，被程非池按住手腕："放着吧，不用撤。"

这顿饭吃得格外安静。

叶钦恼恨自己嘴笨口拙，哪壶不开提哪壶，觉得还是少说话为妙。程非池却是专心品尝，并且十分给大厨面子，一次都没皱眉。

吃完叶钦主动去削水果，因为技术太烂，用刨子也能削得果皮四处乱飞，他蹲在垃圾桶跟前屏气凝神，拿着一个苹果比对待高考试卷还要专注，以至程非池说话的时候，他一时没能听清。

"什么？"他侧过耳朵问。

程非池就在离他不到五米的客厅里，语调平稳地说："我没事，你不用这么紧张。"

叶钦还是很紧张，手哆嗦了一下，削掉一大块果肉。

以为他切到手，程非池忙上前查看，见他没事，松了口气，把苹果接过来自己削。

叶钦蹲在旁边看，发了会儿呆，听见程非池问："快到你妈妈的忌日了吧？"

"啊？"叶钦愣了一下，似是没想到他会突然问这个，掰手指算了一下时间，"是、是啊。"

程非池擅长做家务，苹果皮削成整条没断。

"到时候，我和你一起去。"

声音也是平淡的，仿佛理所当然。叶钦喉咙不住地发颤，竭力控制住自己，只点了一下头，用再寻常不过的语气回答：“欸，好。”

接下来便是安排时间了。

叶钦自从考上首都电影学院，推掉不少拍摄邀约，尽量不缺席任何一堂专业课，由此改变了不少路人对他固有的花瓶印象。今年接的两部戏虽然没混到主角，但也上了以严苛著名的大导演的戏，加上已经播出的一部电视剧，叶钦在里面的演技收获不少好评，整个人的定位正处在从偶像派往实力派转型的路上。

就是实在有点忙，两人在各自的岗位上安排半天，才把时间对上。

（三）

这年初夏，两人一起上山扫墓。

程非池放下花束，祭拜过后便把空间留给叶钦，让他跟去世的母亲多说说话。

叶钦其实也没什么好说的，平时他想什么都在心里对妈妈说过了。这次除了告诉她叶锦祥下半年就要出狱了，只剩下把程非池正式介绍给她认识这一件事。

“妈妈，不知道你还记不记得，你以前接过他电话的。他当时在我隔壁班，尖子生班的佼佼者，成绩特别好，年年拿奖学金，还拿过理化奥赛一等奖，大学在国外念的，回来就管理公司。做饭也很好吃，还会修车，那会儿我自行车轮胎给扎了就是他帮我修的。”叶钦肚子里有一万句话可以用来夸程非池，险些刹不住车，末了强行拉回重点，尽量简洁地介绍道，“他叫程非池，‘非池中之物’那个‘非池’……人如其名。”

叶钦举起手链道：“不过妈妈你放心，虽然现在我还住着他的房子，但是以后我一定能自己买得起大房子。”

说到这里，叶钦不禁嫌弃自己幼稚，慢吞吞地放下手，视线定在墓碑的照片上，想了想还是把心里的话说了："他特别好，对我也特别好，我做了那么多坏事，他都没生我的气，所以，所以我也要对他好，特别特别好才行。妈妈你觉得好不好？"

下山的时候，叶钦的情绪还很低落。

"我觉得我妈妈生气了。"走到半路上，叶钦闷声闷气地说，"她在的时候我不听话，现在我稍微懂事点了，她却不在了。她一定生我的气了，气我为什么不早点懂事。"

程非池不了解罗秋绫，无法中肯客观地对这个想法做解读，只觉得叶钦有点钻牛角尖，问他："这个很重要吗？"

"当然。"叶钦抬头看他，"妈妈是这世界上唯一对我好的人，不管她去了哪里。"

说完看见程非池眼中闪过一丝错愕，还没意识到哪里有问题，叶钦就听见他淡淡地说："我也会对你好。"

因为不小心说错话，接下来的山路上，叶钦大气都没敢出一声。

他越想越觉得自己刚才没过脑子的话特别混账，还说要对人家好呢，回头就把人家当成外人了，换作他也要生气。

可他真的只是随口一说，刚才脑子一时没转过来弯，才将两者区别对待了。

叶钦从当年得到的好处中深知适当示弱的作用，更明白了犯错不可怕，知错能改就是好孩子的道理。

于是回到家刚关上门，他就立刻示弱服软："哥哥我错了，我不是那个意思，你知道的，我不是那个意思。"

软糯糯的声音响在耳畔，程非池心里纵有再大的火也给浇灭了。

何况他根本没生气，只是有点郁闷。

他轻叹一口气，说：“我们……”

叶钦这会儿反应极快，忙接话道：“对，我们住在一起，也是彼此的亲人。”

程非池简直要被他逗笑：“小笨蛋。”

叶钦确实是个小笨蛋，程非池说什么他就信什么。

不过若是追究起来，程非池也觉得促使他提出一起去扫墓的真正理由确实称得上冲动，完全不符合他平常筹备好一切再行动的做事风格。

彼时程欣刚离世，他的心像被挖去一块，无论用什么都填补不了这处空洞。或许那就是亲人离开的感觉，令人麻木、空茫又不知所措。

叶钦为他做的他都看在眼里，可他那时候自顾不暇，能在叶钦面前保持理智不做出失态的举动已经是极限。

——直到他看见叶钦的眼泪。

绘本上的故事象征母亲无私的付出，程非池读完并没有产生特别深的感触，程欣给他的一切都是有目的且需要回报的。可叶钦不一样，他的母亲善良亲切，一定像那书上的那样，将最好的一切都给了唯一的孩子。

程非池当时就在想，自己尚且如此，叶钦的母亲去世时，身边无人陪伴的他该有多难过。

提出一起去扫墓的时候，程非池的想法很简单——给叶钦一个有亲人的真正的家。

现在想来，他又何尝不是想给自己一个家呢?

叶钦还在耳边不满地咕哝：“我不是笨蛋，我聪明着呢……下部戏我就演颜值与智商并存的年轻教授。”

“不追人了？”

“追还是要追的……那是演戏嘛，假的，都是假的。”

程非池弯起嘴角笑。

叶钦也笑起来："哥哥……以后我就是你的亲人，我们俩好好的。"

余晖透过窗户落进来，程非池险些被这清澈透亮的眼神吸进去。

夕阳的微光将两人包围。

程非池看着他，低声应道："好。"

番外3

看着你

（一）

寒假期间，叶钦接了档综艺节目。

去之前就听说这档节目对嘉宾狠，狠在节目形式和环节的设置。街头打工来真的，刷马桶扫厕所再脏再累不准假手他人；冒险挑战来真的，万米高空悬崖峭壁也得往下跳；野外生存也来真的，给你茅草屋你别想睡帐篷，其他节目那种走个形式摆个拍关了摄像机立马回头睡五星酒店的事完全不容许发生。

也正是因为这份原汁原味的真实，所以收视率一路走高，播放两年已经做到第三季，势头非但没有衰减反而越发猛烈，可以说是当之无愧的热门节目。演员宣传电影电视剧、歌手出张新专辑什么的挤破头想上，就为了自我介绍时那十几秒的宣传时间。

叶钦这次上这档节目是乘着某公路电影的东风，他在里面饰演男三，戏份跟男二差不多。男主角是个一线当红明星，明面上说档期空不出来就不去了，实际上大家心知肚明他不来的原因是嫌这节目折腾人，在人数凑不够的情况下，导演便把这个机会当作人情送给了叶钦。

叶钦其实也不太想去，郑悦月好说歹说，会过日子的他看在通告费的份儿上还是妥协了。

生怕录制节目的时候遇到难对付的环节，叶钦提前几天开始做准备，认真观看往期节目，把套路摸了个透不说，还发挥想象设置了许多可能出现的场景，拉着程非池配合他演练。

今天的设定是在做任务的途中向路人借交通工具，家里只有四轮车，叶钦就去外面借了辆共享单车，让程非池推到小区门口，再假装路人骑进来。

万事俱备，谁知叶钦看见他骑着车远远地过来，打好的腹稿瞬间忘了个干净，迎上去就手脚并用要往他车后座上爬。

程非池伸胳膊拦他："请问您要干什么？"

——俨然已经入戏了。

叶钦只好强迫自己进入状态，松开抓住车后座的手，礼貌道："您好，我在做任务，想借您的车一用。"

原以为自己人会很顺利，谁知程非池一点水都不给放，抬腕看了一眼时间，冷酷道："不好意思我赶时间，不能借。"

叶钦可怜巴巴地竖起一根手指："就一会儿，一会儿行不行？"

程非池单脚撑地，饶有兴味地看着他："一会儿是多久？"

"就……就半个小时吧。"

"太久了。"程非池摇头说，"我还要去接人。"

"接谁啊？"

程非池看了他一眼，面不改色道："我朋友。"

他一派正经，叶钦却有些不自在："回头我、我去帮你接。"

程非池笑了一下："不行，必须我本人去，不然他会生气。"

"不会的，他不是那么小气的人。"叶钦说得很没底气。

"不是小不小气的问题。"程非池道，"我答应过他的事，一定要做到。"

叶钦垮着嘴角快哭了："我把四轮的给您，您把两轮的借给我用一下不行吗？"

程非池挑眉，严厉拒绝道：“不行，我朋友就爱坐我的自行车后座。”

“……他可以不坐的。”

“他要坐的。”

见叶钦实在没招使，程非池提议道：“不然你帮我问问他？”

好好的一场“演习”变成嘉宾单方面被路人牵着鼻子走，叶钦恼羞成怒地喊停，胳膊一甩不干了，抱怨道：“哪有路人这么难说话的啊。”

程非池从演习情景抽离，恢复到正常状态，松开车把坐直身体道：“不是让我尽量给你设置难关吗？”

叶钦有种偷鸡不成蚀把米的难堪，说话磕巴道：“没、没说这样的难关啊，正常人都不会是这么个反应……”

程非池眼中笑意渐浓，作势将双手放回车把：“那我们再来一遍？”

这回叶钦反应迅速，反身跳上车后座，催促道：“不来了不来了，接到人了还不赶紧回家？”

录制当天程非池有工作，叶钦坐保姆车去，路上还在翻阅前些日子做的笔记。

孰料准备的这些全都没用上，这次的任务不是露营喝辣椒水，不是高空跳伞，也不是完成稀奇古怪的街头任务。节目组一大早用一辆六座商务车把嘉宾载到市郊某游乐场的后门，让他们潜入其中当一天工作人员，而且不能被游客认出来。

比这个任务更令人费解的是，叶钦竟和“特邀嘉宾”贺函崧分在一组。

贺函崧代表另一部即将上映的电视剧上节目，导演知道两人是前队友，自作主张把他们俩放在一起，还有其他嘉宾打趣说你俩认识这么多年，一定很默契，叶钦只得讪笑称是。

游乐园人来人往，要考虑隐蔽性能选择的范围便缩小了许多。

把在小食铺打工的机会让给电影女主角之后，叶钦故意和贺函崧拉开距离，两人一前一后地进了没人肯选的鬼屋。

叶钦不怕鬼却怕黑，一路上跟工作人员确认好几次不会让他一个人留在里面，稍微耽误了点时间，进到更衣室里只拿到一件黑色斗篷，说让他扮演僵尸。

“原本还有吸血鬼套装可选的，被贺先生一并取走了，说要换着穿。”在场工作人员说。

叶钦就知道无论如何都防不住贺函崧处心积虑使绊子，认命地穿了黑袍子，由着化妆师在他脸上涂涂画画。

当时没什么感觉，化完一照镜子差点崩溃。只见整张脸从额头到下巴都被糊上一层厚厚的白粉，唯有眼睛附近留了两个大洞似的黑块，原本的五官完全看不出来了，动一动脸部肌肉都觉得皮肤被拉扯得疼。

程非池发视频邀请过来的时候，叶钦捂不住脸，就捂着摄像头不让他看：“今天不要来接我了，我自己回去。”

“怎么了？”程非池看着屏幕里的一片黑暗，疑惑地问，“又要推迟收工？”

“不是不是。”在这种事情上叶钦没必要说谎，坦白道，“就是今天的造型有点奇怪……不想给你看见。”

程非池闻言眉头微蹙，放下手中的笔，专心看屏幕：“怎么回事？节目组安排的？”

没人比他更知道叶钦有多注重形象，从前出门约个会都要仔细收拾打扮，做了艺人之后更是注重形象，拍戏熬夜出点黑眼圈，也不忘戴墨镜挡脸不让粉丝拍到。

倒不是有什么偶像包袱，这些是叶钦从过世的母亲那边获知的待人接物的礼仪，遑论他含着金汤匙出生，从小娇生惯养，以前没受过的苦、没见过的人间真实也是近几年才切身体会到、见到，遇到这种事难免有些委屈。

叶钦说完也觉得自己小题大做，一只手捂紧摄像头，另一只无处安放的手攥着黑袍子宽大的衣角，嘟哝道：“怪我自己来晚了，我以为这儿很黑，你知道我怕黑的，万一把他们吓着……”

程非池从他颠三倒四的话语中将事情大概弄清楚了，即便叶钦说了好几遍没关系，还是决定去接他。

“在原地别动。”程非池说，“等我一下。”

（二）

挂了视频，叶钦深呼吸调整好心态，该干什么干什么去了。

他以为这个“等一下”要等七八个小时，视频里的程非池显然还在忙工作，一时半会儿必定脱不开身。

而且程非池低调，不爱在人前露脸，之前也来接过他几次，不管多晚都在车里等，有时候拍摄延迟叶钦叫他来休息室等，他也不进来，抱着笔记本在车里美其名曰“抽空工作”。

是以叶钦安心地顶着一张丑脸开始录节目。

起初他还有点小硌硬，录着录着就放开了，尤其当贺函崧弄了个与他自身形象相距不太远的造型很快被路人认出来被淘汰，他则因为恐怖的造型鲜少有人多看一眼，稀里糊涂地混到下半场，这张丑脸竟变相地成了优势。

中场休息，身边的跟拍助理鼓励他道：“叶哥加油啊，我刚去打探过，这会儿咱们已经领先了！”

叶钦不知道该不该高兴，指着自己僵硬紧绷的脸：“快给我再补点粉，待会儿掉了就不吓人了。”

其实本来就不怎么吓人，叶钦所在的位置是鬼屋的中后段，他躲在一座假山后面，负责出其不意地蹦出来给游客一个“惊喜”。可是由于妆面浮夸，蹦跳姿势诡异，非但没吓到人，还逗笑了好几个小朋友。

又被一个胆大不怕鬼的小男孩拉着合照，叶钦生无可恋地举着剪刀手，又依着小孩的要求伸平双臂像僵尸跳了一圈。他已经可以想象节目播出的时候弹幕该是怎样一番热闹景象了。

在这啼笑皆非的状况下，跟拍助理还不断在边上煽风点火，说咱们这组有望夺冠。明知是套路，叶钦还是被激起了胜负欲，午饭也没顾上吃，拿了两块巧克力塞进口袋里，趁鬼屋人烟稀少时躲在假山后面偷摸吃一口，填肚子的同时补充扮鬼所需能量。

既然是偷吃，就不能让人发现。是以叶钦从身后被人拍了一下肩膀后，第一反应就是跑。

鬼屋里空间狭小，假山后面站着他和一个摄影师就没有下脚的地方了。叶钦只管跑，没顾上拎袍子，刚跑没两步踩到袍边绊了一跤，被后面的人拽着胳膊扶着站稳还在想着溜，直到听到那人说话。

“是我。”

熟悉的低沉声音让叶钦猛地哆嗦了一下。他更想跑了，跑不掉就先抬起双手捂脸：“别看别看，我不是叶钦！”

程非池看着他左手腕上的手链，哭笑不得道：“好好好，你不是叶钦。”

午饭时间鬼屋几乎没人，在原地挣扎半天，叶钦还不肯露脸，就着阴森的音乐局促地问：“你怎么这么快就来了？”

程非池道：“我在电话里说了。”

叶钦简直要哭了，他哪里知道“等我一下”等同于“马上就到”啊？他现在这丑样子怎么能让程非池看到？

“那……那我这儿还要拍一阵呢。”叶钦侧过身子能躲就躲，忸怩道，“你先去车上等我吧。”

程非池上前一步，叶钦就后退两步，一直退到墙根处。

程非池怕他不看脚下又摔跟头，只好站定，无奈道：“就这些，没有别的话要对我说？”

“啊？”叶钦抬头，并拢的手指分开两条缝，露出漆黑发亮的瞳仁，“就、就这些啊，还有什么？”

下午的拍摄持续了三个多小时。

收工的时候叶钦缩手缩脚尽量减弱存在感，生怕打草惊蛇，谁知一推开休息室的门，就看到门口站着一个身材高大的男人。

程非池来得匆忙，西装都没换下，只在外面披了件大衣，这会儿见叶钦还穿着单薄的戏服，立刻脱下外套披在他身上，拉着他在化妆镜前的椅子上坐下。

叶钦愣了好半天，对上镜子里自己的脸才“嗷”了一声，抬手捂脸：“你你你怎么在这里啊？”

程非池把桌上备好的热水塞进他手中：“我不能在这里？”

“不是不是，只是不要在这个时候啊……”

叶钦恨不能找个盆扣住脑袋扮缩头乌龟，程非池躬身去扳他的手，他死活不肯松开，程非池便不再强求，直起身体说：“那我先走了。”

程非池刚转过身，大衣袖子被抓个正着。

叶钦只有半张嘴露在外面，声音闷闷的：“不、不准走。”

（三）

弄来一盆热水，程非池用蘸水的毛巾在他脸上慢慢擦。

叶钦还是不肯直面现实，捂不住脸就闭眼睛，典型的掩耳盗铃，自己看不见就当别人也看不见了。

柔软的毛巾蒸腾热气，叶钦被熏得鼻子里发痒，冷不丁打了个喷嚏，程非池拿了纸巾来给他擦，擦完刮了一下他挺翘的鼻尖。

叶钦皱着鼻子哼唧一声，睁开眼似要反抗，瞧见原本纯色的毛巾上沾了黑白花黄一堆乱七八糟的颜色，可想脸上更是斑驳精彩，登时什么话都说不出了，闭眼埋头不吭声。

程非池弯着腰立于叶钦身前，拿着毛巾沿额头一路往下擦，另一只手托着叶钦的后脑，碰到擦不掉的地方就重新蘸水反复几次，动作轻柔，耐心十足，边擦还边问："疼不疼？"

脸上糊的粉被一点点抹去，紧绷的不适感也随之消失，叶钦咬了咬嘴唇，摇头道："不疼。"

他以为自己掩饰得很好，却不知程非池连他鼻息的一瞬错乱都察觉到了。

大手覆在叶钦颤动的眼皮上，流动升腾的湿意将两人的皮肤黏得分不开。程非池轻轻叹了口气，不再绕弯子，道："受了委屈，一定要跟我说。"

叶钦吃了一惊："没没没有啊，能有什么委屈？谁又在胡说八道呢？"

过去这么多年，他还是一紧张就结巴。

一时间程非池竟不知该拿这个撒谎的小家伙怎么办，弯曲手指挠了一下叶钦下颌的软肉，叶钦哆嗦了一下，后仰脖子躲开。

等到对上那双望着他的深邃眉眼，他又硬气不起来了。叶钦磨磨蹭蹭地凑回来，双手拖着程非池的手左摇右晃，软着嗓子说："真的，真没有人欺负我。干这一行免不了经历这些，要是人人都因为这种事找家里人撑腰，不得乱套了。"说着他摸摸自己的脸，豁达道："丑也就丑一时，过阵子就没人记得啦。"

程非池被"家里人"三个字说得心中暖热，忽而不知想起什么，扬起唇角笑。

叶钦听见动静仰头看他，从他的表情中也猛地想到点什么，立刻瞪大眼睛扮凶，先发制人道：“不准说，不准说出来……也不准想！”

结果自己先忍不住，腮帮子一瘪，“扑哧”笑出声。

不用问也知道两人想到一块儿去了。

当年在学校里，叶钦整天咋咋呼呼、无事生非，没少耀武扬威地要给程非池撑腰。有一回程非池因为个子高被调到教室最后一排的位置，叶钦还捋着袖子说要去找他班主任讨说法。

“还记不记得那天我受伤了，你给我贴了创可贴啊？”叶钦问。

程非池：“不记得了。”

叶钦惊得仰头看他：“真不记得了？”

程非池眼中笑意不散，抬手轻捏了一下他的脸颊肉：“只记得这里很软。”

（四）

卸完妆换掉衣服，叶钦出去跟在场工作人员说一声准备走，被导演喊住：“先别着急走，咱们这儿还有一套照片没拍。”

原来游戏赢了是有奖励的。

节目组让他扮丑一整天觉得过意不去，颇有远见地想到到时候播出去粉丝也不会满意，便临时另加了一套硬照的拍摄奖励，就以这园区的民国风情街作为背景。

叶钦本不想拍，助理把衣服抖开给他看，他就挪不开眼了，熨得板正服帖的衬衫、马甲、小领带，面料挺括有质感，可想上身以后会有多好看。

穿了一天丑袍子的叶钦动了心，跑回休息室跟程非池商量，说有一个新增的拍摄需要多待一会儿，程非池同意了，说去车上等他。

叶钦乐颠颠地把衣服换上，边系领带边往拍摄地走。

他不擅长一切需要打结的服饰，折腾半天也没把领带系好，正当他急得要去找助理帮忙时，一只手从身后伸了过来，接着另一只胳膊搁在他肩上，修长的手指拈住领带的两端，娴熟地挽了个结。

叶钦知道来者何人，视线紧紧盯着帮他系领带的手，小声问："你不是去车上了吗？"

程非池向前几步，与叶钦面对面，将系好的领带拨正，说："想看看你工作时的样子。"

叶钦见过无数次程非池工作时的专注模样，却是第一次被他看。

两人一起回到拍摄现场，周遭工作人员纷纷跟程非池寒暄打招呼，轮到叶钦拍时，心照不宣地让出最佳观看视角的位置给他。

叶钦比他们要紧张得多，表情放不开，动作也有点拘谨。

一组在树下眺望远方的照片，叶钦拍着拍着忍不住要往观众席方向看，见程非池站在那儿一直没走，笑得满脸灿烂，欢喜得不得了。

程非池也回望着他，两人的距离并不近，叶钦却能察觉到他眼中流淌的脉脉柔情。

那柔情将他密不透风地包围，既是保护他的盔甲，又是他停泊依靠的港湾，让他从此无惧严寒，无畏风雨，什么都可以不怕。

叶钦拍完回到休息室，意外地碰上还没走的贺函崧。

叶钦懒得跟他废话，自顾自卸妆换衣服，程非池还在外面等。

可贺函崧没打算放过他，走过来先是用手指钩起他换下来的衣服，嫌弃地"啧"了几声，随后便双手抱臂从镜子里看叶钦，戏谑道："带着靠山到处招摇上瘾了，生怕别人不知道？这个大腿你可得抱紧了，我可听说这位程总家里乱着呢，指不定哪天他家里找上你，一根手指头就压得你混不下去。”

叶钦听惯了他的冷嘲热讽，早就学会左耳进右耳出，然而今天只觉得火冒三丈、怒不可遏。

被人误会没关系，他自己问心无愧就好，可是程非池做错了什么要跟着他一起被指指点点?

叶钦腾地站起身，同时把手上的卸妆水狠狠拍在桌上，把贺函崧吓得一抖。

叶钦昂着下巴，用眼角睨着贺函崧，指指门外，再戳自己胸口，气势凛然道：“你休想再挑拨我俩的关系！”

（五）

从节目组离开之后不久，叶钦就接到郑悦月的电话。

“你这小子，前几天在我跟前还说‘全听您安排’，敢情全是装的啊，我这儿还在未雨绸缪给你的演艺生涯铺路，一回头就牙尖嘴利地又把贺函崧惹了？”

面对郑悦月的斥责，叶钦只有伏低做小道歉的份，侧身手掩话筒道：“对不起月月姐，是我错了，是我没脑子……当时那情况，我一气之下就没想太多……”

商定解决办法之后叶钦又挨了一顿发泄般的训斥，揉着耳朵挂掉电话，旁边的程非池问：“挨骂了？”

叶钦装若无其事：“没有啊，这不快过年了嘛，就随便聊聊天。”

趁程非池回书房工作，叶钦按照郑悦月的要求把微博发了。他是有点避世心理的，发完就立刻退出账号不敢去看，放下手机去厨房看看家里还有哪些食材，做顿午饭够不够。

不一会儿，程非池也进到厨房里："下午我们出去看电影？"

叶钦连连摇头："不了不了不出去了吧，在家里看也是一样的。"

程非池没作声，洗了手帮他把洗干净的小青菜从水里捞出来，放在案板上切。

气氛安静了一阵，叶钦又耐不住，择菜的动作也慢下来，欲言又止。

程非池问："刚才经纪人骂你了？"

见他反应平静，叶钦也跟着淡定不少，还生出了开玩笑的心思："对啊，她骂我，可凶了，要帮我换个经纪人吗？"

程非池手上的动作顿住，偏头看他："如果你想的话。"

叶钦被他这有些严肃的神情吓了一跳，忙说自己只是开个玩笑。郑悦月陪了他这么些年，大大小小帮过他无数次忙，哪能过河拆桥说换就换。

程非池点头："以后有什么事都要告诉我，不要一个人冒险。"

——更不要一个人独自委屈。

叶钦笑得嘴角咧到耳朵根，愉快地应了，低头扒了几口饭，忽然想到什么，抬头眨巴着眼睛问："你开心吗？"

程非池但笑不语，叶钦撒泼打滚非要他说，不惜以绝食威胁，他被缠得没办法，说："你开心就好。"

你开心，我就开心。

（六）

娱乐圈最不缺的就是谣言，艺人叶钦的风言风语在不久后云收雨歇，逐渐归于平静。

他算不上一线流量，这两年在潜心磨炼演技向实力派转型，讨论度并不算高。直到下午，关于他的话题才被匿名人士发到首都第六中学荒废已久的校园论坛上，引来数百名校友围观讨论。

楼主有心把营销号发的实锤照片、叶钦的微博截图和那条微博上配的照片都复制过来，叶钦点开帖子便跟着回味了一遍。

第一张照片是在网上流传好几天的偷拍照，上面的他一身复古打扮，正把一个与身上马甲同色系的贝雷帽往脑袋上扣，一只脚抬起搁在马路牙子上，由着程非池弯腰半蹲帮他系鞋带。

第二张是叶钦自己发的，照片清晰许多，显然是正常拍摄。不过这张没有露脸，两人面对夕阳并肩站着瞭望远方，镜头立于身后，矮一点的那个披着一件不太合身的大衣。

唯一能用来判断真实性的，大概就只有与偷拍照片上一模一样的贝雷帽。

帖子下面的讨论还算和谐，尤其当有人把微博上扒出的叶钦身边站着的人的真实身份信息复制过来，大家不仅发现叶钦是六中校友，还发现他朋友是多年来在论坛持续引起骚乱的程姓前校草，本着肥水不流外人田的集体荣誉感，众人纷纷表示欣慰。

不过仍有不和谐的声音在其中流窜。

72 楼：没想到啊没想到，他和他竟然是朋友！

81 楼：虽然挺欣慰的吧但我……还是怀疑人生……他俩当年在学校不是水火不容吗？！

85 楼：现在说我不同意是不是有点晚了？

89 楼：他们俩不会上学的时候就关系很好了吧？搞了半天都是演戏骗咱们呢？

90 楼：yq 在校的时候那简直横行霸道，说不定 cfc 跟他做朋友是被他逼的呢。

93 楼回复 90 楼：一口一个缩写有病？别把饭圈那套带到这里来，谁横行霸道了，叶钦可爱着呢，对朋友也很好，这是公认的。

95 楼：没想到居然是真的。

97 楼回复 95 楼：知情人士？别跑啊快给我们说说！

101 楼：我当年理科（1）班的，就记得叶钦经常往我们班跑，还打扮得特别乖……原来是为了投其所好啊！

105 楼回复 101 楼：天哪，我当年错过了什么？学习误人！！！

111 楼：听传闻程非池这人又冷又傲，很不好相处，叶钦当时接近他是不是有别的目的啊？

113 楼回复 111 楼：你都说了是传闻，实际上程校草别提多温柔了，班上有同学请教问题，他都会耐心地教，叶钦也是因为找家教和他认识的。

115 楼回复 113 楼：嘤！好羡慕，我也想让程校草教我做题，为什么柠檬总围绕着我 .jpg。

121 楼：不瞒大家说，那时候我还暗恋过程非池，甚至给他递过两封情书。

125 楼回复 121 楼：姐妹你输了，我递过八封（抚额）。

128 楼回复 121 楼：心疼……谁没有芳心暗许过 cfc 呢……说起来还有人记得那个送早餐的无名姐妹吗？

136：怪不得，怪不得总看到程非池去学校小卖部买棒棒糖，原来……

141 楼：他们俩早就是朋友啦，不过闹过几次别扭，我撞到过他们晚自习后在走廊打架。

145 楼回复 141 楼：姐妹留步！请详细描述打架过程！

149 楼回复 141 楼：好好的打什么架？

165 楼：可是叶钦家不是破产了吗？在娱乐圈混得也不太好，程非池家里那么有钱，能继续跟他交朋友？

167 楼回复 165 楼：说不定使了什么手段呢，不对等，怎么可能玩到一起去。

……

叶钦看到这里心情复杂，正想披马甲上去说两句，翻到一条名为“怡然自乐”的ID发的回复：不匿了，我是141楼层主，叶钦同班同学。他俩关系很好，至今都很好，酸归酸，就别为他们咸吃萝卜淡操心了。

很快有人回复：谢谢姐妹透露真相，楼里某些人真是阴阳怪气见不得别人好。不过话说……你们当年都暗恋程非池吗？只有我喜欢叶钦？

222楼：是哦，叶钦长得好看又出手大方，酸的那些是没吃过他请的炸鸡吧？

225楼回复222楼：发言注意用词，文明你我他。不过你这么一说我想起来了，当年程非池拿奥赛一等奖，叶钦可是请理科一班全体同学喝了奶茶呢，真够意思！

228楼：叶同学我跟你同班啊，当年咱们一起参加过运动会呢，你在看吗？可以给我一张签名照片吗？！

叶钦噎了一下，赶紧滑过这段，一个叫“封封封你个头还重名”的ID说：人家两人好得很，用得着你们多管闲事？呸！

紧接着便是一个叫“廖逸方01”的ID：大家好，我是当年理科(2)班的班长，名字见ID。楼里有人说叶同学横行霸道、张扬跋扈，一定是对他存在误解，作为同学我可以摸着良心做证，叶同学在校时就心地善良、勤奋好学，程同学更是成熟稳重、品学兼优，两人互帮互助，感情也很好，希望大家不信谣、不传谣。另外本楼内言语涉黄涉脏楼层将会被版主删除处理并禁言30天，请各位克己守礼，谨言慎行。

叶钦看得哧哧直笑，笑完麻溜地上号，点进回复框又不知道该说些什么了，发呆半晌，输入“谢谢大家”四个字，按了发送。

（七）

临近傍晚，有个新注册的微博小号给叶钦的微博点了赞，并回复了一个与微博正文一样的笑脸表情。

再晚一点，六中校园论坛已经堆到五百多层的帖子里迎来新参与者，一个名为“cfc0215”的ID回复了名为“你钦哥不是铁哥”的评论——放下手机，出来吃饭了。

番外 4

睡美人

（一）

偶尔有空闲，住在一起的两个人也会相约去超市采购。

除了鸡蛋，叶钦买牛奶同样精打细算，这个买一箱送三包酸奶，那个送一个玻璃碗，便能让他犯难，犹豫不决。程非池见叶钦戳了几下那酸奶的包装，刚打算拎这一箱，就听见叶钦匆忙扔下一句“等我一下”，然后撒腿跑得没影了。他是去看酸奶和玻璃碗的价格了。

回来的时候他气还没喘匀，坚决都拿着捆玻璃碗的那箱牛奶：“这、这个碗贵，划算。”

程非池接过去，另一只手抹一把他鼻尖沁出的汗，说：“跑那么远，就为了对比价格？”

叶钦用口罩虚虚盖住嘴巴，闻言皱了皱鼻子：“苍蝇再小也是肉啊。”

回到家里吃过饭，叶钦沐浴更衣，把自己弄得干净利落，进卧室打开衣柜，不知道摆弄了多少次他的新衣服。

开春有个慈善晚会，程非池给将作为嘉宾参与的叶钦订了套名贵的西装。叶钦每天晚上回家都把这西装从衣柜里拿出来看看摸摸，对着镜子来回比画，却一次都没舍得试穿。

程非池知道他爱臭美，让他尽管穿：“穿脏了再订一套新的。”

叶钦摇头：“不了不了，平时没有需要穿西装的场合，浪费。”

想来从前叶家虽不算什么豪门，但也家底颇丰，叶钦从小娇生惯养，衣食住行，什么好东西没见过？如今竟沦落到一件衣服也要精打细算的地步，要是让外人知道了，定要感叹一番风水轮流转。

程非池无心唏嘘，拍拍床沿：“过来。”

叶钦把西装收拾好，走过去坐到程非池身边，乖乖接过他递来的热牛奶，抿一口，眯起眼睛哈一口气，舒服得像只被捋毛的小猫。

程非池便抬手去揉他细软的头发，顺势捏了一把后颈肉：“是不是胖了？”

靠身材吃饭的叶钦先是一惊，随后便明白过来，嬉笑道：“那睡衣是不是也得买新的啦？”

被识破意图，程非池面上依旧坦然，点头道：“也好，我也打算重新买一套。”

睡前叶钦在网上商城刷了半小时睡衣，没看到中意的，扔下手机，打了个哈欠说：“要是真胖了，我就穿你的睡衣好了。”

程非池笑了一下：“别人穿过的旧衣服，不嫌弃？”

过去总是嫌弃这嫌弃那的叶钦摇头，嘟哝道：“不是别人啊。”

慈善晚会当天，程非池和叶钦一同前往。

除了娱乐圈人士，在场还来了不少社会名流，主办方在会场外开辟了一片公共场地供嘉宾休息，里头衣香鬓影、言笑晏晏。

叶钦一进去就碰到熟人。今天的刘雨卿穿一袭明黄色长裙，身段婀娜、姿态婉约，看到叶钦笑盈盈地给他递饮料，见他身边还有一人，故作惊讶道：“亏了亏了，我赶紧打电话叫家里那位过来。”

叶钦知道她在打趣自己，笑道：“姐姐、姐夫都是圈内人，哪儿用得着拖家带口来蹭饭？”

刘雨卿露出奸计得逞的表情：“哦——原来程总是沾你的光来蹭饭

的呀？”

叶钦顿时又急又窘，连连摆手：“不是不是，他也是受邀来的。”说着扑闪大眼睛，用既真诚又可怜的眼神偷瞄身边的人。

程非池“大人有大量”，自是不会同他计较。三人找地方坐下刚聊一会儿，叶钦接到经纪人的电话，说要出去跟同组合的朋友碰个头，走前还不忘叮嘱他们帮他看着位置。

刘雨卿目送叶钦的身影走远，放下手中的杯子：“程总，今天怎么有空来这种小场合？”

直到叶钦的身影完全消失，程非池才将视线从人头攒动的门口移回来，言简意赅道：“陪他。”

“二位学生时代就相熟，到现在关系还这么好。”刘雨卿发出感叹，“真羡慕啊。”

程非池笑了笑：“中间也有好几年没见。”

刘雨卿过来人似的表示理解：“学业和事业也很重要嘛。”

“也不全是客观原因。”说到这里，程非池忽然想到什么，问道，“您是叶钦的前辈，或许知道当年他进入演艺圈后的一些情况吧？”

叶钦被宋珝拉着聊了半个小时。

话题围绕着本场晚会开始，不知怎么的就扯到私人问题上了，宋珝说自己的圈外女友怀孕了，正在考虑退圈事宜。

叶钦吃惊之余又心觉惭愧，他自打从合租宿舍搬出来后就鲜少回去，对宋珝这个弟弟更是疏于关心，以至于现在才得知这么大一件事。

他劝宋珝不要轻易做决定，年纪轻轻的演艺事业刚有起色，现在放弃太可惜了，还是尽量在事业和家庭间找个平衡点为好。

回去的路上叶钦还在琢磨，宋珝二十出头，还是个孩子，竟然就要当爸爸了，现在的年轻人真是既疯狂又不计后果。

（二）

叶钦回到休息区，发现那两人还坐在角落的沙发里聊天，走近便听到刘雨卿清脆的笑声："我们也准备要孩子了，到时候认你们俩做干爹。"也在聊孩子。

叶钦走过去坐下，问他们聊什么，刘雨卿神神秘秘地比了个"嘘"的手势，说："马上入场了，小心让周围的记者听了去。"

晚会持续到夜里十点多。累了一天的叶钦脑袋倚着车窗打盹，程非池怕他着凉，在等红灯的时候托起他贴在玻璃上的脑袋往椅背上放。

叶钦打了个小小的哈欠，半合着眼睛挣扎着看向程非池："你喜不喜欢小孩儿啊？"

程非池先是愣了一下，随后了然："怎么突然问这个？"

叶钦咂吧几下嘴，困得眼角湿润："就、就问问呗。"

程非池早已习惯了小家伙半梦半醒间说胡话，便也半真半假地回答："家里有个小孩儿，一个就够了。"

或许是因为听到想要的答案，叶钦这晚睡得特别香。

次日周末，两人不打算出门，打开一部电影消磨午后时光。

中途叶钦上卫生间，出来后像往常一样调皮地用刚洗过的手到处甩水，程非池扔了一张面纸给他，他很乖地拿起来，把每一个指缝细心擦干。

电影放到无聊的剧情，两人扳手腕玩，一连几轮都是叶钦惨败，他嘟着嘴抱怨："你是吃什么长大的，力气比牛还大。"

程非池见他掌心都红了，稍微松了点劲："你还是小孩儿，当然没我力气大。"

叶钦想起昨天在车上问的没头没脑的问题，忽而又想到一件与之相关的往事，试探着问："那你还记不记得，高中上体育课的时候，我从单杠上掉下来……”

程非池点头：“记得。”

“你怎么想的啊？”叶钦道出心中的疑惑，“我那时候那么……那么坏，不帮你做证，还扎你自行车，你为什么救我？”

手擦干了，程非池扔掉纸，把叶钦微凉的手包在掌心揉搓，说：“什么都没想。”停顿片刻，他补充道：“摔下来会很疼。”

简单到找不出任何隐藏含义的两句话，让叶钦怔住了。

哪怕自己给过他那么多不堪的回忆，他也从未想过报复，甚至从过去到现在，都不愿让自己承受一丁点痛苦。

一如知道自己爱胡思乱想，他便用行动坦诚地表露自始至终未曾减少一分的包容。

即便时过境迁的马后炮毫无意义，可每当意识到这一点，叶钦心里总会生出汹涌而急切的愧疚情绪，觉得自己能给哥哥的太少了。

还能为他做点什么呢？

电影的后半段，叶钦走神走到外太空，淘汰掉无数种在他看来不够有诚意的方案后，天马行空的思维在超纲脱轨的道路上一路狂奔。

于是程非池从厨房洗了水果回来，就看见叶钦跪坐在沙发上，用胳膊在腰间来回比画。

他以为这家伙又想搞文身什么的，刚要劝阻，听叶钦小声咕哝：“要是当年……五年过去了……现在孩子应该有这么高了吧？”

仔细一问，原来叶钦最近接的剧里有现下流行的带球跑情节，再加上这两天总有人在他跟前念叨孩子，他就想着要是现实跟电视剧一样戏剧化，当年要是他走之前……

挺不可思议的话题，叶钦描述得磕磕巴巴，还没说完程非池就笑了：“怎么会想到这个？”

叶钦也后知后觉自己这番联想无厘头得很，憋笑憋到脸颊通红，还不放心地又问了一遍：“你不觉得小孩子很可爱吗？”

“不可爱。”程非池这回斩钉截铁地拒绝了，将洗干净的草莓放在桌上，插上牙签，平淡地说：“照顾你一个，就够我忙的了。”

难得提到分开的那五年，叶钦躺在沙发上，在电影片尾的轻音乐中讲述往事。

“其实我记不太清了，日升日落，冬去春来，每天都差不多。”叶钦知道程非池那几年过得也不全然顺遂如意，尽量将自己的生活描述得轻松些，“上学跟工作也没什么区别嘛，唱唱跳跳就有钱拿，这么一想，我比大部分人幸福多了。”

程非池昨天刚从刘雨卿口中得知叶钦出道后的种种不易，再联系周封说过的那些，便不难得知叶钦如今过分勤俭节约的习惯是如何养成的了。

前阵子两人出去玩，在小区门口看见几个黑衣、黑裤、戴墨镜的男人，叶钦脱口而出“他们讨债公司的都打扮得这么社会吗”，接着就掏出手机说要报警，由此可见这不是他第一次见到这种普通百姓接触不到的“民间组织”，说不定还与之打过交道。

那个没有他参与的五年，叶钦好像变了很多，又好像没变。从前那个不食人间烟火的小少爷跌落人间，在泥里摸爬滚打弄得浑身灰扑扑，内里却仍旧干净纯粹，热血未凉。

程非池忖度片刻，没有直接戳穿叶钦的谎言，低头看他：“真的？”

叶钦早就给自己“洗脑”，毫不心虚地接受了这个设定，咧开嘴笑：“真的啊，那五年过得飞快，就像睡了一觉，眼一闭再一睁，你就回来啦。”

他一边说着，一边自己抬手捂眼睛，再张开指缝看程非池，以佐证话语的真实性。

叶钦的睫毛长而浓密，忽然睁开的时候，像一把小刷子扫在心上，接着露出一双亮晶晶的、清澈的眼睛。

电影的黑底白字走到尾声，音乐渐渐隐去，两人有些意犹未尽。

叶钦软绵绵地躺在沙发上，张开嘴小小地打哈欠。

程非池拿了毯子过来，盖在叶钦身上。

视线无预兆地被亮光晃了一下，程非池双眼微眯，忽然再次确认："我一回来，你就醒了？"

叶钦迎着他的目光，直白坦荡地说出他最想听的答案："是啊，你一回来，我就醒了。"

嘴角漾开一抹笑容，程非池问："白雪公主？"

叶钦又想到幼儿园扮演白雪公主的黑历史，害臊了："什、什么公主……"

"那睡美人？"

……倒是比白雪公主贴切几分。

极其爱睡觉的叶钦又打了个哈欠，摆摆手宣布道："好了好了，该睡午觉了。"

程非池没有午睡的习惯，或许因为温度适宜，周遭宁静，这次竟歪在沙发上睡着了。

叶钦醒来后，先伸了个小小的懒腰，然后轻手轻脚地掀开身上的毯子，赤足下地走到窗边，将窗帘拉开一条缝，再去倒一杯温水备在旁边。

做完这些又回到沙发上，看着狭长的光线滑过程非池每一根修长的手指，最后落在骨节分明的手背上，几乎能看到青色血管下的血液。

说来有些矫情，可再没有其他言语能描述当下清晰的实感——只要程非池在身边，他就什么都不怕了。

他的世界可以很大，大到用一辈子时间都不够踏遍；他的世界也可以很小，小到只需要这方洒满阳光的角落。

叶钦缓缓呼出一口气，释放了无意间闯进心头的最后一缕关于过往的重量。

很快有新的东西填满腾出的一点空间，暖如手心的热度，亮如窗外的春光。

程非池才是叶钦的光，叶钦走了许多弯路，花了好长时间，才学会抓住他，珍惜他，用同样的热忱回报他。

视线下的手微微动了一下，叶钦不想打扰程非池休息，在边上找了个舒服的姿势，闭上眼睛。

沉睡多久都可以。

他在梦里披荆斩棘，和他并肩作战的勇士在梦外跨过崇山峻岭，终会赶到这里，用一句温柔的话语将他唤醒。

番外5

棉花糖

（一）

这天周末，叶钦克服重重困难起了个大早，刷牙洗脸整理行装，程非池起来的时候，热腾腾早餐已经摆在桌上。

虽说只是热了一袋速冻包子加两杯豆浆的基础水平，但一向比叶钦起得早的程非池仍有些惊讶，抬头看钟确认时间，问："水族馆几点开门？"

"九点！"叶钦把香肠往油锅里一丢，哆哆嗦嗦地后跳，"你再睡会儿，出发时我叫你！"

瞧着不擅庖厨的小家伙举着锅盖防卫过度的样子，程非池哪儿还睡得下去，迅速洗漱完赶到厨房，帮着把差点炸过头的食物从锅里捞出来。

待坐下开始用餐，叶钦长吁一口气，劫后余生中不乏一丝羞赧："我做饭太费劲了，就是怕时间赶不上才早一点起来。"

这个"一点"采用了夸张的修辞手法，两人吃完刚过七点，不慌不忙地赶到位于城东的海洋世界，别说门没开了，停车场岗亭里坐着的大爷还在打瞌睡。外头冷，两人在车上多坐了半小时。

叶钦一路热情高涨，趁这工夫把提前好几天在网上订的门票核对了几遍，一会儿看日历、一会儿切回网页，确认就是今天没错，便盯着网站首页的海豚照片左右端详，而后一个没忍住笑出声，举起手机给驾驶座上的程非池看："这个好像周封啊。"

画面中的海豚自水中跃出，身形流畅轻盈，程非池没看出哪里像，抬手下滑屏幕，看到一只顶着球的大眼睛海豹，说：“这个像你。”

叶钦的眼睛瞪得更圆：“真的吗？”

得到肯定的答复，叶钦拍腿大笑：“我原来这么可爱！”

程非池发现了，今天的叶钦格外兴奋，哪怕指着鲨鱼说像他，他也会手舞足蹈觉得自己天下第一可爱。

“这么高兴？”程非池问。

“当然高兴。”叶钦不假思索地回答，“年初就说要来，结果拖到现在，我每天晚上做梦都在海里游。”

程非池被他逗笑：“难怪。”

“难怪什么？”

“每天早上都抱着枕头不撒手。”

叶钦讪讪挠头：“我会游泳的，上回手链被那个姓贺的扔泳池里，是我跳下去捞……”话说一半反应过来，慌忙收了声。

然而程非池早就从叶钦助理处得知那次电梯事故之前发生了什么，闻言静静地看着自以为说错话的小家伙，见他梗着脖子装无事发生，心底最柔软的地方又被轻轻戳了一下。

“既然这么高兴，”程非池说，“以后我们常来。”

两人平时工作都忙，腾出一整天时间不容易，是以进门之后发现连看个鲨鱼都要排队，叶钦立马打消了“常来”的念头。

场馆里人山人海，到处都是家长带着孩子，叶钦从程非池手里接过喂海豹的小鱼干，站在一群翘首以盼的小孩堆里，觉得自己瞬间年轻了二十岁。

憨态可掬的海豹或在水中畅快游动，或在岸边打滚撒欢，每一条小鱼干被抛掷出去，都会引来激烈哄抢。

“它们是不是没吃饱？”叶钦丢完一盘小鱼干，忧心忡忡道，“它们是不是每天饿着肚子被放出来，如果没人投食，就要饿一整天？”

程非池不是饲养员，给不了准确答案，能做的只有多买几盘小鱼干。

于是叶钦抱着一摞盘子，东扔一条，西掷一条，争取雨露均沾，让每只海豹宝宝都吃上饭。

喂完从人堆里出来，叶钦才想起来问花了多少钱，程非池如实说不到两百，惊得叶钦一蹦三尺高：“上回去菜市场，顶肥的鳜鱼也就一百块钱一斤！”

“你也说了是菜市场。”程非池道，“那儿的鱼是用来吃的。”

叶钦颇不甘心地扫一眼四周玻璃缸里的各色鱼：“这些鱼就不能吃吗？”说完他不自觉地舔了舔嘴唇。

突如其来的馋猫属性令程非池哭笑不得，他劝道：“好看的鱼不一定好吃。”

“好吧。”叶钦只得作罢，转脸另提要求，“那我中午要吃排骨，红烧的！”

水族馆附近饭店不少，两人都不讲究吃喝，到点随便找了家中餐馆解决午饭。

菜被端上桌的时候，叶钦并没有抱太大期待，即便如此，这家的红烧排骨还是难吃到令他眉心打褶。

程非池也尝了，只一口便说：“别吃了，晚上回去给你做。”

“也没那么差，就是……有点硬。”

叶钦不想浪费食物，坚持继续咬，咬累了就塞几口白米饭，鼓着腮帮子的模样像极了囤食的仓鼠。

到底还是舍不得，程非池借去前台拿餐巾纸的空又点了个糖醋里脊。这次厨师没失手，味道尚可，嗜甜的叶钦就着这盘菜吃了两碗白米饭。

吃完，叶钦不知想起什么，咧嘴笑起来：“还记不记得上学那会儿，六中外面的小饭馆？”

“记得。”程非池也拿了张餐巾纸，抬手帮叶钦擦去嘴角的酱汁，“和班长一起去过，一盘番茄炒蛋全都进了你的肚子。”

叶钦没想到他非但记得，而且连细节都没记错，高兴之余又有些不好意思：“当时没别的可吃了嘛，你身上带的那几颗糖都不够分的。”

下午安排看表演，在前往场馆的路上，叶钦接着刚才的话题说：“那家店是一对老夫妻开的，后来我又去过几次，他们家的香煎豆腐和鱼香茄子煲也很好吃。”

程非池把这两个菜名默默记在心里，问：“特地去的？”

“也不是……偶尔闲着没事，过去坐坐。”

“光坐着？”

“嗯啊，老板人很好，点一盘菜就能坐一下午。”

程非池若有所思：“坐一下午……”

叶钦打了个激灵，忙在他发问前转移话题：“快看那边，好像有卖棒棒糖的！”

忘了何时养成的习惯，叶钦把所有糖统统称为棒棒糖。

路边卖的其实是棉花糖，竹扦左钩右绕，细密的糖丝就被攒成一朵脑袋大的云。

叶钦嘴上说要，等程非池给他买来了，又嫌粉色太嫩，加之举着棉花糖入场的时候被许多小朋友投以羡慕的眼神，羞得脸都红了。

在场馆里找了个角落位置坐下，叶钦把脸藏在硕大的粉色云团之后。他伸出舌头舔了舔，丝丝甜味蔓延，心情好了便顾不上害臊，竹扦一转换了个面，送到程非池嘴边，让程非池也尝尝。

程非池便尝了，张嘴的时候叶钦故意把棉花糖猛地往他跟前送，让他冷不丁咬了一大口。

“哈哈哈，甜不甜？”

叶钦像个调皮捣蛋得逞的孩子，瞧着程非池嘴角蹭上的糖渍乐不可支。

傻乐了一会儿，叶钦见程非池愣愣地坐着，表情仿佛定格，又慌了：“怎么了？不好吃吗？”

“不是。”程非池摇头，扬起唇角很浅地笑了一下，“只是没想到，是这种口感。”

直到表演开始，叶钦才琢磨过来，程非池以前没吃过棉花糖，今天是第一次吃。

他们看的是小丑表演，出场的全员是人类。叶钦喜欢小动物，可不知从哪儿听说水族馆的海豚表演会扼杀海豚的天性，残忍非常。他没权利叫停水族馆的这项表演，就带头抵制，费用包含在门票里也坚决不赏光。

这会儿叶钦又有点后悔了，程非池从前过得那么辛苦，小时候肯定没人带他去水族馆。哪个小孩子对海豚表演没兴趣？当年自己不懂事，还缠着妈妈一起来看过好几次。

叶钦心不在焉，时不时用余光打量身边的人。

程非池今天难得穿着休闲，简单利落的白T和牛仔裤削弱了他与生俱来的凌厉与冷漠，微抿的薄唇也似乎是上扬的弧度，令叶钦不由得想到高中那会儿，两人第一次出去玩，坐在电影院里的程非池便是如此，不苟言笑，仿佛银幕上的喧嚣与他全无干系，分明没有融入进去，却耐着性子，陪着兴致盎然的自己一直看到最后。

他的温柔与耐心，从来都不放在言语中，而是通过相处的点滴悄然渗透，如呼吸般让人习以为常，再让人舍不下，也忘不了。

（二）

回去时，两人顺便跑了趟超市。

此行以采买食材为主要目的，叶钦记恨中午那碗味同嚼蜡的排骨，先跑到生鲜冷柜前挑了块漂亮的猪肋排。称完重拎着袋子瞎转悠一圈，在蔬菜区找到程非池，他正把称好的茄子往购物车里放。

“小葱、豆腐、茄子、豆瓣酱……”叶钦细数菜品种类，好奇地问，“这些都是跟排骨一起烧的吗？”他显然把下午自己说过什么忘得一干二净。

程非池也不反驳，“嗯”了一声，说：“没做过，试试看。”

叶钦心情大好，结账之前还拿了瓶果酒，说要配菜喝。

结果回家的路上口渴难耐，他干脆把那果酒开了，程非池提醒他少喝点，他指着瓶身上“7度”标识，毫不在意地说：“这点酒精含量，能喝醉不成？”

叶钦还就真喝醉了。

喝寻常的白酒，叶钦半杯倒，喝红酒能顶住两三杯，果酒喝一瓶下去，威力不容小觑，到家摇摇晃晃下车，要不是程非池眼疾手快扶了一把，叶钦能把脑袋撞车门上去。

“你醉了。”程非池有些无奈地说，“来，我扶你。”

为了证明自己没醉，叶钦非但不要扶，还坚持自己提购物袋，上电梯的时候，像个小孩子倾身盯着楼层按钮数了半天。到底没按错，两人顺利进了家门。

程非池进厨房忙活，叶钦晕乎乎地跟着，从冰箱里拿了两个鸡蛋，打在碗里用筷子搅，搅着搅着，忽然开口道：“点一盘番茄炒蛋，就能坐一下午。”

见他还惦记着六中门口的餐馆，程非池失笑的同时，问：“一下午，都在想什么？”

叶钦停住动作，抬起头，用微醺的目光看向他：“想你的事。”

程非池一愣。

“想你在那边过得好不好，想你怎么还不回来……”叶钦有点难过，又有点委屈，嗓音发软，更多的是遗憾，“还想，要是早点认识你就好了。”

酒后吐真言这一条在叶钦身上发挥得淋漓尽致，程非池顺水推舟地问：“早点认识我，然后呢？”

叶钦想了想，落到实处地说道：“带你去水族馆，给你买棉花糖吃。”分明是直白得有些幼稚的话语，却认真得令人无法不动容。

程非池看了叶钦一会儿，抬手用指腹轻触了一下他酡红的脸颊，感受到不同寻常的温度，说：“以后少喝点。”

叶钦眨眨眼，不满地咕哝道：“都说了我没醉。”

从前没人给你的，今后我都给你。

为了证明真的没醉，叶钦开始背九九乘法表：“一一得一，一二得二……”背得摇头晃脑，煞有介事。

今天的晚餐除了红烧排骨，还有香煎豆腐和肉末茄子。

叶钦醉酒犯困，吃完就回房扑到床上，乘法表也不背了，揉着圆鼓鼓的肚子，嘴上不停嚷嚷“哥哥真好”，嗓门响亮，尾音拖长，生怕程非池听不清。

夜里，程非池推门进来，叶钦睡得正香，为他盖好被子，关掉顶灯，床头灯朦胧的光将他的睡颜照得柔和而静谧，乖得像只被捋顺了毛的小猫。

想起不久前的那句“要是早点认识你就好了”，程非池不禁莞尔。

过往种种犹如云烟，如今回想，只如大梦一场，醒来后伤痛早已愈合，留下的唯有如棉花糖般甜美的片段。

而总有一些人，经历过坎坷，被生活磨平了棱角，改掉了坏脾气，获得了旁人眼中所谓的“成长”，却还是坚持遵从内心，固执地追寻最原始的细水流长。

平稳绵长的呼吸中，程非池用很轻的声音对叶钦说：“现在，也不晚。”

图书在版编目（CIP）数据

落池：完结篇 / 余醒著 . — 广州：广东旅游出版社，2022.8（2022.9 重印）
ISBN 978-7-5570-2698-1

Ⅰ . ①落… Ⅱ . ①余… Ⅲ . ①长篇小说－中国－当代 Ⅳ . ① I247.5

中国版本图书馆 CIP 数据核字 (2022) 第 041807 号

落池：完结篇
LUO CHI: WAN JIE PIAN

出 版 人：刘志松
责任编辑：梅哲坤
责任校对：李瑞苑
责任技编：冼志良

广东旅游出版社出版发行
地址：广州市荔湾区沙面北街 71 号首、二层
邮编：510130
电话：020-87347732（总编室）020-87348887（销售热线）
投稿邮箱：2026542779@qq.com
印刷：河北鹏润印刷有限公司
（地址：河北省沧州市肃宁县工业聚集区）
开本：880 毫米 ×1230 毫米 1/32
字数：268 千
印张：10.375
版次：2022 年 8 月第 1 版
印次：2022 年 9 月第 2 次印刷
定价：49.80 元